KB270960

입소문을 통해 아는 분은 다 알고 계십니다!
올 한해 공인중개사 최고의 화제작!

1~2권 합본 | 이용훈 지음
3~4권 합본 | 이용훈 지음
5~6권 합본 | 이용훈 지음
용어해설 | 이용훈 지음

수험생 기본 필독서
만화 공인중개사

제목 : 만화공인중개사 쓰신 분에게 감사드립니다.

학원을 두 달 다녔어요. 근데 과연 그 숫자 외우기 그런 게 몇 문제나 나올까 생각을 했어요.
아니라는 생각이 드네요. 학원강의를 뒤로하고 서점을 갔어요. 내 머리에 가장 이해될 수 있는
책이 없나 하구요. 거기서 만화를 발견했어요. 무조건 세 번 봤어요. 3개월 걸렸어요. 문제집을 보라고
했는데 그건 시행을 못했어요. 근데 합격을 했네요.
어떻게 감사의 말을 해야 될지……
도서관에서 만화책 들고 다니니까 사람들이 비웃더라구요. 만화책으로 공인중개사를 공부한다고
미친 사람처럼 보더라구요. 근데 그거 다 감수하고 했던 내가 자랑스럽습니다.
어떻게 감사의 말을 해야 할지… 정말 감사합니다.
부디 행복하세요. 제 나이 41살에 좋은 스승을 만난 것 같습니다.
엎드려 감사드립니다.

–본사 홈페이지에 독자분이 올린 메일 中 에서 발췌–

百八煩惱

청운하 新무협 판타지 소설
FANTASTIC ORIENTAL HEROES

백팔번뇌

청운하 新무협 판타지 소설
FANTASTIC ORIENTAL HEROES

백팔번뇌 2

청운하 新무협 판타지 소설

초판 1쇄 찍은 날 § 2008년 9월 22일
초판 1쇄 펴낸 날 § 2008년 9월 30일

지은이 § 청운하
펴낸이 § 서경석

편집장 § 문혜영
편집 § 서지현

펴낸곳 § 도서출판 청어람
등록번호 § 제1081-1-89호
등록일자 § 1999. 5. 31
어람번호 § 제2-1583호

주소 § 경기도 부천시 원미구 심곡동 163-2 서경B/D 3F (우) 420-010
전화 § 032-656-4452   팩스 § 032-656-4453
http://www.chungeoram.com
E-mail § eoram99@chollian.net

ⓒ 청운하, 2008

ISBN 978-89-251-1486-6 04810
ISBN 978-89-251-1484-2 (세트)

백팔번뇌

청운하 新무협 판타지 소설

FANTASTIC ORIENTAL HEROES

百八煩惱

2

반천구마신(反天九魔神)

도서출판 청어람

目次

第一章
천라지망(天羅地網)

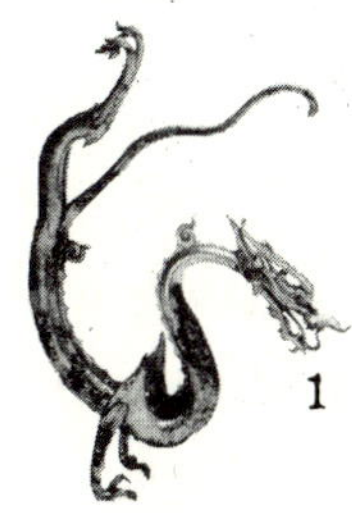

노인은 비단신에 하얀 버선을 신었다.

발목엔 연옥빛 행전(行纏)을 차고 있어 나름대로 운치를 내고 있었으며, 성성한 백발을 뒤로 돌려 붉은 끈으로 질끈 동여맨, 나름대로 독특하고 정결한 분위기를 연출하고 있었다.

노인의 특징을 유심히 살피던 화운은 문득 상대가 누군지 짐작이 가는지 마차에서 내려 가벼운 목례로 예를 갖추었다.

"공유선생(空流先生)이시군요. 무림 말학 화운, 인사 올립니다."

화운이 자신을 알아보자 노인은 크게 웃었다.

"껄껄, 천의맹에 세상을 꿰뚫어 보는 천안(天眼)을 지닌 귀녀(貴女)가 있다던데… 과연 명불허전이로다."

"과찬이십니다."

"어쨌든 반갑소이다, 천하제일지 신기제갈 화운 전주."

"선생을 이렇듯 뵙게 되어 영광입니다."

"껄껄, 동감이오."

의례적인 인사를 건넨 후, 공유선생의 시선은 자연스럽게 장한명을 향해 옮겨졌다.

공유선생은 천하제일지 신기제갈 화운보다도 장한명에게 더 관심을 보이는 눈치였다.

"노부를 쥐새끼와 동급으로 취급한 이 어린 공자는 뉘신고?"

시선은 장한명에게 두고 있었지만 질문은 화운에게 하고 있었다.

화운은 희미하게 웃었다.

"천하제일통(天下第一通)이신 선생께서 직접 알아맞혀 보시는 게 어떨지요?"

"껄껄, 이 늙은이가 요즘은 눈이 멀고 귀가 막혀서……."

말끝을 흐린 공유선생은 장한명을 향해 넌지시 물었다.

"묻자, 아이야. 노부의 기척을 눈치 챈 것이더냐, 아니면

이 주변에 노부 말고 또 다른 사람이 있어 그 기척을 눈치 챈 것이더냐? 쥐새끼처럼 숨어 있지 말고 나오라는 말에 엉겁결에 튀어나오긴 했지만, 가만히 생각하니 노부가 아닌 다른 사람을 부른 것일 수도 있겠다는 생각이……."

장한명은 고개를 저었다.

"아니. 난 영감을 불렀다."

공유선생은 갸웃하며 손가락으로 자신을 가리켰다.

"영감?"

"여기 영감이 당신 말고 또 있나?"

"설마 이 먼 거리를……?"

공유선생은 자신이 달려온 방향을 손을 들어 가리키며 인간의 청력으로 수백여 장 밖의 인기척을 느낄 수 있는 일이 과연 가능한 것인지 반문하고 있기라도 하듯 얼굴 가득 불신의 빛을 떠올렸다.

그런 불신 탓에 어린 장한명이 나이 든 자신에게 꼬박꼬박 하대를 하고 있었지만, 장한명의 불손한 태도에 불쾌함을 느낄 여지가 없었다.

장한명은 장한명대로 공유선생의 말뜻을 이해 못하는지 갸우뚱했다.

"영감을 부른 것이 뭐가 잘못된 건가?"

"껄껄, 그럴 리가 있겠나. 이 늙은이를 불러주는 것이야 더

없는 영광이긴 한데……."

"……?"

"쥐새끼처럼 숨어 있는 이 늙은이를 찾아낸 것이 잘못이라면 잘못일 수가 있다는 거지."

장한명은 미간을 살짝 찌푸렸다.

"그게 어째서 잘못이라는 거지?"

공유선생은 쓰게 웃으며 화운을 향해 눈길을 던지고 말했다.

"천하제일지이신 화 전주께서 이 늙은이 대신 저 아이에게 설명해 주시겠소?"

화운은 고개를 저었다.

"글쎄요. 경공(經功)이나 보법(步法), 신법(身法)이 무엇인지도 모르는 사람에게 과연 설명이 가능할지 솔직히 자신이 없습니다."

공유선생은 흠칫했다.

"누가 모른다는 거요?"

화운은 장한명을 눈으로 가리키며 말했다.

"선생께서 세상에서 가장 빠른 경공을 구사하며, 특히 잠영술(潛影術)에 관한 한 따를 자가 없을 만큼 지고의 경지에 이르러 있다는 사실을 소녀가 말해준다 한들 눈만 껌벅이고 있을 사람이라는 거지요."

“……?”

화운의 말처럼 장한명은 눈만 껌벅일 뿐 화운의 말을 이해하는 표정이 아니었다.

공유선생 역시 이해할 수 없다는 표정으로 장한명을 응시하며 물었다.

“무공을 모르는 아이라는 거요?”

화운은 묘한 웃음을 흘렸다.

“그렇습니다, 선생. 그는 육합검법 같은 기초적인 무공조차도 모릅니다.”

“귀신이 곡을 할 노릇이로군. 무공을 모르는 자가 이 늙은이의 기척을 알아채기란 불가능한 것이거늘… 지척도 아닌 수백 장의 거리 밖에서야 도저히…….”

공유선생은 절레절레 고개를 저어 보였다.

장한명은 갸웃하며 물었다.

“그게 그리 어려운 일인가, 영감?”

공유선생은 어이없는 웃음을 흘렸다.

“어려운 일이냐고? 헛허… 이럴 땐 뭐라고 대답해야 하는 거요, 화 전주?”

화운은 고개를 저었다.

“말씀드리지 않았습니까. 어떤 식으로든 그를 이해시킬 방법은 없다고 말입니다.”

"그것참……."

화운의 말에 할 말을 잃어버린 공유선생은 신기한 동물이라도 발견한 듯 장한명을 위에서부터 아래로 찬찬히 훑어 내리며 내심 중얼거렸다.

'지극히 평범한 근골… 좋게 봐줘서 평범하다는 거지 솔직히 무인의 근골로서는 그야말로 폐골(弊骨)이나 다를 바가 없지 않은가. 그러니 전신 어디에서도 무공을 익힌 흔적이 느껴지지 않는 건 당연하다.'

공유선생은 장한명을 살피는 일이 시간낭비라도 되는 듯 이내 시선을 거두었다.

'하긴, 저런 평범한 근골로서야 어찌 기초적인 무공인들 제대로 연성할 수가 있었겠는가. 쓰레기 같은 삼류무학을 연성하는 것도 요원하기만 한 근골이거늘……'

손으로 신체 구석구석을 더듬어서 체질을 살피지 않아도 세수 팔십을 훌쩍 넘긴 공유선생은 상대의 체질 따위는 살아온 세월의 안목만을 가지고도 간단히 파악할 수 있는 능력을 지니고 있었다. 하지만 그 예리한 안목으로 파악한 장한명의 근골은 공유선생을 더욱 혼란에 빠뜨렸다.

적어도 한 가지 방면에서만큼은 천하제일임을 자부하며 살아온 공유선생인 탓에 그 자부심에 꺼림칙한 의문 부호 하나를 던져 놓은 상대가 무공조차 모르는 어린아이라는 점엔

허탈감마저 들었다.

이렇듯 공유선생의 관심은 온통 장한명에게 집중되어 있었지만, 정작 장한명의 관심은 엉뚱한 데에 있었다.

그 엉뚱한 관심은 불쑥 내뱉는 장한명의 한마디로부터 시작되고 있었다.

"궁금한 게 있어, 전주."

화운은 봄빛을 닮은 부드러운 표정으로 장한명을 빤히 바라보며 말했다.

"말씀하세요, 공자."

장한명은 공유선생을 눈으로 가리키며 물었다.

"남궁세가주라는 그 영감과 이 영감 중에 누가 더 고수지?"

"그건……."

화운은 장한명이 던진 뜻밖의 질문에 당혹스런 표정을 지었다.

그녀는 선뜻 답변을 하지 못했다.

천하제일지라는 그녀로서도 미처 예상하지 못한 돌발적인 질문이었다.

공유선생도 장한명의 당돌한 질문이 황당하다는 듯 머리를 긁적이며 어색하게 웃고만 있었다.

질문에 대한 답변은 이 상황의 난감함에 비하면 의외로 간단할 수 있다.

그러므로 화운은 답변보다도 질문의 의도를 파악하는 것에 더욱 주력했다.

빠르게 머리를 굴리던 화운은 문득 뭔가 짚이는 게 있는지 안색이 급변했다.

"그거라면 어려울 게 없지. 지금 당장에라도 보여줄 수가 있어. 물론 반천구마신과의 대결에서 패배하기 직전 사용한 남궁세가주라는 그 영감의 무공이야 알아낼 수 없겠지만 말이야."

공유선생이 나타나기 전에 했던 장한명의 말과 지금 장한명의 질문이 무관하지 않음을 화운은 비로소 깨달은 것이다.

"설마 공자께서?"

장한명은 고개를 끄덕였다.

"전주의 궁금증을 내가 직접 풀어보도록 할게. 도움이 될지는 장담할 수 없지만……."

"하지만……."

"두 영감 중 누가 더 고수인지 그 점만 말해주면 돼."

장한명은 집요했다.

화운은 장한명의 질문이 무엇을 의미하는지 이미 파악한

상태였는지라 그 답변에 신중을 기하지 않을 수 없었다.

"두 분의 우열을 이 자리에서 논한다는 것이 어불근리(語不近理)이긴 하지만, 굳이 비교하자면 공유선생은 무림칠기(武林七奇) 가운데 한 분으로서 남궁가주보다 전대의 고수⋯⋯."

"그렇다면 남궁가주 영감의 아래는 아니겠군."

"무림의 평가는 그러합니다만, 그것은 단순한 간접 비교로써⋯⋯."

화운이 말끝을 흐리자 장한명은 얻고자 한 답을 얻었다는 듯 지체없이 공유선생을 향해 걸어가기 시작했다.

당사자인 공유선생은 고개를 갸웃하며 영문을 알 수 없는 장한명의 다음 행동을 태연히 지켜보고 있었다.

그 태연함과 여유로움은 그가 애써 보이지 않아도 나타나는 고수로서의 풍모였다.

그러나 그 태연함과 여유는 빠르게 사라지고 그 주름진 노안에 대신 떠오른 것은 가벼운 흥분이었다.

들어도 본 적도 없는 어린 소년의 몸에서 풍겨져 나오는 담담한 기세를 보며 묘한 전의(戰意)가 느껴졌던 것이다.

'허허⋯ 이건 대체 뭔가? 이거야 다 늙어 주책이 아닌가?'

눈앞의 상대는 솜털도 채 가시지 않아 보이는 어린아이에 불과하다.

그럼에도도 불구하고 느릿하게 다가오는 어린아이를 보는 순간, 이미 오래전 망각의 늪에 깊이 잠겨 꼼짝도 하지 않던 전의가 스멀스멀 되살아나는 이 기이한 현상이 신기하기조차 했다.

검을 잡아본 지가 대체 언제인지 생각조차 나지 않는 긴 세월을 그는 무인으로서 깊은 잠에 빠져 있었다.

지금 돌아보니 자신이 무인이었다는 사실이 새삼 떠올랐을 뿐, 그동안은 그저 무인이 아닌 것으로 착각하며 살아온 세월이었다.

온몸의 혈관을 타고 흐르는 전의는 공유선생의 체내 깊숙이 잠들어 있던 무인의 피를 자극하며 한때는 화려했을 무인의 시절을 떠올리게 했지만, 한편으론 그러면 그럴수록 장한명에 대한 궁금증은 더해졌다.

근골은 무골(武骨)과는 거리가 멀었고, 그러므로 무인이라고는 할 수 없는 이 면전의 어린아이에겐 상식을 뛰어넘는 신비로운 뭔가가 있었다.

불행인지 다행인지 이런 공유선생의 예감은 적중했다.

공유선생과 장한명의 거리가 좁혀지는 만큼, 장한명의 몸에서 풍기는 기세는 점점 더 강해졌다.

최초엔 공유선생의 전의를 일깨우는 정도였던 그것이 차츰 공유선생의 숨을 막히게 압박해 왔다.

　마치 천 근의 바위가 사방에서 짓눌러 오는 듯한 항거 불능의 압박감을 느낀 공유선생은 자신도 모르게 뒤로 주춤 물러서야 했다.

　그런 공유선생을 바라보며 장한명은 고개를 갸웃했다.

　"아직 준비가 덜 된 건가, 영감?"

　공유선생 역시 고개를 갸웃하며 넌지시 물었다.

　"준비? 무슨 준비 말이냐, 아이야?"

　장한명은 미간을 살짝 찌푸렸다.

　"정말 몰라서 물어, 영감?"

　"껄껄, 이거야 원……."

　손자뻘도 안 되어 보이는 어린아이가 정색하며 따지고 들듯 물어오는 기세에 공유선생은 그저 난감할 뿐이었다.

　기실 그는 장한명이 무엇을 원하고 있는지 전혀 파악하지 못한 상태였다.

　그러니 대답이 궁할 수밖에 없었다.

　"이 늙은이가 알아듣도록 설명을 해주었으면 고맙겠구나. 이제 세상 하직할 때가 되었는지 귀도 눈도 멀고, 아무래도 정신까지 오락가락하는 모양이다. 아주 간결한 네 말을 전혀 알아들을 수가 없는 것을 보면 말이다."

　공유선생의 말처럼 장한명의 말은 정말로 간결했다.

　"한판 붙자고, 영감."

이 원시적인 표현에 공유선생은 자세를 바로 했다.

"이 늙은이하고 말인가?"

장한명은 간단히 고개를 끄덕였다.

"그래."

"그러니까, 이 늙은이하고 너하고 일대일로 대결을 한다?"

"바로 그거."

"무공을 모른다 하지 않았더냐?"

"몰라."

공유선생은 태연하게 내뱉는 장한명의 대답을 들으며 기가 막힌 듯 입을 떠억 벌렸다.

"그런데도 감히 이 늙은이에게 도전을 하시겠다?"

장한명은 다시 미간을 찌푸렸다.

"말로 싸우자는 게 아니다, 영감."

"그렇다고 무공을 모른다는 너와 치고받고 싸울 수야 없는 노릇이 아닌가?"

공유선생의 입장에선 당연했다.

무림의 대선배라는 무림에서의 위치야 제쳐 두고서라도, 닭 모가지 하나 비틀 힘도 없어 보이는 백면(白面)의 어린아이와 일전을 벌일 만큼 무인으로서의 공유선생의 피는 뜨겁지 않았다.

말하자면, 고개를 빳빳이 세우고 일전을 강요하는 이 면전의 어린아이에게 무림의 대선배로서 한 수를 베풀 의욕이나 아량 따위는 실종된 지 오래라는 얘기였다.

그러나 이 싸움은 그가 원한 것이 아니었다.

싸움은 장한명이 먼저 원했고, 그러므로 공유선생의 의지와는 무관하게 싸움이 진행되고 있다는 점이 문제라면 문제였다.

"영감이 먼저 시작해."

이렇게 말하며 장한명이 공유선생의 코앞으로 불쑥 내민 검 한 자루.

그 낯설지가 않은 검신과 검 빛에 공유선생은 흠칫했다.

푸른 이끼가 덮이듯 군데군데 녹슨 흔적이 엿보이는 철검에선 세월의 두께마저 애잔하게 느껴졌다.

그리고 그 철검은 당연히 자신의 허리춤에 있어야 한다고 공유선생은 생각했다.

왠지 모를 불길함에 사로잡힌 공유선생은 자신의 허리춤으로 빠르게 손을 가져갔다.

'맙소사!'

검이 없었다.

당연히 잡혀야 할 검이 잡히질 않았다.

손으로 확인할 수 없자 급히 눈으로 확인했지만 검은 늘 있던 그 자리에 없었다.

공유선생의 시선이 빠르게 장한명의 손으로 향했다.

비로소 공유선생은 자신의 애검(愛劍)이 자신의 허리춤이 아닌 장한명의 손에 들려져 있음을 확인하고는 아득한 절망감에 빠져들었다.

"어떻게……?"

장한명과 자신의 애검을 멍하니 바라보고 있는 공유선생의 눈엔 불신과 회의와 경악의 빛이 가득했다.

검은 묵직한 그 무게마저 느껴지지 않을 정도로 수십 년의 장장한 세월을 동고동락(同苦同樂)한 그의 분신이다.

그 분신을 잃었다.

그것도 두 눈 멀쩡히 뜬 상태에서 말이다.

자신의 분신이 언제, 어떻게 장한명의 손으로 옮겨졌는지 눈이 열리고 귀가 열린 상태에서도 공유선생은 마치 오감(五感)이 마비된 듯 아무런 감조차 잡지 못했다.

자신의 분신을 지키지 못했다는 죄책감 때문인지 공유선생은 장한명의 손에 들린 자신의 애검을 망연자실 바라볼 뿐, 자신의 애검을 취할 어떤 행동도 보이지 않았다.

이런 공유선생의 미온적인 반응을 예상하지 못한 장한명은 난감한 표정을 지었다.

"영감, 이 검은……."

공유선생이 숙였던 고개를 들었다.

"천인혈검(千人血劍)이라고 하네."

"천인혈검?"

"천 인(千人)의 피를 적시면 세상을 어지럽힐 마물(魔物)이 된다는 전설의 검이지만, 이 늙은이는 살아오는 동안 고작 열 명의 피를 적셨을 뿐이네."

"그걸 지금 내게 말하는 이유가 뭐야?"

"이미 이 늙은이의 손을 떠났으니 이젠 이 늙은이가 그 검의 주인이 아니라는 뜻이다, 아이야."

"영감이 주인이 아니면?"

"네가 주인이다, 아이야."

장한명의 표정이 굳어졌다.

"내가 원하는 건 이런 검 따위가 아냐, 영감."

공유선생은 고개를 끄덕였다.

"이 늙은이와의 대결을 원한다 했지?"

"그래."

"이미 승부는 결정되었다. 그러므로 더 이상의 대결은 아무런 의미가 없다, 아이야."

"무슨 헛소리?"

미간을 좁히는 장한명은 싸우기도 전에 패배를 인정하는 듯한 공유선생의 태도가 영 마음에 들지 않는 모양이었다.

공유선생은 쓰게 웃어 보였다.

"무인에겐 무기란 생명과도 같다. 평생을 함께한 애검을 지키지 못한 무인은 무인으로서의 자격이 없다. 그러므로 이 늙은이는 이미 죽은 목숨과 다를 바가 없는 것이다, 아이야."

"난 영감의 무기를 뺏은 것이 아냐. 다만 영감과의 대결을 재촉하기 위해서……."

"껄껄, 그 정도 능력이면 이 늙은이의 심장도 훔쳐 갈 수 있을 테지."

"하지만 영감은 전혀 준비가 안 된 상태였잖아?"

"아이야, 이 늙은이는 완벽하게 준비가 된 상태였단다. 목숨을 담보로 살아야 하는 이 험한 무림에서 단 한순간이라도 긴장을 끈을 놓는다면 그건 목숨을 놓고 있는 것이나 다를 바가 없다. 또한 그 무책임한 행위는 무인으로서의 본분을 망각한 어리석음의 소치이다."

공유선생은 한숨 돌리듯 잠시 말을 멈추며 길게 숨을 들이마셨다.

이 자연스러운 행동에 설마 잔인한 독수(毒手)가 감추어져 있을 거라곤 누구도 예상치 못한 일이었다.

인간의 오감으로 공기의 미세한 파동을 느끼기란 불가능하다.

공유선생의 우수(右手)는 그 미세한 파동조차도 남기지 않을 정도로 은밀하게 움직였다.

그 은밀함은 육안으로 볼 수 있는 것이 아니었다.

마치 달빛 한 자락이 어둠 끝에 소리없이 내려앉듯 공유선생의 우수는 장한명의 가슴 부근의 옷섶으로 조용히 스며들었다.

물론 이것은 공유선생 본인만의 느낌일 뿐, 그리 멀리 떨어져 있지 않은 화운과 묵상은 전혀 그 움직임을 보지 못했다.

겉으로 보기엔 공유선생은 그저 뒷짐을 진 지극히 평온한 자세였다.

우수를 뻗는 그 순간에도 그 모습은 여전했다.

장한명은 공유선생의 그런 은밀하고 빠른 움직임을 전혀 눈치 채지 못한 듯 보였다.

공유선생에게 천인혈검을 건네주는 자세 그대로였다.

표정 또한 담담했다.

맑고 깊은 눈빛엔 한 점의 흔들림조차 없었다.

장한명의 이런 무덤덤한 반응에 공유선생의 눈빛이 오히려 흔들렸다.

'이걸 기대한 건 아니질 않은가.'

생각보다 쉽게 자신의 은밀한 공격이 성공을 거두자 공유선생은 기뻐하기보다는 실망하는 기색을 보였다.

애초에 자신의 공격이 이렇듯 쉽게 성공하리라곤 생각조

차 하지 않았다.

두어 차례 장한명이 보인 경이로운 능력에 비추어볼 때, 자신의 공격은 실패로 끝나거나 성공을 거둔다 해도 그만큼의 대가를 치르게 될 거라 짐작했다.

그러나 공유선생의 예측은 보기 좋게 빗나갔다.

자신의 우수가 장한명의 옷섶으로 스며드는 순간에도 장한명의 몸은 어떤 반응도 하지 않았고, 심장에 접근하는 순간에도 장한명은 일체의 반응을 보이지 않았다.

따스한 가슴의 온기와 심장이 뛰는 소리가 공유선생의 손끝을 타고 전해져 왔지만, 그 순간에도 장한명은 어떤 반응도 보이지 않았다.

독한 마음을 먹고 장한명의 심장을 취하려면 간단히 취할 수 있을 것 같았다.

'날 시험하는 건가?'

공유선생은 문득 이런 의심이 들었다.

자신의 일거수일투족을 이미 파악하고 있음에도 불구하고 장한명이 일체의 반응을 보이지 않고 있는 것은, 그의 동작이 이 정도에서 끝날 것임을 미리 예측했기 때문일지도 모른다는 생각이 불현듯 뇌리를 스쳤기 때문이다.

'그렇다면 연극이라는 건가?'

생각이 여기에 미치자 공유선생은 이미 시작된 이 일을 좀 더 진행해 보자는 결론을 신속하게 내렸다.

무영수(無影手)!

오늘의 공유선생을 있게 한 이 비장의 한 수에 살기가 진득하게 묻어난 것은 바로 그때였다.

심장의 고동이 더욱 가깝게 느껴졌다.

공유선생은 장한명이 어느 순간에 반응할 것인가에 촉각을 곤두세웠다.

무림의 대선배 신분으로서 새까맣게 어린 장한명의 심장을 파내는 일 따위에 흥미를 느낄 일은 절대 아니었기 때문에 그의 손이 장한명의 심장에 닿기 전에 장한명이 기대하는 한 수를 보여줄 것이라 나름대로 확신하고 있었다.

그러나 이런 공유선생의 확신이 빗나갈 경우, 공유선생은 무공을 모르는 어린 생명의 심장을 꺼내는 통한(痛恨)의 우(愚)를 범하게 될지도 모른다.

'이런……!'

문득 공유선생의 얼굴이 새파랗게 질렸다.

공유선생이 무영수를 전개하고, 그렇게 전개된 무영수가 장한명의 가슴을 파고드는 그 시간은 찰나에 불과했다.

반면 장한명의 가슴에서 선혈이 뚝뚝 흐르는 심장을 꺼내드는 공유선생의 동작은 억겁(億劫)이라 느껴질 만큼 느려터진 것이었다.

결국 심장을 꺼내 버린 것이다.

이렇게 될 줄은 몰랐다.

이렇게 되리라 기대도 하지 않았다.

'정말 무공을 모르는 어린아이에 지나지 않았단 말인가?'

공유선생은 당황했다.

자신의 경솔한 판단이 결국 순결의 때조차 벗지 못한 어린아이의 목숨을 앗는 돌이킬 수 없는 우를 범하게 되고 만 것이다.

공유선생은 참담한 눈빛으로 자신의 손에 들린 심장으로 시선을 던졌다.

'이, 이것은?'

없었다.

펄떡펄떡 뛰어야 할 장한명의 심장이 보이지 않았다.

그 심장은 마땅히 공유선생의 우수에 잡혀 있어야 했다.

한데 공유선생의 우수는 빈 허공만을 잡고 있을 뿐이었다.

공유선생은 왠지 모를 전율을 느끼며 고개를 들어 황망히 장한명을 주시했다.

'이, 이런……!'

공유선생의 시야에 장한명은 잡히지 않았다.

장한명의 뒤쪽에 고요히 서 있는 화운과 묵상이 대신 공유선생의 시야에 들어왔을 뿐이다.

공유선생은 당황한 눈빛으로 급히 주변을 둘러보았으나 장한명은 보이지 않았다.

그때 누군가 공유선생의 오른쪽 어깨를 뒤쪽에서 가볍게 툭 쳤다.

"영감, 이걸 찾는 건가?"

당황한 공유선생의 귓전을 파고드는 건 바로 공유선생이 그처럼 애타게 찾고 있는 장한명의 목소리였다.

장한명의 목소리를 듣는 순간, 공유선생은 살을 파고드는 한기를 느끼며 그 자리에 차갑게 얼어붙고 말았다.

그런 공유선생의 어깨 위로 차가운 감촉이 전해져 왔다.

자신의 분신이었던 천인혈검의 익숙한 감촉이다.

공유선생의 바로 등 뒤에 장한명은 그림자처럼 바짝 붙어서 있었던 것이다.

공유선생은 더 이상 놀라지 않았다.

어쩌면 애초에 이런 결과를 기대하고 기습을 시도했는지도 모른다.

앞서 장한명이 보인 경이로운 능력은 기습의 성공보다는 실패를 충분히 예감케 했다.

장한명의 심장이 뽑혔다면 그 죄책감을 평생 가슴에 묻고 살아야 했을 테지만, 그것이 착시를 불러일으킨 허상(虛像)이었음은 실로 다행이었다.

경험하고도 믿기지 않을 만큼 결정적인 순간 나타난 착시 현상을 무어라 설명할 수는 없지만, 그리고 성공보다는 실패를 예감하긴 했지만 공유선생은 자신이 농락당한 듯한 기분을 지울 수 없었다.

"이 아이가 무공을 모른다 하셨소, 전주?"

공유선생은 화운을 향해 물었다.

달빛에 젖어 창백해 보이는 화운은 희미하게 웃으며 고개를 끄덕였다.

"그렇습니다."

"그렇다면 이 늙은이는 귀신에 홀린 셈이로군. 그런 거요, 전주?"

불신이 가득한 공유선생의 물음에 화운은 빙그레 미소 지었다.

"억울하고 분하게 여기실 것 없습니다, 선생. 선생뿐 아니라 세상이 귀신에 홀려 웃고 울게 될 테니까요."

"아니, 이미 세상은 웃고 울며 반쯤 실성한 상태요, 전주."

"무슨 뜻이온지……?"

"이미 난세라는 뜻이오, 전주."

"난세?"

화운은 고운 미간을 살짝 찌푸렸다.

공유선생이 말을 이었다.

"인정하기 어려울 거요. 전주께선 오래전에 귀와 눈이 막혔을 테니 말이오."

"무슨 말씀인지 전혀 감이 잡히질 않는군요. 귀와 눈이 멀다니요? 소녀를 두고 하시는 말씀이신지요, 아니면 천의맹을 두고 하는 말씀이신지요?"

화운은 평화의 시기에 무림에 입문했고, 천하제일지 신기제갈이라는 화려한 명성의 그늘 속에서 살아가고 있는 현재에도 평화의 시기였으므로 난세를 경험해 본 적이 없다.

그러므로 화운에게 난세라는 단어는 낯설기만 했다.

반천구마신의 등장으로 무림 십 년 평화가 위협받긴 해도 아직은 난세라 말하긴 이르다는 것이 화운의 생각이었다.

그런데 이 면전의 노인은 이 세상을 이미 난세라 말하고 있다.

"무림 십 년 평화는 이미 깨졌소, 전주. 그것도 이미 오래전에."

뿐만 아니라 이미 무림 십 년 평화는 깨졌다고 말하고 있다.

"소녀가 우물 안의 개구리였던가요, 아니면 선생께서 뭔가 착각을 하고 계시든지……. 소녀가 알고 있는 무림은 여전히 평화롭습니다. 난세의 기미가 있긴 해도 난세일 리는 없습니다."

"말씀드렸소. 전주는 물론이거니와 천의맹 전체의 눈과 귀가 이미 멀었다고 말이오. 눈이 멀었으니 무림의 변화를 제대로 볼 리가 없고, 귀가 멀었으니 무림의 통곡을 제대로 들을 수 없음은 당연한 것이 아니겠소."

화운의 입가에 조소가 걸렸다.

"선생의 정보력이 타의 추종을 불허할 만큼 뛰어나다는 사실이야 익히 들어 알고는 있지만 천심전을 능가할 정도인 줄은 몰랐군요."

"껄껄, 이 늙은이의 주제가 신기제갈 화운의 발끝에도 미치지 못함을 잘 알고 있으니 말씀에 가시를 넣지 않으셔도 되오, 전주. 이 늙은이의 정보력이 뛰어나다 한들 그래 봐야 두 귀에 두 눈, 두 발뿐이거늘 어찌 방대한 조직의 천심전을 따를 수가 있겠소."

무림 십 년 평화의 파국을 한마디로 결정짓는 듯한 공유선생의 경솔한 태도에 심기가 상해 불쑥 가시 돋친 일침을 가하긴 했어도 무림에 떠돌고 있는 공유선생의 살아 있는 전설(傳說)을 화운이 어찌 모른다 할 수 있겠는가.

전설에 의하면, 공유선생은 무림에서 가장 방대한 조직이며 그 방대한 조직에 걸맞는 빠른 소식통을 자랑하는 개방(丐幇)보다 더 빠른 정보통이라 했다.

개방이야 대륙 처처에 눈과 귀를 깔아놓고 있으니 정보를 수집하고 분석하는 능력이 천하제일임은 의심의 여지가 없지만, 어느 조직에도 속하지 않고 혈혈단신으로 독보행(獨步行)하는 공유선생의 정보통이 개방을 능가한다는 점은 다분히 과장이 들어가 있을 거라는 것이 일반적인 견해였다.

그러나 아는 사람은 알고 있다.

천하제일통이라는 공유선생의 명성이 결코 포장된 것이 아니라는 사실을 말이다.

무림의 크고 작은 사건이 있는 곳이라면 공유선생은 절대 빠지는 법이 없었다.

아무리 하찮은 사건이라 해도 그는 빠짐없이 모습을 나타낸다.

사건을 보는 관점도 남달랐다.

하찮은 사건에서도 그는 천하무림을 뒤흔들 정보를 얻어냈고, 그 정보를 비싼 대가를 받고 팔아넘겼다.

값싼 정보를 사서 값비싼 정보로 진화시키는 그의 능력은 타의 추종을 불허했다.

세상을 뒤흔드는 모든 정보가 공유선생의 손에서부터 출발한 것이라고 해도 과언이 아니었다.

그의 발은 세상에서 가장 빠르다.

그 빠른 발로 그는 대륙을 종횡무진한다.

다시 말해, 그는 요행히 정보를 얻는 것이 아니라 직접 발로 뛰며 정보를 얻어낸다는 얘기다.

질긴 초피(草皮) 신발 바닥이 해어져 너덜거릴 정도로 그는 뛰고 또 뛴다.

그러므로 개방을 능가하는 정보력을 보유한 천심전의 전 주인 화운에게 큰소리칠 만한 자격은 갖춘 셈이었다.

"이쯤에서 우리 거래를 하는 게 어떻겠소, 전주?"

"거래?"

"이 늙은이의 정보력이 비록 보잘것없긴 해도 잘만 다듬으면 그중 몇 가지는 전주께서 그럭저럭 유용하게 써먹을 수도 있을 것 같은데 말이오."

"소녀에게 정보를 파시겠다는 뜻인가요?"

"껄껄, 그럴 리가 있겠소. 천하의 신기제갈 화운에게 정보를 팔아넘길 생각을 한다면 그건 세상의 웃음거리밖에 더 되겠소. 이 늙은이가 비록 죽을 날을 얼마 남겨두진 않았지만 세상의 웃음거린 되고 싶지 않소이다, 전주."

"하오면?"

"교환을 하고 싶소."

"교환이라면?"

"정보 교환."

화운으로선 공유선생의 제안을 마다할 이유가 없었다.

하지만 교환이라는 조건이 마음에 걸렸다.

공유선생은 정보를 팔기도 하고 사기도 하는 정보상인(情報商人)일 뿐, 교환을 즐기는 인물은 절대 아니었다.

아니, 교환 자체가 성립되지 않는다.

어떤 기준으로 정보의 가치를 따질 것일까?

현재엔 그저 평범한 정보라도 장래엔 무림을 뒤흔들 정보가 될 수 있으며, 정보를 얻는 자에 따라 정보의 경중(經重)이 달라질 테고 정보를 해석하기에 따라 정보의 가치 또한 달라질 테니 저잣거리의 좌판(坐板) 위에 놓인 물건을 사고파는 상거래 따위와는 근본적으로 그 차이가 있을 수밖에 없지 않은가.

이것을 모를 리 없는 공유선생이다.

그럼에도 불구하고 공유선생이 교환을 제시하는 데엔 나름대로 계산된 복안이 있을 테지만, 화운은 그러나 이 거래 속에 내재된 의문과 불합리함, 모순 등을 명쾌하고 단호하게 무시했다.

"어떤 방법으로 진행할까요, 선생?"

공유선생은 이런 대답을 예상한 듯 빙그레 웃었다.

"전주와 내가 교대로 정보를 내놓고 그 대가로 상대가 원하는 정보를 주기로 합시다."

"상대가 내놓는 정보가 마음에 들지 않으면요?"

"전주를 믿지 않았다면 이 거래를 제안하지 않았을 거요."

"소녀 역시 선생을 믿어야겠군요."

"껄껄, 서로에 대한 신뢰가 없고서야 절대로 이루어질 수 없는 거래요. 정보의 진의조차도 확인할 길이 없으니 그저 서로를 믿는 수밖에는 다른 수단은 없소이다."

"좋습니다. 선생을 믿어보기로 하지요."

"껄껄, 나 또한 전주를 믿어보기로 하겠소."

더 이상의 신경전이 무의미함을 느낀 화운은 한 걸음 앞으로 나서며 거래를 서둘렀다.

"그럼 시작할까요?"

공유선생은 고개를 끄덕였다.

"이 늙은이가 먼저 시작하겠소."

"그러시지요."

"첫 번째 정보요."

"세이경청하지요."

"서둘러 장소를 옮기시지요."

"네?"

"서둘러 장소를 옮겨야 하오. 이것이 첫 번째 정보요."

"무슨……?"

화운은 공유선생의 엉뚱한 한마디에 가볍게 넘길 수 없는 은밀한 의미가 내포되어 있음을 직감했지만, 그것이 무엇을 의미하는지에 대해선 쉽게 감을 잡지 못했다.

"일단 장소를 옮긴 후 그 이유에 대해서 설명드리겠소, 전주."

공유선생은 서두르는 기색이 역력했다.

"아이야, 아직도 승부를 볼 생각이더냐? 그게 아니라면 이 늙은이 어깨를 좀 가볍게 해주었으면 좋겠구나."

자신의 어깨에 놓인 검을 치워달라는 뜻이었다.

장한명은 미련없이 검을 거두었다.

더 이상의 대결은 장한명도 원치 않았다.

대결이라는 것도 따지고 보면 지난 이 년 동안 습관처럼 해온 놀이에 지나지 않았다.

시간이 지체되면서 놀이에 대한 흥미를 잃어버린 것이다.

애초에 치열한 승부욕이나 살의를 느껴서 시작한 대결이 아니었던 만큼 흥미 또한 쉽게 잃어버린 것인지도 모른다.

"고맙구나, 아이야."

장한명이 간단히 검을 치우자 공유선생은 빙긋 웃어 보인 후 화운의 허락도 받지 않고 서둘러 마차에 올랐다.

"자아, 출발합시다!"

마치 자신의 마차인 양 큰 소리로 외치며 떠나기를 재촉했다.

묵상은 이런 공유선생의 태도가 별로 마음에 들지 않는지 얼굴을 차갑게 굳힌 채 미동조차 하지 않았다.

화운의 부드러운 미소에 그 차가운 한기는 이내 걷혔지만 못마땅한 기색은 여전했다.

화운과 장한명이 마차에 오르면서 협로는 이내 긴 정적에서 요란하게 깨어났다.

두두두두!

어둠에 묻힌 황산의 새벽을 연 것은 날짐승도 산짐승도 아닌 화운 일행의 마차였다.

2

미명(微明)의 산 빛을 깨고 화운 일행은 황산 기슭의 광활한 적송림(赤松林)으로 막 들어서고 있었다.

황산에 돌이 없으면 소나무가 아니고[無石不松], 소나무가 없으면 기이하지 않다[無松不奇]라는 말이 있다.

황산은 영객송(迎客松), 송객송(送客松), 접인송(接引松), 탐해송(探海松), 수금송(竪琴松) 등등 기이한 형상의 소나무가 많기로 유명하지만 붉은빛이 감도는 적송(赤松)으로 바다[海]를 이루고 있는 적송림은 그 광활한 규모만으로도 보는 이를 압도했다.

새벽안개에 휩싸인 적송림은 마치 붉은 운해(雲海)와도 같았다.

　황산은 그 붉은 운해에 떠 있는 거대한 섬과 같은 기묘한
절경을 연출하고 있었다.

　두두두!

　이제 막 붉은 운해 속으로 진입하려던 화운 일행의 마차는
그 육중한 동체를 운해 속에 집어넣기도 전에 그 속도가 급격
하게 떨어졌다.

　"쯧, 늦어버렸군!"

　공유선생의 탄식과도 같은 한마디가 때를 같이하여 마차
밖으로 흘러나왔다.

　묵상은 황망히 말고삐를 잡아채며 마차를 완전히 멈추어
세웠다.

　화운의 명령이 없었음에도 불구하고 묵상 스스로 마차를
멈추어 세운 것이다.

　묵상은 마차를 세운 이유를 굳이 설명하지 않았다.

　화운 역시 그 이유를 묻지 않았다.

　듣지 않아도 그녀는 그 이유를 이미 알고 있었기 때문이다.

　화운이 조용히 물었다.

　"이것이 급히 장소를 이동하자는 이유였나요, 선생?"

　공유선생이 고개를 끄덕였다.

　"그렇긴 하지만 한발 늦은 것 같소, 전주."

　"저들은 누구지요?"

"껄껄, 그건 말씀드릴 수 없소, 전주."

"어째서인가요?"

"우린 거래를 하고 있소. 전주의 질문에 대한 대답은 아주 중요한 정보가 될 수 있기 때문이오."

"하지만 선생께선 첫 번째 정보에 대한 설명을 아직 하지 않으셨습니다. 그 설명 속에 저들이 당연히 들어가 있어야 하는 게 아닌가요?"

화운의 예리한 한마디에 공유선생은 이 면전의 어린 소녀의 명성이 결코 허언이 아님을 인정하지 않을 수 없었다.

그러나 공유선생 역시 만만한 상대는 절대 아니었다.

"얼마 전 이 늙은이는 전주께 대가 없이 아주 중요한 정보 하나를 흘렸소. 전주께선 인정하지 않으셨지만 말이오."

화운은 공유선생이 무엇을 말하고자 하는지 짐작했다.

"무림 십 년 평화가 깨졌다는 선생의 말씀, 그리고 천의맹의 눈과 귀가 이미 멀었다는 선생의 말씀과 적송림을 살기로 가득 채우고 있는 저들 매복객이 어떤 연관이라도 있다는 말씀이신지요?"

공유선생은 마차의 휘장을 거두며 길게 숨을 들이마셨다.

"그리 짐작하셨다면 이 늙은이의 첫 번째 정보에 대한 충분한 설명은 된 것이라 생각되오만……."

"짐작만으론 부족합니다, 선생. 그리고 소녀의 추론일 뿐,

첫 번째 정보에 대한 선생의 직접적인 설명은 아니질 않습니까. 이런 식의 거래라면 곤란하지요."

"껄껄, 그렇다면 전주께선 무림 십 년 평화가 이미 깨졌다는 이 늙은이의 말을 먼저 인정해야 할 거요. 아울러 천의맹의 귀와 눈이 막혔다는 말도."

"인정할 수 없습니다. 소녀의 눈으로 보기 전엔 인정해서는 안 되는 일입니다. 인정한다면 무림 십 년 평화가 지속되고 있음을 꾸준히 보고해 온 천심전의 방대한 정보망을 통째로 부정하는 것과 다름이 없기 때문입니다."

공유선생은 천심전주인 화운의 입장을 한편으론 이해하면서도 다른 한편으론 난세를 인정하지 않을 만큼 무림 십 년 평화가 천하무림인들에게 쉽게 버릴 수 없는 방만과 방심을 가져다주었음을 절감해야 했다.

"세상은 변했소, 전주. 세상이 변했다는 사실을 인정하지 않는다면 천의맹은 더 이상 무림의 희망이 될 수 없소. 그러나 그 불행한 사실을 받아들이기까지 시간이 걸리리라는 점은 인정하오. 좋소, 전주께서 직접 현실을 똑바로 볼 시간을 드리겠소."

"그 말씀은 매복객에 대한 정보를 주진 않을 거라는 뜻이로군요."

"직접 눈으로 확인하시라는 얘기요. 백문이 불여일견일 테니 말이오. 그리고 그다음에 이 늙은이가 전주께 듣고자 하는 첫 번째 정보를 말씀드리는 게 순서일지도 모르겠소."

"그럼 그리하지요."

화운은 공유선생이 내놓은 첫 번째 정보가 명쾌하지 않은 것에 대한 불만은 있었지만, 직접 눈으로 확인하라는 공유선생의 말엔 동의했다.

그리고 더 이상 시간을 지체할 수 없을 만큼 주변의 상황은 예상보다 빠르게 진행되고 있었다.

짙은 새벽안개에 휩싸인 적송림에서 뿜어져 나오기 시작한 살기는 시간이 흐를수록 짙어졌다.

그리고 그 살기는 짙은 안개를 뚫고 화운 일행이 탄 마차를 향해 빠르게 접근하기 시작했다.

살기를 느끼며 화운은 뭔가 불길함에 사로잡혔다.

이상한 일이다.

이 살기가 낯설지가 않았다.

'어디서였을까?

한 번은 어디선가 경험한 듯한 살기였지만, 어디서였는지는 생각이 나질 않았다.

유사하긴 하지만 어찌 보면 완연히 다른 느낌이 화운으로 하여금 혼란에 빠지게 하는 것인지도 몰랐다.

화운은 이 혼란함을 정리하기 위해 한 사람을 선택했다.

적어도 지금까지 지켜봐 온 그는 완벽했다.

그 어떤 난제라도 그의 몸을 통하면 그야말로 완벽하게 풀려 나왔다.

마치 엉킨 실타래가 술술 풀리듯 말이다.

"통상적으로 매복자들은 매복의 장점을 살리기 위해 최대한 자신의 기척을 죽이는 것이 일반적인 행동입니다. 이처럼 상대를 의식하지 않고 살기를 내보이는 행동은 일반적인 매복자들과는 크게 다르다고 할 수 있습니다."

말을 하는 화운의 시선은 적송림을 더듬고 있어서 누구를 향해 말을 하고 있는지 분명하지 않았다.

"비록 매복을 하고 있으나 매복의 장점을 살리지 않고서도 우릴 제거할 수 있다는 자신감에서 나온 오만한 행동일 수도 있고, 하룻강아지 범 무서운 줄 모르는 광기일 수도 있습니다."

누구에게 말하는 것인지 여전히 오리무중이었다.

"장 공자께서는 어느 쪽이라고 생각하시는지요?"

화운을 따라 무심코 마차에서 내리던 장한명은 흠칫했다.

"내게 물은 건가?"

화운이 곱게 웃었다.

"이곳에 장 공자라는 분이 또 계셨던가요?"

"그, 그게……."

장한명은 당황한 기색으로 얼굴을 붉혔다.

장한명은 화운이 당연히 묵상을 향해 말을 하고 있는 것이라고 지레짐작하고 있었던 것이다.

화운은 천의맹을 나와 남궁세가에 이르기 전까지만 해도 반천구마신을 제외한 무림의 대소사는 모두 묵상과 상의했다.

그러므로 이번에도 예외가 아닐 거라 생각했다.

"난 무림에 대해서 아는 바가 별로 없어, 전주."

화운은 빙그레 웃었다.

"그 안에서 이런 놀이는 즐기지 않았나 보군요?"

장한명은 갸웃했다.

"그것과 상관이 있나?"

"이런 놀이가 있긴 있었지요?"

"가끔은."

"그렇다면 그 놀이에서 가끔은 장 공자께서 매복자의 역할을 하기도 했을 텐데… 어떤가요, 장 공자와 저들 매복자들과의 차이가 느껴지진 않나요? 차이점이 있다면 그게 무엇인지 설명해 주실 수 없으신지요."

"차이가 없어. 우리도 애써 살기를 지우진 않았으니까. 완벽하게 공개된 그 공간에선 매복이란 단어는 애당초 존재하지도 않았지. 살기를 지우느니 살기를 내뿜어 상대에게 공포

감을 주는 게 좀 더 효과적이라는 건 모두가 경험으로 터득해서 알고 있었으니까.”

“혹 다른 차이점이라도……?”

화운이 집요하게 묻는 데엔 나름대로 이유가 있었다.

그 이유야 나중에 밝혀지겠지만, 장한명은 선뜻 대답하지 않고 잠시 생각하다가 신중하게 말했다.

“솔직히 낯선 느낌이 아니야.”

“낯선 느낌이 아니라면……?”

“…….”

장한명은 말없이 적송림을 맑고 깊은 눈빛으로 살펴 나갔다.

“우리가 즐겨했던 방식 그대로야.”

이 말에 마차 안에서 열려진 휘장 사이로 장한명을 예의 주시하던 공유선생의 눈에 가벼운 이채가 떠올랐다가 이내 꺼지듯 사라졌다.

“우리는 이 놀이를 천라지망(天羅地網)이라 불렀지. 한편에선 몸을 숨기고 한편에선 몸을 숨긴 사람을 찾아내서 공격하는 놀이이긴 하지만, 몸을 숨길 만한 장소가 마땅치 않으니 나중엔 정면대결 형태가 되어버리곤 했지.”

적송림을 뒤덮은 살기가 더욱 짙어졌다.

매복객의 숫자가 얼마인지 파악은 되지 않았지만, 그 살기는 수만 자루의 검에서 동시에 뿜어져 나오는 살기와 능히 비견될 만큼 강하고 잔혹하게 느껴졌다.

그리고 그 살기는 화운과 장한명 일행의 숨통을 조이듯 강하게 옥죄어오기 시작했다.

"천라지망은 일단 시작되면 삼백육십 방위의 퇴로(退路)를 완벽하게 차단하는 것이 특징이었어. 삼백육십 방위를 차단하는 것이 쉬운 일이 아니라서 여러 번의 시행착오를 거친 끝에 우린 마침내 완벽한 천라지망을 완성할 수 있었는데……."

적송림에서 뿜어져 나오는 살기는 우연의 일치처럼 장한명의 말 그대로 진행되고 있었다.

그야말로 살기는 삼백육십 방위를 물샐틈없이 차단한 채로 빠르게 다가오고 있었던 것이다.

"많은 인원이라면 삼백육십 방위를 차단하는 일이 그리 어려운 일은 아닐 테지만, 소수의 인원으로 삼백육십 방위를 차단하기 위해선 한 가지 방법뿐이었지."

"한 가지 방법이라면?"

화운이 궁금한 듯 급히 물었다.

장한명은 짙은 안개에 묻혀 있는 적송림을 담담히 훑어가며 말을 이었다.

"바로 저들 매복객들과 같은 움직임."

“저들의 움직임이 보인다는 건가요?”

“한 명의 매복객이 삼백육십 방위를 차단하고 있어. 거미란 동물이 하나의 주망(蛛網)을 완성하는 것과 같은 이치야. 두 마리의 거미가 함께 주망을 만들지 않듯이 우리 역시 한 명이 하나의 주망만을 완성했지.”

“주망이라는 것은 합격진(合擊陣)에서 보이는 약속된 움직임 같은 것이 아니던가요?”

“합격진이라는 건 들어본 적이 없어.”

“당연히 그러시겠지요. 그건 그렇고, 주망을 만드는 속도가 문제였을 것 같은데… 한 사람이 그 복잡한 주망을 만드는 데 얼마의 시간이 소요되었을까요?”

“그 속도 때문에 초창기엔 시행착오를 겪었어. 그러나 주망을 완성하는 시간은 점점 줄어들었고, 마침내 시간이라는 개념 자체를 의식하지 못할 정도로 빨라졌지.”

“어느 정도나?”

“숨을 들이마시고 내쉬는 한 호흡 정도의 시간.”

“그, 그게……?”

그게 가능한 일이냐고 묻고 싶었지만, 천뇌집무헌 안에서 펼쳐진 놀이들이 워낙이 상식을 뛰어넘는 불가사의한 것들뿐이라서 질문 자체가 무의미함을 깨달은 화운은 입을 닫았다.

질문에 대한 답은 뻔한 것이리라.

그게 그렇게 어려운 것이냐는.

"한 명이 하나의 주망을 완성하고, 거의 같은 시간 나머지가 다른 주망들을 완성해서 켜켜이 쌓으면 마침내 천라지망은 완성되는 거였지."

"숫자가 더해지면 그만큼 강해지겠군요."

"물론."

"저들 매복객이 펼치는 것이 바로 그 천라지망이라는 건가요?"

"틀림없어."

"그렇다면 저들 매복객을 반천구마신으로 단정 지어도 무리는 없겠군요."

이 한마디로 묵상이 아닌 장한명에게 매복객에 대한 의구심을 풀려고 했던 화운의 의도가 적나라하게 드러난 셈이었다.

그녀는 매복객이 반천구마신이 아닐까 하는 의심을 처음부터 하고 있었던 것이다.

그녀가 최초로 느낀 불길함은 그런 예감에서 시작된 것인지도 몰랐다.

사실 그녀는 눈앞의 매복객이 남궁세가에 이르기 전에 마주쳤던 마교의 쟁천칠십이혈랑으로 의심되는 아홉 괴인은 아닐까 하는 추측을 했다.

아홉 괴인이 보였던 독특한 살기와 매복객이 보이는 살기가 마치 한 사람의 몸에서 풍겨지는 것처럼 유사했기 때문이다.

그러나 그것은 질적인 면에서의 유사함이지 양적인 면에선 차이가 컸다.

아홉 괴인이 뿜어냈던 살기가 소하(小河)라면 매복객들이 뿜어내는 살기는 대해(大海)와도 같았다.

무림 경험이 일천한 화운으로서도 그 살기를 접하는 순간, 그것이 일반 무림인이 뿜어낼 수 있는 살기가 결코 아님을 직감할 정도였다.

그 직감이 매복자들이 혹시 반천구마신은 아닐까 하는 의심에 무게를 실어주었던 것이다.

그리고 그런 집요함 덕분에 매복객들이 반천구마신이라는 결론을 도출해 내는 데 결국 성공할 수 있었는데…….

그러나 장한명은 고개를 저었다.

"반천구마신일 리가 없다, 전주."

화운은 흠칫했다.

"아니라면?"

"저들 매복객들이 누구인지는 알 수 없지만 반천구마신이 아님은 확실해."

"설명이 좀 더 필요한 듯싶군요, 장 공자."

"우린 서로 마음을 읽고 생각을 공유할 만큼 오랜 시간을 함께했지. 그러나 저들에겐 그런 것이 느껴지질 않아."

"단지 그 이유만으로 저들이 반천구마신이 아니라고 단정 짓기엔 뭔가 석연치가 않습니다."

"반천구마신에게 있는 살기가 저들 매복객들에겐 없어."

"살기가?"

화운은 아연실색했다.

그녀는 적송림을 손으로 가리키며 말했다.

"하면 저 살기는 살기가 아니란 말씀이신가요?"

장한명은 심혼을 빨아들일 듯한 맑고 깊은 두 눈에 희미한 미소를 띠었다.

"저들의 살기는 죽어 있는 살기일 뿐이야."

"하면 반천구마신의 살기는 살아 있다는 뜻?"

"살기만으로 살인이 가능할 때 우린 그것을 살기라 불렀지."

"살기만으로?"

그게 가능하냐고 물으면 물론 가능하다고 할 것이니 이에 대한 질문은 굳이 할 필요 없다고 생각하는 화운이었지만, 그 말이 주는 충격을 진정시키기란 쉽지가 않았다.

좀처럼 표정의 변화를 내보이지 않던 묵상마저 장한명을 바라보며 불신의 표정을 짓고 있는 것을 보면, 장한명의 말이

주는 충격을 사실 그대로 받아들이기엔 무리가 있는 모양이
었다.

　그러나 마차 안에서 이를 지켜보던 공유선생은 사뭇 다른
반응이었다.

　공유선생의 두 눈에 다시 떠오른 이채는 전보다 더욱 짙어
졌다.

　그것이 무엇을 의미하는지는 본인만이 알고 있을 테지만,
살기만으로도 살인이 가능하다는 말에도 그다지 놀라는 기색
은 아니었다.

　놀라기는커녕 의외로 담담하기까지 했다.

　기실 살기만으로 살인이 가능하다는 장한명의 말이 논리
적으로 설명이 안 되는 건 아니었다.

　실제로 무형강기(無形剛氣)만으로도 살인을 한 예는 무림
에서 어렵지 않게 찾아볼 수가 있다.

　그 예를 찾으려면 무림 십 년 평화 시기 이전으로 거슬러
올라가야 하지만 말이다.

　물론 무형강기와 살기는 근본적으로 차이가 있지만, 신무
학 백팔번뇌를 연성했음에도 불구하고 신무학 백팔번뇌를 연
성했는지조차도 깨닫지 못하는 장한명에게 무학에 관한 지식
이 있을 리 만무하고, 무학 지식이 없는 장한명으로서는 무형
강기를 살기로 표현할 수밖에 달리 방법이 없을지도 모른다.

문득 묵상이 마상(馬上)에서 훌쩍 뛰어내리며 말했다.

"저들이 누구인지 소신이 알아보도록 하겠습니다, 전주."

화운은 적송림을 향해 느릿하게 걸어가는 묵상을 보며 말했다.

"어쩌려고?"

묵상이 공손히 대답했다.

"저들이 적송림으로 우릴 들어오라 손짓하고 있으니 들어가 주는 것이 예의가 아니겠습니까?"

"위험하다."

"어차피 적송림을 통과해야 하니 저들이 원하는 대로 해줄 수밖에요."

"하지만 느낌이 안 좋아. 왠지 불길해."

"소신을 너무 과소평가하는 건 아니신지요, 전주?"

"농담이 아니다, 묵상."

화운이 정색을 하자 묵상은 움찔했다.

화운이 어두운 얼굴로 말을 이었다.

"저들은 강해. 묵상이 지금까지 상대했던 그 어떤 적수보다도."

묵상은 차갑게 웃었다.

"아직 그런 상대를 만나지 못했습니다, 전주."

화운은 고개를 저었다.

"반천구마신은 아니더라도 그들 아홉과 같은 아류라면 상상을 초월하는 능력을 지니고 있을 터, 경시할 대상이 절대 아니다. 우리의 가장 큰 문제는 상대를 모른다는 점이다. 반면 저들 매복자들은 우릴 훤히 알고 접근했을 것이다. 상황이 이렇거늘 이 싸움을 서두를 이유가 없지 않은가."

"음……."

묵상은 침음하며 새삼 적송림을 예리한 눈빛으로 살펴 나갔다.

매복자들이 뿜어내는 강한 살기는 적송림을 벗어나지 않고 있었다.

살기는 일사불란한 매복자들의 움직임에서 폭발적으로 뿜어져 나왔고, 움직임이 빨라지면 빨라질수록 살기는 더욱 짙어졌지만 기이하게도 그 살기는 적송림 안에서만 돌풍처럼 맴돌 뿐이었다.

그들 역시 서두르는 기색은 아니었다.

"궁금해. 저들이 원하는 것이 대체 무엇인지 말이야."

매복객들이 화운 일행의 목숨을 노리고 접근한 거라면 저렇듯 여유를 부리진 않을 것이다.

노리는 목숨, 지체없이 거두어가면 그 뿐일 테니까 말이다.

물론 신중한 접근일 수도 있다.

하지만 저 오만하게 뿜어내는 살기는 신중함과는 거리가

멀었다.

　화운은 매복객들이 원하는 목적이 다른 것일 수도 있다는 생각을 했다.

　화운은 이번에도 장한명을 향해 물었다.

　"장 공자께서는 저들이 원하는 것이 무엇이라고 생각하시나요?"

　장한명은 간단히 대답했다.

　"우리의 목."

　화운은 미간을 살짝 찌푸렸다.

　"하면 저들이 움직이지 않는 이유는?"

　"거미의 주망은 먼저 움직이는 법이 없으니까."

　"그러니까 저들의 저런 인내는 기다림의 미학이라는 건가요?"

　"미학이 아니라 고통이지."

　"고통?"

　"우리에게 기다림은 늘 고통이었으니까."

　"하지만 저들은 장 공자와 다릅니다. 저들이 반천구마신이나 장 공자와 같은 부류일 수는 없으니까요."

　"같은 부류일 수는 없겠지만 별반 다르지 않아."

　"아직도 저들에게서 동질감이 느껴지는 건가요?"

　"아직은."

“정말 묘한 일이군요.”

화운은 점점 더 미궁 속으로 빠져들어 가는 느낌이었다.

문득 장한명은 적송림에 바짝 접근한 묵상을 향해 말했다.

“경고하지. 들어가면 당신은 죽어.”

묵상은 피식 웃었다.

“내가 원하지 않는 이상 누구도 날 죽일 수 없다. 내 말은 내 한 몸 지킬 능력은 지니고 있다는 뜻이다.”

“염병, 큰소리는…….”

묵상은 장한명의 말을 무시했고, 장한명은 건성으로 묵상의 무운을 빌었다.

순간, 묵상은 지체없이 적송림을 향해 몸을 날려갔다.

화운은 묵상이 자신의 허락도 없이 적송림에 뛰어들 것이라곤 미처 생각지 못한 듯 당혹한 표정으로 소리쳤다.

“멈춰, 묵상!”

화운의 외침은 묵상의 행동을 따르지 못했다.

붉은 운해 안으로 이미 묵상의 신형은 사라진 뒤였던 것이다.

묵상의 목소리만이 운해에서 흘러나왔다.

“도대체 이들이 얼마나 강한지, 그 정체가 무엇인지 시험해 보도록 하겠습니다, 전주!”

화운은 고개를 저었다.

“안 돼! 돌아와!”

“처음이자 마지막으로 전주의 명을 어깁니다. 용서하소서.”

이 말을 끝으로 묵상의 신형이 운해에서 빠져나와 수직으로 허공을 치솟아 올랐다.

허공으로 치솟아 오른 묵상의 흑삼이 풍선처럼 부풀어 올랐다.

수려한 얼굴엔 한 가닥 긴장의 빛마저 떠올랐다.

그 역시 긴장하고 있음이 분명했다.

흑삼이 풍선처럼 부풀어 오른 것은 그가 내력을 극성으로 끌어올렸음을 의미했다.

적송림으로 들어서기 전 매복자들을 경시하던 것과는 사뭇 다른 태도였다.

합장한 그의 전신이 은은한 황금빛으로 휘감겼다.

이런 모습을 보며 누군가의 입에서 신음과도 같은 탄성이 흘러나왔다.

“아아… 금강반야선공(金剛般若禪功)!”

자신도 모르게 탄성을 내지르고 만 공유선생은 묵상이 소림 출신임은 익히 소문으로 들어 잘 알고 있는 터였다.

하지만 묵상이 소림 비전 절학(少林秘傳絶學) 가운데에서도 최고의 절학이라 손꼽히는 금강반야선공을 상승에 경지에 이르도록 연성하고 있을 줄은 천하제일통이라는 그도 몰랐던 사실이다.

합장한 손은 물론이거니와 전신이 황금빛으로 물들어가는 묵상을 보면서 공유선생의 얼굴에 경이로움이 떠올랐다.

"대단하군. 소림 사상 최고의 기재라 불렸던 현 소림 장문인 혜광 선사(慧光禪師)께서 백 일 밤낮의 설법으로 또 한 명의 소림 천 년 기재 소림옥불(少林玉佛)의 파계(破戒)를 막으려 혼신을 다했다는 일화는 아직도 무림인들 사이에서 회자될 만큼 세간의 화제였다지만… 서른도 채 되지 않은 어린 나이에 무공 수위가 저 정도로 지고한 경지에 올라 있을 줄은 몰랐도다."

공유선생의 중얼거림은 나직했으나, 가볍게 들어 넘길 내용은 결코 아니었다.

그러나 화운도 장한명도 공유선생의 중얼거림에 관심을 보이지 않았다.

화운과 장한명의 온 이목은 묵상의 움직임에 고정되어 있었다.

두 사람의 무관심에 머쓱해진 공유선생의 시선도 묵상에게 옮겨졌다.

바로 그 순간, 눈이 부신 황금빛에 휘감긴 묵상의 신형이 수직으로 적송림을 향해 내리꽂혔다.

쿠우우우!

묵상이 내리꽂힌 지점을 중심으로 순식간에 적송림이 황금빛으로 물들어갔다.

충돌은 피할 수 없는 상황이 되었다.

이 절체절명의 순간이 사뭇 긴장되는지 화운과 장한명의 눈빛이 굳어졌다.

화운은 자신도 모르게 마른침을 꿀꺽 삼켰다.

하지만 공유선생의 반응은 달랐다.

그는 마치 결과를 이미 내다보고 있는 듯 고개를 저었다.

"소림 사상 최고의 기재라는 소림옥불이 금강반야선공을 십이성 대성(大成)했다 해도 버거운 상대임이 분명하다. 무림 상하 서열의 질서까지도 파괴한 저들을 과연 누가 막을 수 있을지……."

第二章

백팔적혈곤수(百八赤血困獸)

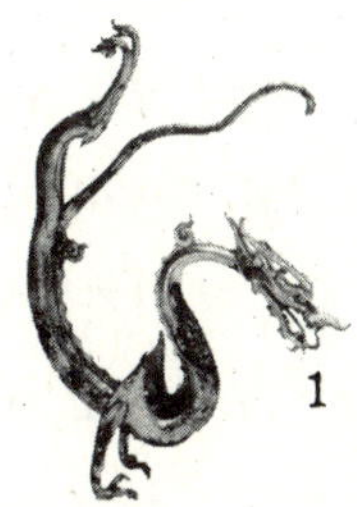

우우우!

기괴한 소리가 적송림으로부터 흘러나온 것은 묵상의 모습이 붉은 운해 속으로 사라진 뒤였다.

그것은 마치 누군가의 처절한 통곡 소리처럼 들렸다.

자세히 들어보면 한겨울의 스산한 삭풍 소리처럼 들리기도 했다.

아울러 붉은 운해가 무섭게 요동치기 시작했다.

거대한 적룡(赤龍) 서너 마리가 뒤엉켜 꿈틀대는 듯한 모습이었다.

그런 파장(波長)은 묵상이 사라진 바로 그 장소를 중심으로 일어났다.

그리고 그 후폭풍은 상상을 초월했다.

적송림의 중심에 거대한 폭발이 일어났고, 폭발의 여파가 사방팔방으로 한꺼번에 밀려 나가듯 가공할 기파(氣波)가 마치 해일처럼 화운과 장한명, 그리고 마차를 향해 밀려들었다.

놀란 화운은 본능적으로 몸을 틀어 기파를 피하고자 했지만 그것은 피하려고 한다고 해서 피할 수 있는 대상이 아니었다.

급기야 호신강기(護身剛氣)를 끌어올려 충격을 최소화하려 했으나 그 또한 여의치 않았다.

해일처럼 밀려든 가공할 기파는 그대로 화운의 호신강기를 뚫어버렸다.

그 충격에 화운은 전신의 기혈이 뒤틀림을 느끼며 정신없이 뒤로 물러섰다.

비릿한 피비린내가 목구멍까지 차올랐다.

바로 그때, 한줄기 청아한 기운이 화운의 몸을 부드럽게 휘감았다.

놀랍게도 그 청아한 기운에 몸이 휘감기자 들끓어오르던 화운의 기혈은 고요하게 가라앉았다.

동시에 그녀의 귓전으로 부드럽게 스며드는 소리.

"전주의 호위무사가 위험해."

화운은 황망히 고개를 돌려 장한명을 찾았지만 장한명은
이미 그 자리에 없었다.

다시 고개를 돌려 적송림을 두 눈에 담는 순간, 요동치는
적송림 안으로 장한명의 몸 거의 대부분이 스며들고 있었다.

2

적송림은 어둡고 음산했다.

익숙한 분위기였다.

붉은 운해에 잠긴 이 적송림은 장한명이 지난 이 년의 세월
을 보낸 천뇌집무헌의 지하 연무장과 분위기가 흡사했다.

게다가 이 적송림엔 지난 이 년의 세월 동안 장한명이 즐겨
했던 놀이가 있다.

장한명은 신이 났다.

"좋아! 아주 좋아!"

장한명은 연신 고개를 끄덕이며 주변을 빠르게 살펴 나갔
다.

적송림의 한쪽 공간에 묵상이 가부좌의 자세로 앉아 있는
모습이 보였다.

묵상의 전신을 휘감고 있던 눈부신 황금빛은 사라지고 없

었다.

　‘쯧쯧… 큰소리치더니 아주 편히 뻗었군.’

　장한명은 묵상이 가볍지 않은 내상을 입었음을 한눈에 파악하고는 혀를 찼다.

　묵상의 안색은 백납처럼 창백했다.

　푸르게 변한 입술 사이로 검붉은 선혈이 흘렀다.

　장한명은 빠르게 묵상을 향해 접근해 갔다.

　묵상을 향해 가까이 접근해 갈수록 보이지 않는 강한 힘이 느껴졌다.

　그 힘은 묵상으로부터 나오는 것이 아니었다.

　묵상에게 내상을 입힌 매복자들이 쏟아내는 힘이었다.

　‘제법이긴 해도…….’

　장한명은 상대의 힘을 음미하듯 눈을 감았다 떴다.

　‘아직은 서툴러.’

　장한명은 상대가 펼치는 놀이에 허점이 많음을 간단히 파악해 냈다.

　‘슬슬 시작해 볼까?’

　쿠우우!

　장한명은 묵상을 중심에 두고 둥근 원을 그리며 빠르게 돌기 시작했다.

　상대는 묵상을 중심으로 세 겹의 주망을 펼친 상태였다.

‘세 명.’

세 겹의 주망이면 세 명을 의미한다.

세 사람이 왼쪽에서 오른쪽으로 움직였다.

그들이 움직일 때마다 붉은 운무가 무섭게 출렁였다.

출렁인다기보다는 찢겨져 나간다는 표현이 더 정확한 것인지도 모르겠다.

운무는 찢겨지고 있었다.

장한명은 피가 끓었다.

놀이를 할 때마다 이렇듯 묘하게 흥분이 되었다.

‘냉정해야 한다.’

장한명은 마음을 차갑게 가라앉히며 온몸에 힘을 모았다.

파파팟!

콧등을 때리는 바람이 아프게 느껴질 정도로 장한명의 움직임이 빨라졌다.

장한명은 오른쪽에서 왼쪽으로 움직였다.

이것은 세 명 매복자의 움직임과는 정반대 방향이었다.

쿠쿠쿵!

장한명의 움직여 나가는 방향으로 적송이 장한명의 몸이 닿기도 전에 허리부터 잘려 나가며 좌우로 튕겨져 나갔다.

이어서 장한명은 묵상을 중심으로 가장 안쪽에 주망을 편친 매복자와 최초로 충돌했다.

콰앙!

굉렬한 폭음.

"억!"

고통스러운 신음과 함께 첫 번째 매복자가 튕겨져 나갔다.

'이제 넌 술래.'

장한명은 비릿하게 웃었다.

한편, 첫 번째 매복자가 무기력하게 튕겨져 나가자 나머지 두 매복자의 움직임이 멈칫했다.

"넌 뭐냐?"

그들 중 한 명이 물었다.

장한명은 히죽 웃었다.

"뭐긴, 술래지."

"수, 술래?"

"숨은 쥐새끼들을 잡아내는 술래. 쿠쿠."

"미친놈!"

"염병!"

순간 장한명은 두 번째 매복자와 충돌했다.

콰아!

결과는 첫 번째 충돌과 동일했다.

"커어어!"

두 번째 매복자도 비명과 함께 튕겨져 나갔다.

장한명의 움직임은 더욱 빨라졌다.

장한명의 앞을 가로막는 적송은 허리가 터진 채 좌우로 갈라지며 길을 내주었다.

세 번째 매복자는 소녀였다.

소녀는 세 명의 매복자 가운데 가장 강했다.

그러나 앞서 두 명의 매복자가 손 한 번 제대로 써보지 못하고 맥없이 튕겨져 나가자 당황하지 않을 수 없었다.

무림 출도 이래 이런 경우는 처음이었다.

제아무리 강한 상대라 해도 그들의 주망에 걸려들면 속수무책이었다.

그들의 주망에 걸려 살아 나간 무림인은 없었다.

그런데 오늘의 상대는 달랐다.

달라도 한참 달랐다.

세 명이 펼친 주망을 우습게볼 뿐만이 아니라, 상대는 자신들이 펼치는 주망을 훤히 꿰뚫어 보고 있는 듯했다.

소녀는 바짝 긴장했다.

그러나 소녀에겐 앞서의 두 매복자에겐 없는 다른 하나의 무기가 더 있었다.

"후후… 네놈도 별수없는 수컷인 것을……."

소녀의 입가에 요염한 미소가 떠올랐다.

그 요염한 미소는 이내 그녀의 풍만한 몸 전체로 번져 나갔다.

　두 명의 매복자를 간단히 날려 버린 상대는 빠르게 그녀의 정면으로 다가왔다.

　상대는 그녀의 변화막측한 움직임을 그림자처럼 따라 움직였다.

　소녀를 따라 움직이는 상대는 소름이 끼칠 정도로 정확히 소녀의 진행 방향을 차단했다.

　소녀는 반 호흡 만에 무려 일천 번 이상의 변식을 전개하며 상대를 따돌리려 했지만, 어디로 움직이든 상대의 숨소리는 어김없이 귓전에서 느껴졌다.

　"망할."

　소녀는 상대가 생각보다 강함을 느끼며 치를 떨었다.

　순간 불쑥 상대의 얼굴이 소녀의 얼굴 앞으로 튀어나왔다.

　지극히 평범한 얼굴.

　그러나 두 눈은 심연처럼 맑고 깊다.

　그 눈이 징그럽게 웃고 있었다.

　"더럽게 예쁜데?"

　이 말에 소녀는 자신의 얼굴을 잡아 뜯고 싶었다.

　예쁘다는 말이 이처럼 천박하게 들릴 수도 있다는 걸 그녀는 예전엔 미처 몰랐었다.

　"더럽다는 뜻은 알지?"

이렇게 말하며 장한명은 소녀의 몸을 묘한 눈빛으로 훑어 내렸다.

소녀는 벌레가 온몸을 헤집고 다니는 듯한 징그러운 느낌을 받으며 몸을 부르르 떨었다.

소녀는 쌍수(双手)에 내공을 은밀하게 끌어 모으며 겉으로는 요염하게 웃어 보였다.

그녀의 축축이 젖은 입술이 살짝 열리며 쏟아내는 끈적끈적한 한마디.

"가져도 돼."

장한명은 갸웃했다.

"뭘?"

소녀는 풍만한 가슴을 흔들었다.

"나를 가져."

"너를?"

"후회는 하지 않게 해줄게."

이 말과 함께 스르르 그녀의 상의가 소리없이 흘러내렸다.

눈부시게 흰 빙기옥골(氷肌玉骨)의 살결과 아름다움의 극치를 보이는 여체의 조화로운 곡선이 적나라하게 드러났다.

특히 수줍은 듯 가늘게 떨리는 소녀의 우윳빛 젖무덤이 장한명의 두 눈에 강하게 박혔다.

장한명의 눈빛이 크게 흔들렸다.

장한명은 마른침을 꿀꺽 삼키며 물었다.

"정말 가져도 돼?"

소녀는 짐짓 수줍은 듯 얼굴을 붉히며 고개를 끄덕였다.

"가져."

소녀의 말이 떨어지기가 무섭게 장한명은 양손으로 소녀의 젖가슴을 와락 움켜잡았다.

장한명의 손가락 사이로 소녀의 젖가슴 살이 볼록하니 삐져나올 정도로 소녀의 젖가슴은 풍만했다.

"좋아, 아주 좋아."

장한명은 흡족한 듯 연신 고개를 끄덕이며 탐욕스런 웃음을 흘렸다.

"멍청한 놈!"

기다렸다는 듯이 소녀의 쌍수가 장한명의 가슴을 향해 뛰어나갔다.

전신 내력을 모아 펼치는 필살의 일격.

쿠우우!

소녀는 이 공격의 성공을 확신했다.

자신의 풍염한 젖가슴에 현혹되어 경계심마저 풀어버린 이 어린 소년의 숨통을 끊어버리는 일이 그리 어려워 보이지 않았다.

아니, 누워서 식은 죽 먹는 일보다 더 쉬워 보였다.

그러나 그녀는 모르고 있었다.

자신의 쌍수가 아무리 빨라도 자신의 젖가슴을 움켜잡고 있는 장한명의 손보다 빠를 수는 없다는 것을 말이다.

"이게 굳이 이곳에 달려 있을 필요가 있을까?"

장한명은 움켜쥔 소녀의 젖가슴을 살피며 갸웃했다.

장한명의 중얼거림에 소녀는 불길함을 느꼈지만, 그땐 이미 늦은 뒤였다.

장한명은 소녀의 젖가슴을 힘주어 당기며 히죽 웃었다.

"이게 이마에 달려 있으면 보기에 더 좋지 않을까?"

장한명은 소녀의 젖가슴을 뽑아낼 기세로 더욱 세게 잡아당겼다.

어쩌면 장한명은 소녀의 젖가슴을 뽑아서 소녀의 이마에 붙일 생각을 하고 있는지도 모른다.

"아아악!"

소녀는 젖가슴이 터져 나가는 듯한 통증을 이기지 못하고 외마디 비명을 질렀다.

소녀의 얼굴은 새하얗게 질린 상태였고, 두 눈엔 공포가 떠올라 있었다.

장한명을 쳐가던 소녀의 쌍수는 표적을 잃은 상태로 허공에서 허우적거렸다.

장한명은 갸웃했다.

“가지라며?”

소녀는 발악하듯 소리쳤다.

“개자식아, 누가 그걸 뜯으랬어?”

장한명은 다시 갸웃했다.

“뜯을 수 있는 게 아니었어?”

“이, 이런 미친 자식… 으으……!”

“뜯을 수도 없는 건데 왜 가지라고 했어? 젠장, 좋다가 말았잖아.”

화풀이하듯 장한명은 소녀의 젖가슴을 거칠게 밀어냈다.

말이 밀어낸 것이지 당하는 소녀는 젖가슴이 터져 나가는 듯한 극심한 통증을 느끼며 비명을 질렀다.

“아악!”

동시에 소녀는 보이지 않는 엄청난 힘에 밀려 뒤로 팅겨져 나갔다.

팅겨져 나가는 소녀의 입에서 붉은 선혈이 토해졌다.

3

장한명이 적송림으로 사라진 뒤 한 가지 변화가 있었다.

쿠르르!

지축이 뒤흔들렸다.

세워진 마차가 요동을 치고, 말이 놀라 튀어오를 만큼 지축의 흔들림은 그야말로 경천동지(警天動地) 그 자체였다.

적송림을 휘감고 있던 붉은 운해가 그 여파 때문인지 적송림 밖으로 자욱하게 밀려 나왔다.

화운은 중심을 잡고 서 있기 힘들 정도로 강한 땅의 흔들림을 느꼈다.

이런 변화에 화운은 바짝 긴장하지 않을 수 없었다.

물론 마차 안의 공유선생 역시 긴장하는 표정이 역력했다.

상상조차 할 수 없는 강한 충돌이 적송림 내부에서 일어났음을 화운도 공유선생도 직감했지만 짙은 운해로 시야가 막혀 그 충돌이 어떤 식으로 일어난 것인지 알아볼 재간은 없었다.

그러나 두 사람의 눈앞에서 펼쳐졌던 놀라운 현상은 생각보다 짧은 시간 안에 종료되었다.

적송림으로 흘러드는 아침 양광(陽光)에 붉은 운해는 서서히 소멸되어 가고 있었다.

운해가 소멸되자 상층부(上層部)부터 드러나기 시작하는 적송림의 전경은 실로 처참했다.

적송림은 이제 더 이상 적송림이 아니었다.

수백 그루의 적송이 허리부터 무참하게 잘려 나간 상태였다.

일부는 뿌리째 뽑혀져 나간 상태로 바닥에 나뒹굴고 있었다.

적송림의 한복판에 거대한 공간이 생긴 것이다.

붉은 운무가 사라진 그 거대한 공간에 적송 대신 서 있는 사람은 네 사람이었다.

축 늘어진 묵상을 안고 서 있는 장한명과 장한명으로부터 일 장여 떨어진 거리에 서 있는 이남일녀(二男一女)였다.

이남일녀는 약관 정도로 보이는 두 청년과 그 또래의 소녀였다.

그들의 눈빛은 예리한 검날과도 같아 그 눈빛을 대하는 것만으로도 오한이 들게 했다.

그들은 일신에 붉은 장포를 헐렁하게 걸치고 있었으며, 그 모습은 선혈을 뒤집어쓴 혈인(血人)을 연상케 했다.

한차례의 격전은 끝난 듯 보였지만, 잔혹한 살기는 아직 그들 몸에 남아 꿈틀대고 있었다.

헝클어진 머리카락, 여기저기 찢겨져 나간 붉은 장포.

바닥으로 한 자가량 파고들어 간 두 발.

그리고 가늘게 떨리는 몸.

전체적으로 그들의 상황은 그리 좋아 보이지 않았다.

장한명과의 일전에서 그들은 어느 정도 충격을 받은 것으로 보였다.

그들은 일체 다른 행동을 보이지 않았다.

석상처럼 굳은 그들은 더 이상의 공격은 포기한 듯 보였다.

산 능선을 타고 흐르는 붉은빛이 적송림을 더욱 짙은 붉은 빛으로 물들였지만, 정작 붉은 장포를 걸친 세 사람의 몸에선 붉은빛이 점차 흐려지고 있었다.

휘스스.

이어 두 청년과 소녀의 모습이 안개처럼 뿌옇게 흐려지는가 싶더니 이내 흔적도 없이 사라져 버렸다.

수백 그루의 적송이 동강이 나서 처참하게 나뒹굴고 있는 모습을 보면 이곳 적송림에서 경천동지할 대격전이 있었음을 미루어 짐작할 수 있었지만, 그러나 격전의 흔적은 축 늘어진 채 장한명의 품에 안겨 있는 묵상과 잘려져 나간 적송뿐이었다.

격전이 어떻게 진행되었는지 화운과 공유선생은 보지 못했다.

짙은 운해로 인해 시야가 가려진 탓도 있었지만, 운해가 없었더라도 결과는 마찬가지였을 것이다.

격전은 경천동지했지만, 승패를 가늠할 사이도 없이 찰나지간에 승부가 끝나 버렸기 때문이다.

무림 십 년 평화 덕분에 일찍이 격전다운 격전을 본 적이 없는 화운으로선 인간과 인간의 격전이 이처럼 격렬하리라곤 상상조차 못했다.

승자와 패자조차 구분이 안 되는 격전이었다.

떠난 자들이 승자인지 남아 있는 장한명이 승자인지 화운은 판단이 서질 않았다.

예리한 그녀의 눈빛이 사라진 세 명이 잠깐 머물렀던 자리를 더듬었을 때에야 비로소 누가 승자인지 알 수 있을 것 같았다.

바닥에 점점이 얼룩진 핏방울.

그 양은 적었지만 붉은 장포인들이 흘린 것임이 분명했다.

핏방울은 그들이 머물렀던 자리에만 얼룩진 것이 아니라 그들이 사라졌을 서남쪽 방향을 따라 점점이 이어져 있었던 것이다.

물론 그들이 서남쪽 방향으로 사라지는 장면은 볼 수가 없었지만 말이다.

"고작 세 명이었단 말인가?"

매복객들이 펼친 합격진의 가공 가경할 위력으로 볼 때 적어도 그 숫자가 스무 명은 넘으리라 화운은 짐작했다.

그런데 세 명이었다.

그것도 채 약관이 되어 보이지 않는 어린 청년과 소녀였다.

"대체 정체가 무엇일까? 어째서 난 저들에 대한 정보를 전혀 듣지 못한 것일까? 설마 무림 초출은 아닐 테고……."

그들 셋이 펼친 합격진 하나만을 놓고 봐도 화운은 자신의 한계를 통감해야 했다.

그들이 펼친 합격진은 그녀가 알고 있는 상식 밖에 있었던 것이다.

상상을 초월한 위력의 합격진을 펼친 상대에 대한 정보 또한 전혀 없었으니 천심전주로서의 자존심에도 상처를 입은 셈이었다.

"껄껄, 이 늙은이가 말하지 않았소? 천의맹의 눈과 귀는 이미 오래전에 멀었다고 말이오."

공유선생은 화운의 곁으로 다가서며 화운이 이번 격전에서 받을 충격을 미리 예상하고 있었다는 듯 우쭐한 표정으로 어깨마저 으쓱해 보였다.

화운은 아침 햇살에 젖은 황금빛 머리카락을 가만히 쓸어올리며 말했다.

"선생께서는 저들이 누구인지 그 정체를 아시는지요?"

공유선생은 빙그레 웃었다.

"물론 알고 있소. 하지만 그전에 전주께선 이 늙은이가 원하는 정보를 먼저 주시는 것이 공정한 거래가 아니겠소?"

화운은 망설임없이 고개를 끄덕였다.

"좋습니다. 그렇게 하지요."

“그럼 지금부터 한 가지씩 정보를 주고받기로 합시다.”

“원하시는 정보를 말씀⋯⋯.”

무심코 이렇게 말하던 화운은 급히 입을 다물었다.

장한명이 안고 있는 묵상의 상태가 걱정되었던 것이다.

그녀는 급히 말을 바꾸었다.

“아니, 그보다는 먼저 장소부터 옮겨야겠군요. 묵상의 상처를 치료하는 것이 우선이니⋯⋯.”

“이, 이런⋯⋯.”

공유선생은 무슨 말인가를 하려 했으나 화운은 공유선생의 말을 무시했다.

화운은 장한명을 바라보며 급히 물었다.

“묵상의 상태는 어떤가요?”

화운의 조급함과는 달리 장한명의 대답엔 여유가 있었다.

“충격으로 혼절하긴 했지만 죽을 정도는 아니니 안심해도 돼.”

화운은 안도의 한숨을 내쉬었다.

“정말 다행이로군요.”

장한명은 안도하는 화운을 바라보며 불쑥 묻지도 않은 말을 흘렸다.

“천라지망이었어.”

화운은 흠칫했다.

"천라지망?"

장한명은 고개를 끄덕였다.

"그래. 틀림없는 천라지망이었어."

"맙소사!"

"하나의 주망을 만들어 삼백육십 방위를 차단하기 위해선 삼천육백 번의 변환(變幻) 동작이 필요해. 그 수순이 단 한 차례라도 어긋나면 죽었다 깨어나도 주망을 완성할 수가 없어."

"하면 저들은 그 수순을 완벽하게 재현했다는 말인가요?"

"그래. 우리의 놀이와 완벽하게 같았어. 단 한 부분도 어긋남이 없이."

"아아……!"

화운은 할 말을 잃었다.

장한명의 말대로라면 붉은 장포인들이 펼친 합격진이 천라지망임은 의심의 여지가 없었다.

그렇지 않고서야 무려 삼천육백 번의 변환 동작을 단 한 번의 실수도 없이 완벽하게 펼치기란 불가능한 일이 아닌가.

단순한 동작 하나를 따라 하기란 쉬운 일이다.

그러나 연결 동작이 많아질수록 따라 하기란 힘들어진다.

수없는 반복 수련이 없고서는 복잡한 연결 동작을 완벽하게 흉내 내기란 불가능하다.

그런데 삼백육십 번도 아닌 삼천육백 번의 연결 동작이다.

그것도 단순한 동작이 아니라 무한 연계되어 지속적인 변환을 주어야 하는 복잡한 동작이라면 완벽한 흉내란 사실 불가능하다고 봐야 할 것이다.

그런데 세 명의 붉은 장포인은 그 불가능한 일을 현실로 완벽하게 재현해 냈다.

놀랍다 못해 경이롭기까지 했다.

짧은 순간에 그들 세 명의 붉은 장포인이 펼치는 모든 수순을 빈틈없이 확인한 장한명의 능력이야말로 붉은 장포인이 보인 능력보다도 더욱 경이로운 것일 수도 있었으나, 화운의 생각은 거기까지 미치지는 못했다.

화운의 생각은 다른 차원에 있었다.

불길함과 충격으로 가득 찬 공간이었다.

'그렇다면 천뇌집무헌의 신무학 백팔번뇌가 외부로 유출되었을 가능성이 크다.'

물론 이것은 장한명이 익힌 천라지망이 신무학 백팔번뇌라는 전제 하에서만 예측 가능한 얘기이긴 하다.

천라지망이 신무학 백팔번뇌에 속한 무공이라면, 화운의

뇌리를 복잡하게 만들고 있는 그 불길한 예감은 현실이 될 수밖에 없다.

화운은 고개를 저었다.

'그럴 리가 없다. 아니, 그런 일이 있어서는 안 된다. 신무학 백발번뇌가 외부로 유출되어 악용된다면 그건 너무나 잔인하고 끔찍한 일이 아닌가?

생각이 거듭될수록 화운의 마음은 무겁게 가라앉았다.

'어쩌면 나는 우물 안의 개구리였는지도 모른다.'

천의맹에 있는 동안에는 무슨 일이든 상식의 선 안에서 움직였다.

지식은 외워서 머릿속에 담으면 그뿐이었고, 그렇게 암기한 지식을 꺼내서 적재적소에 응용하면 천의맹 내에서 일어났던 사소한 분란쯤은 간단히 해결되었다.

전혀 어려울 게 없었다.

복잡함도 없었다.

너무나 단조로운 일상이라서 따분할 정도였다.

그 따분한 일상을 접고 천의맹을 떠나 무림 출행을 한 지 불과 반나절을 갓 넘겼을 뿐이다.

하지만 그녀가 그 반나절 동안에 겪은 일은 그녀가 천의맹에 머문 지난 칠 년의 세월 동안 겪었던 일보다 더욱 난해하고 복잡하게 느껴졌다.

머리가 터질 듯이 아파왔다.

천하제일지라는 그녀의 명성을 무색케 할 만큼 그녀를 중심으로 일어나는 사건은 마치 미궁(迷宮)과도 같이 그녀를 깊은 혼돈으로 몰아갔다.

그녀가 지난 칠 년 동안 보고 들은 지식은 혼돈에 혼돈을 더할 뿐이었다.

생각 같아서는 반천구마신이고 뭐고 다 때려치우고 천의 맹으로 되돌아가고 싶은 심정이었다.

4

적송림을 떠난 화운 일행이 밤을 새워 찾은 곳은 어느 이름 없는 산사(山寺)였다.

날이 훤하게 밝은 진시(辰侍) 무렵이었다.

산사는 적막했다.

산사의 처마 끝에 매달려 뎅그렁거리는 풍경 소리만이 화운 일행을 쓸쓸히 반길 뿐이다.

낡은 산사를 지키던 스님들은 머리를 길러 세간으로 나가버린 모양이다.

만유(萬有)는 본래 텅 빈 것이라는 진리에 충실한 산사는 갑작스러운 화운 일행의 방문으로 오랜만에 활기를 되찾은 모습이었다.

묵상의 상태는 당장은 생명에 지장이 없다 해도 급히 치료하지 않으면 그 또한 장담할 수 없는 상태였다.

한때는 촉망받던 소림 천년 기재를 이대로 죽게 할 수는 없는 노릇이었다.

소림을 떠나면서 그 화려한 날개가 꺾였다고는 하나, 파계를 감행했던 신념을 지금껏 고수할 만큼 누구 앞에서나 늘 당당했던 묵상이다.

부질없는 사랑을 위해 보장된 미래를 포기한 어리석은 땡초라는 수식어는 아직도 천형처럼 그를 따라다녔지만, 그는 그 또한 기꺼이 감수했다.

그저 사랑하는 사람 곁에 있는 것만으로도 더할 수 없는 행복을 느낀 그였다.

하나 그가 죽어가고 있었다.

그것도 천의맹을 떠난 지 불과 하루 만에 말이다.

'살려야 한다.'

화운은 먼지 쌓인 객방의 한쪽으로 묵상을 급히 옮겼다.

먼지 따위에 신경 쓸 여유란 없었다.

묵상을 벽에 기대어 앉힌 후 그녀는 서둘러 묵상의 상태를 살폈다.

"외상은 없지만 내상이 문제다."

상태는 생각보다 심각했다.

십이경락이 치명상을 입은 탓인지 기혈의 흐름부터가 원활하지 못했다.

먼저 기혈의 흐름부터 바로잡아 주어야 할 필요성을 느낀 화운은 지체없이 묵상의 상의를 벗긴 후 추궁과혈(推宮過穴)의 수법으로 묵상의 경혈을 주무르기 시작했다.

본신 진원을 끌어올려 환자를 치료해야 하는 이 작업은 겉으론 간단해 보이지만 타혈(打穴)을 함에 있어 고도의 기술을 요하는 요상술(療傷術)이었다.

시간이 흐를수록 화운의 이마에 땀방울이 차오르는 것은 바로 그 때문이었다.

장한명은 문밖에서 이 장면을 신기한 표정으로 바라보다가 화운의 이마에 송골송골 땀방울이 맺히기 시작하자 혹시라도 방해가 될까 싶었는지 조용히 문을 닫고 슬그머니 모습을 감추었다.

5

산사의 옆길에는 바닥이 드러나 보일 정도로 맑은 계곡물이 흐르고 있었다.

장한명은 바위에 걸터앉아 평온한 사색에 잠겼다.

지난 이 년 동안 느껴본 적이 없는 평온함이요, 여유로움이었다.

이런 평온함이라면 가을이 깊어가는 산자락에서 모든 시름마저 잊을 수 있을 것 같았다.

그러나 잊을 수 없는 한 사람이 있었다.

어린 장한명의 손을 이끌고 자신은 삼류무사이되 아들만은 일류가 되어야 한다며 구대문파를 돌고 돌며 자신의 아들을 제자로 받지 않으면 평생 후회하게 될 거라고 입에 거품을 문 채로 호언하시던 아버지.

믿고 믿었던 소림(少林)마저 아들을 외면하자 세상으로부터 인정받지 못하는 아들의 평범한 근골이 당신의 탓인 양 피를 토하시며, '이 망할 놈의 세상, 모두 눈이 멀었어. 내 아들을 나만큼 아는 인간 있으면 나와 보라고 그래!' 하신 아버지.

그런 아버지의 모습이 그립다.

그립고 또 그립다.

슬플 때 더 그립고, 힘들 때 더 그립다.

장한명은 바위 위에 팔베개를 하고 길게 누워 하늘가에 아버지의 모습을 그려본다.

한가롭게 하늘을 떠가는 구름이 생전의 자상한 아버지의 모습으로 그려질 즈음,

"잠시 앉아도 될까, 어린 친구?"

　문득 장한명의 상념 속으로 파고드는 창노한 목소리 하나
가 있었다.

　주인없는 바위에 누가 앉든 굳이 허락을 하고 말고 할 이유
는 없었기에 장한명은 침묵으로 답했다.

　공유선생 또한 그런 사실을 잘 알기에 장한명의 대답이 떨어
지기도 전에 이미 바위에 철퍼덕 걸터앉아 다소 날씨가 더운 듯
팔소매를 걷고는 손부채로 열심히 바람을 일으켜 대고 있었다.

　"거참, 계절이 거꾸로 가나? 무슨 날씨가 아침부터 이리도
덥단 말인가. 덥다, 더워."

　장한명은 눈을 감았다.

　그 자세로 공유선생의 방해로 깨어진 사색을 이어가려는
눈치였다.

　그러나 공유선생은 그런 장한명을 순순히 내버려 두지 않
았다.

　"덥긴 해도 좋은 날씨로군. 하늘이 푸르고 높으니 이런 날
은 세상이 유난히 넓게 보이지. 안 그런가, 어린 친구?"

　"……."

　장한명은 눈을 감은 채 침묵했다.

　공유선생은 장한명의 침묵에도 개의치 않는 표정으로 말
을 이었다.

　"세상은 넓지만 정작 자신을 알아주는 친구는 그리 많지

않지."

"……."

"어때? 세상 고민 다 줄어줄 수는 없지만, 자네 고민 하나쯤은 들어줄 수도 있을 것 같은데 말이지."

"……."

"무거운 짐은 서로 나눠 지는 게 좋다네, 어린 친구. 자네 어깨에 고뇌가 한 짐 같은데, 이 늙은이에게 반쯤 넘기는 건 어떻겠나?"

"……."

"아참, 그러고 보니 자네 이름 석 자도 모르고 있었군. 이름이 뭔가, 어린 친구?"

"……."

장한명은 조용히 눈을 뜨며 나직이 투덜거렸다.

"정말 더럽게 시끄럽군."

"시끄러워?"

공유선생은 흠칫했다.

장한명은 불쾌한 표정으로 말했다.

"왜, 나하고도 거래하게, 영감?"

"헛허, 이것 참……."

공유선생은 실소를 금치 못했다.

장한명은 공유선생의 태도가 마음에 들지 않는지 가볍게

콧등을 찡그렸다.

"다시 묻지. 나와 거래를 하고 싶은 건가, 영감?"

공유선생은 홀린 듯한 표정으로 잠시 장한명을 물끄러미 바라보다가 이 면전의 어린아이가 생각보다 영악함을 느끼며 자세를 바로 했다.

"어린 네가 이 늙은이를 감동시킬 만한 정보를 가지고 있기라도 한다는 게냐?"

장한명은 손으로 자신의 머리를 짚었다.

"솔직히 이 골통에 든 것은 별로 없어, 영감. 그러나 영감이 간절히 원하는 정보 정도는 이 골통에 들어 있을 수도 있지 않겠어?"

공유선생은 의미심장하게 웃었다.

"과연 그럴까?"

"영감이 결정해. 거래를 원하지 않는다면 할 수 없는 일이고."

"껄껄, 늙은 생강일수록 맵다는 말도 옛말인 것 같군. 이 늙은이로 하여금 거래가 하고 싶어 안달이 나도록 만드는 말재간이야 타고난 것일 테지만, 이 늙은이의 생각을 미리 읽어내고 대처하는 그 노련함은 늙은 생강을 무색케 하지 않는가."

"칭찬인가, 욕인가?"

“네가 이겼다, 아이야. 기꺼이 거래에 응하도록 하마.”

장한명은 갸웃했다.

“영감이 이긴 게 아니고?”

“이 늙은이가?”

“네게 접근한 의도가 이 거래 때문 아니었어?”

“헛허.”

얼굴로는 웃고 있었지만 내심 섬뜩한 기분이 드는 공유선생이었다.

‘이 아이는 정말 내 머릿속에 들어와 있는 것 같지 않은가.’

공유선생은 새삼 장한명을 살폈다.

평범했다.

어느 한구석 특출한 구석이 없어 보이는, 주변에서 그저 흔하게 볼 수 있는 그런 모습이었다.

그러나 기이한 일이다.

이 평범한 모습은 보고 있을 때보다도 돌아서면 그 모습이 더욱 기억에 뚜렷하게 남았던 것이다.

마주 보고 있을 땐 평범하게 느껴지는 얼굴이 돌아서면 결코 평범하게 느껴지지 않았다.

특히 심연처럼 맑고 깊은 장한명의 두 눈은 마치 공유선생의 머릿속에 둥둥 떠 있는 것만 같은 느낌을 받았다.

스치듯 봐도 평생 뇌리 속에서 떠나지 않을 것만 같은 기이한 마력마저 눈빛 속엔 담겨 있었다.

눈빛에서 시작된 그 마력은 노을빛이 드넓은 산하(山下)로 번져 나가듯 얼굴 전체로 퍼졌다.

급기야 그 평범한 얼굴이 신비롭고 비범하게 보이기까지 했다.

대륙을 종횡하며 수많은 사람을 봐왔지만 이처럼 독특하고 신비로운 분위기를 연출해 내는 인물을 본 적이 없었다.

그 신비로운 마력에 이끌려 가슴마저 두근거렸다.

장한명에게서 이성의 야릇한 향기를 느낀 것이다.

공유선생은 얼굴을 붉혔다.

'어허, 다 늙어 이 무슨 말도 안 되는 추태란 말인가?

이런 공유선생을 바라보며 장한명은 빙그레 웃었다.

공유선생이 얼굴을 붉힌 이유까지도 훤히 꿰뚫어 보고 있는 눈치였다.

"영감이 먼저 시작해."

장한명의 말에 공유선생은 엉겁결에 고개를 끄덕였다.

그러나 이것은 공유선생의 생각일 뿐, 고갯짓은 그의 마음과는 다르게 나왔다.

공유선생은 자신의 의지와는 상관없이 고개를 가로젓고 있었던 것이다.

'이, 이것은…….'

공유선생은 이런 현상에 당혹함을 금치 못했다.

급히 아니라고 손짓하려는 순간, 장한명이 가볍게 고개를 숙여 보였다.

"고맙군. 그럼 염치불구하고 먼저 시작하지."

'끙…….'

"첫째, 한 사람은 난세가 아니라 하였고, 한 사람은 난세라 했다. 어느 쪽이 맞는 건가, 영감?"

"당연히 이 땅은 지금 난세다."

장한명의 질문에 공유선생은 티끌만큼의 망설임도 없이 난세임을 주장했다.

장한명은 고개를 끄덕이며 지체없이 말을 이었다.

"둘째, 난세임을 주장했는데, 영감 개인의 생각인지, 아니면……?"

"껄껄, 난세를 혼자 주장할 수는 없는 일이란다, 아이야. 현재 무림 난세는 이미 진행된 지 꽤 오래되었으며 절대 다수가 이미 난세를 인정하고 있다."

"셋째, 절대 다수가 인정하는 난세의 주체 세력은 누구지?"

"마교(魔教)……."

말하려던 공유선생은 문득 입을 급히 다물었다.

'이런, 내가 지금 뭐 하는 짓인가?'

공유선생은 어처구니가 없었다.

정보를 교환하는 거래이다.

그런데 이건 누가 봐도 교환이 아니었다.

장한명이 질문을 하고 공유선생이 그 질문에 충실히 답안서를 작성해서 제출하는 형식의 일방적인 거래일 뿐이었다.

공유선생은 자신이 최면이나 사술에 걸린 것은 아닐까 하는 생각이 들었다.

공유선생은 이내 고개를 저었다.

자신의 의식은 평상시와 다를 바가 없이 맑았다.

아니, 오히려 더욱 맑다는 느낌을 받았다.

최면이나 섭혼대법 같은 사술에 걸렸다는 느낌은 전혀 들지 않았던 것이다.

"다시 묻겠어, 영감. 절대 다수가 인정하는 난세의 주체 세력은?"

장한명이 다시 물어왔다.

공유선생은 완강히 고개를 저었다.

'대답할 수 없다.'

그러나 이번에도 공유선생의 말은 입 안에서만 맴돌 뿐이었다.

그리고 정작 입 밖으로 튀어나간 말은 엉뚱했다.

"천하무림은 마교의 지배 하에 들어간 지 이미 오래다. 마교는 천의맹을 피해 지하로 숨어들어 간 암흑 세력들을 결집하여 그 힘을 비축하는 데 성공을 했고, 무림 십 년 평화에 길들여져 무사 안일함에 젖어 있는 정파무림을 제압하는 데엔 그 비축한 힘을 다 쓸 필요조차도 없었다."

열린 입에선 봇물처럼 말이 터져 나왔다.

공유선생의 이마에 식은땀이 맺혔다.

입을 다물기 위해 발악을 했지만 불행히도 입은 다물어지지 않았다.

'망할……'

해야 할 말은 입 안에서 맴돌고, 하지 말아야 할 말은 입 밖으로 튀어나갔다.

"혹자는 이 땅이 마교에 의해 시산혈해(屍山血海)로 변한 지 반년이 흘렀다고 하지만, 정파무림의 치열한 견제도 없었고 저항다운 저항조차 없었으니 마교는 무혈입성(無血入成)한 것일 뿐, 피와 죽음으로 천하무림을 얻은 것은 결코 아니다."

공유선생의 말을 장한명은 가만히 듣고 있었고, 공유선생은 자신의 소중한 정보를 아무런 대가도 없이 풀어놓고 있었다.

"혹자는 정파무림의 중추 세력인 천의맹과 구파일방이 아직은 건재하므로 천하무림이 마교의 지배하에 완전히 들어간 것은 아니라고 하지만, 천의맹이나 구파일방은 독 안에 든 생쥐 신세로 전락된 지 이미 오래다."

"독 안에 든 생쥐?"

"마교의 철벽과 같은 포위망은 천의맹과 구파일방을 중심으로 사방 백여 리에 걸쳐 광범위하게 구축되어 있다. 마교의 교도들을 제외하면 그 사실을 아는 무림인이 거의 없을 만큼 천의맹과 구파일방의 숨통을 서서히 조이는 마교의 행보는 은밀하고도 치밀했다."

"천의맹과 구파일방의 인물들조차도 자신들이 포위되어 있다는 사실을 모른다는 건가, 영감?"

장한명의 물음에 공유선생은 고개를 끄덕였다.

"당연히 모를 수밖에. 마교에 의해 퇴로(退路)는 차단되고 활로(活路)가 봉쇄당했으니 눈을 뜨고 있어도 장님이나 다를 바가 없고, 귀와 입은 열려 있어도 벙어리와 다를 바가 없지 않은가."

"이상하군."

장한명은 고개를 갸우뚱했다.

"마교에 천의맹의 퇴로가 차단되었다는 영감의 말이 사실이라면 나와 화운 전주, 묵상은 이 산사까지 올 수가 없어야 하는 게 아닌가? 영감의 말이 왠지 앞뒤가 맞지 않는다는 생각 안 들어?"

"산사까지 오긴 했어도 무사히 왔다고는 할 수 없지."

"하면 적송림의 그 정체불명인이……?"

공유선생은 고개를 끄덕였다.

"그렇다. 그들은 바로 마교 천마단(天魔團) 소속의 백팔적혈곤수(百八赤血困獸)이다. 그리고 그들 하나하나를 혈곤수라 부른다."

"혈… 곤… 수……."

장한명은 음미하듯 혈곤수라는 단어 한 글자 한 글자를 힘주어 읊조렸다.

그렇더라도 그 단어가 장한명의 가슴에 특별하게 와 닿는 것은 아니었다.

뇌리에 낙인처럼 찍혀 있는 반천구마신만이 관심의 대상일 뿐 그 외엔 철저히 관심 밖이었다.

그러나 신기제갈 화운은 달랐다.

"마교의 쟁천칠십이혈랑과 비교하면 어떤가요, 선생?"

어느새 나타났는지 화운이 장한명과 공유선생을 향해 느릿한 걸음으로 다가서며 물었다.

묵상의 내상 치료에 진원진기를 많이 소비한 탓인지 그녀의 안색은 창백했다.

발걸음 또한 천 근처럼 무겁게 느껴졌다.

공유선생은 화운의 등장에 흠칫했다.

평소의 공유선생이라면 화운의 등장을 이미 눈치 채고 있었어야 했다.

화운이 지척에 이르도록 화운의 기척을 전혀 감지하지 못했다는 건 공유선생이 평소와 다름을 의미했다.

게다가 공유선생은 화운의 물음에도 본인의 의지와는 상관없이 값비싼 대가를 받고 팔아넘겨야 할 귀한 정보를 보따리째 내놓고 있었다.

"마교의 쟁천칠십이혈랑은 전주께서 천의맹을 출행하자마자 마주치셨을 거요. 천의맹을 포위하고 있는 마교의 주축 세력이 바로 쟁천칠십이혈랑이기 때문이오."

공유선생의 설명에 화운은 고개를 끄덕였다.

"그렇군요. 짐작대로 그들이 바로 마교의 쟁천칠십이혈랑 가운데 일부였군요."

공유선생은 이젠 묻지 않아도 정보를 술술 풀어놓기까지 했다.

마치 뭔가에 홀린 듯이 말이다.

"이 땅에 피와 죽음을 뿌리며 잔인함의 대명사로 한 시대를 풍미한 쟁천칠십이혈랑이지만, 백팔적혈곤수와는 비교조차 되질 않소. 한 명의 혈곤수가 쟁천칠십이혈랑 모두를 상대할 만큼 강하다면… 더 이상의 설명은 시간낭비가 아니겠소,

전주?"

"알 만하군요."

"직접 보셨듯이 백팔적혈곤수 한 명 한 명의 무위는 일파종사(一派宗師) 급이오. 아니, 그 이상이라고 해도 과언이 아니오."

"인정합니다."

"마교가 천하무림을 빠르게 장악할 수 있었던 것도 백팔적혈곤수의 무적질주(無敵疾走)가 한몫을 단단히 했기 때문이오. 반년 전 어느 날 갑자기 무림에 출현한 그들의 앞을 막을 상대는 없었소. 개인이든 조직이든 그들 앞에선 어느 누구도 조족지혈(鳥足之血) 신세를 면할 수는 없었소."

"적송림에서 봤던 혈곤수의 능력으로 미루어 짐작컨대 보지 못했어도 충분히 상상은 됩니다."

"아니, 상상만으로는 부족하오. 직접 눈으로 보지 않고서야 무림을 시산혈해로 만든 치가 떨리는 그들의 잔혹함을 느끼기란 어렵소."

"당연히 그럴 테지요."

화운은 공유선생의 말에 공감를 표하고는 이내 시선을 장한명에게 넘겼다.

공유선생의 의식을 자유자재로 주무르고 있는 장한명의 경이로운 능력은 그러나 이제 더 이상 놀랄 만한 일은 아니었기에 그녀는 태연한 얼굴로 장한명을 바라볼 수가 있었다.

"이제 듣는 것은 더 이상 의미가 없습니다, 장 공자. 이제 소녀의 눈으로 직접 보고 확인하는 일만 남은 셈이니까요."

장한명은 고개를 끄덕였다.

"그럼 중단하기로 하지, 뭐."

"고맙습니다."

"그전에 한 가지 궁금한 점이 있는데……."

"말씀하세요, 장 공자."

"전주는 무불통지라고 했잖아. 그런데 천하무림이 마교의 마수에 넘어갔음에도 불구하고 그 사실을 까맣게 모르고 있었다는 게 말이 안 되잖아."

천의맹을 떠나 남궁세가, 적송림에 이어 산사에 이르는 동안 무림에서 일어났던 크고 작은 무림사를 화운의 입을 통해 들은 바 있는 장한명은 자칫 소홀이 넘길 수도 있었던 부분에 의문 부호 하나를 정확히 찍었다.

무림의 적응 속도가 놀랍도록 빠른 장한명을 주시하며 화운은 현 천뇌원주 공손우가 형편없는 둔재로 폄하한 그 소년이 정말 면전의 이 소년일까 하는 의아함마저 느꼈다.

그러나 장한명의 질문에 대한 답은 정작 화운이 아닌 공유 선생의 입에서 나왔다.

"대륙을 종횡하는 천의맹의 눈과 귀 역시 이미 마교에 장악된 상태다, 아이야. 지난 반년 동안 마교는 천의맹인의 외부 출입을 철저히 차단했고, 천심전에 정보를 제공하는 천의맹도의 눈과 귀마저 회유하여 마교의 휘하에 두었으니 거짓 정보를 던져 주는 일쯤이야 식은 죽 먹기보다 더 쉬웠을 게 아니겠느냐.”

장한명은 납득이 안 간다는 표정이었다.

“말이 되는 소리라고 하나, 영감? 천의맹도가 한둘이 아닌데 그들의 외부 출입까지 완벽하게 차단하기란 불가능한 거 아냐?”

공유선생은 빙그레 웃었다.

그의 얼굴은 의외로 평온했다.

머리끝까지 치솟아올랐던 울화는 대부분 털어버린 듯한 눈치였다.

의식이 상대에게 제압된 상태에서 감정을 절제하지 못하고 날뛴다면 그것이 더 큰 화를 불러올 거라는 건 오랜 경험을 통해 이미 터득하고 있는 공유선생이었다.

울화를 가라앉힘으로써 그는 마음의 평온을 얻었지만, 그렇다고 완전히 자유로워진 것은 아니었다.

아직도 그는 하고 싶은 말보다는 하고 싶지 않은 말을 더 많이 하고 있었기 때문이다.

“무림 십 년 평화는 무림인들을 직업이 없는 실업자로 전락시키는 치명적 폐해(弊害)를 발생시켰다. 최초엔 무림 평화를 만끽하던 무림인들은 차츰 자신들이 설 자리를 잃어가자 비로소 무림 평화가 무인들에겐 독이 될 수도 있음을 인식하게 되었다."

"무림 평화가 독이?"

"어차피 목숨을 담보로 살아가는 무인에겐 난세는 호황이지만 평화 시기는 불황인 셈이지. 평화 시기가 길어지면 길어질수록 무인이 할 일은 없어지고, 궁극엔 녹슨 검을 놓아야 하는 불행한 사태에 직면하게 된다."

천하무림인들이 그토록 얻고자 했던 평화가 무인들에게 독이 된다는 건 비극이 아닌가?

무림 평화가 무인들에게 행복을 주는 게 아니라면 무인의 행복은 평화가 아닌 난세에 있다는 논리가 성립된다.

동전의 양면성인 셈이었다.

무림에 첫발을 내디딘 지 얼마 되지 않는 장한명으로선 공유선생의 말이 가슴까지 와 닿진 않았지만, 머리로는 대충 이해를 할 수 있을 것도 같았다.

'젠장, 어렵네.'

장한명은 생각보다 복잡한 이해관계로 얽혀 있는 무림이 벌써부터 가슴 답답한 존재로 느껴지기 시작했다.

그러나 화운은 공유선생의 말에 동의하지 않았다.

"선생께선 무림 평화를 얻기 위해 자신의 목숨까지도 기꺼이 버린 영웅들의 숭고한 희생을 멋대로 매도하시는군요. 무림 평화가 무인들에겐 독이라면 세상의 어느 누가 정의를 수호하려 들겠으며, 무림 평화를 위해 기꺼이 자신의 목숨을 버리려 들겠는지요?"

공유선생은 쓰게 웃었다.

"인정하기 어렵겠지만 불행히도 무림 십 년 평화는 '무림 평화는 무인에겐 독이다' 라는 궤변 아닌 궤변을 만들어냈소. 전주께선 지난 십 년 동안 녹슨 검을 꺾고 무림을 떠난 정파 무인들이 얼마나 되는지 알고는 있는 거요? 아니, 그런 일이 벌어지고 있다는 걸 상상이나 해보신 적이 있소?"

"그런 보고를 받은 적도 없고 상상은 더더욱 해본 적이 없습니다."

"그게 가진 자의 여유라면 이 늙은이의 궤변이라고 하실지 모르겠지만, 현실은 가진 자에겐 그럭저럭 살 만한 세상이었지만 없는 자들에겐 지옥이었소."

뒷짐을 진 채 먼 하늘을 바라보는 공유선생의 두 눈에 짙은 고뇌가 떠올랐다.

그리고 장한명이 잠시 소유했던 의식은 이제 공유선생 자신의 것이 된 듯 보였다.

그는 이제 자신이 하고 싶었던 말을 비로소 하고 있는 셈이었다.

거래 따위는 뒷전이었다.

치밀어 올랐던 울화도 사라진 지 오래였다.

"국가와 국가 간의 전쟁에서 승리하면 피를 흘린 만큼의 대가가 주어지지만, 무림의 전쟁이라는 것엔 보상이 없소. 목숨을 걸고 피를 흘리며 무림 평화를 위해 자신의 한 몸을 던졌던 우리의 영웅들은 검을 들고 할 수 있는 일이 사라지자 당장 끼니부터 걱정해야 했소. 현실은 그처럼 냉혹했소, 전주."

"이해가 안 되는군요. 찾아보면 얼마든지 할 일이 있었을 텐데……"

"껄껄, 지당하신 말씀이오. 그래서 무인들은 끼니부터 해결하기 위해 그 할 일이라는 것을 찾아 무림을 떠났던 거요. 일부는 검 대신 괭이를 잡았고, 일부는 선량한 사람의 등을 치는 비적 떼로, 또 일부는 하오문으로 기어들어 가 도박으로 한 몫을 잡고자 했소. 관군(官軍)에 등용된 무인은 그나마 성공한 부류였소."

"일이 그 지경이 되도록 무림 명문 거파(武林名門巨派)들은 그동안 무엇을 하고 있었던 것이죠? 어째서 그들을 수용할 생각을 하지 못했던 걸까요? 미래의 무림 자원을 그리 무책임하게 방치해서는 안 되는 것이거늘……"

"무책임하기는 천의맹도 예외는 아니었소, 전주."

"천의맹은……."

공유선생의 질타에 반박을 하려던 화운은 이내 입을 다물었다.

무림 십 년 평화가 무인들을 절망과 타락과 곤궁으로 몰고 간 사실조차도 모르고 있었던 천의맹이고 보면, 공유선생의 질타가 어쩌면 당연한 것인지도 모른다는 생각이 문득 들었기 때문이다.

물론 공유선생의 말을 있는 그대로 받아들이기엔 무리가 있었지만, 일방적으로 무시하기에도 무리는 있다고 생각하는 화운이었다.

"천하제일문인 천의맹조차도 기존의 식솔들을 먹여 살리기에 급급할 정도로 경제난에 허덕이는 판에 다른 문파야 오죽했겠소. 자급자족으로 하루하루를 연명할 정도의 식솔만으로 문맥(門脈)을 이어갈 수밖에 없었던 것이 각 문파가 처한 비극적인 현실이었소."

공유선생의 탄식 섞인 말이 이어져 갈 즈음, 장한명이 불쑥 한마디 하고 나섰다.

"이봐, 영감. 천의맹인이 한둘이 아닌데 마교의 포위망이 천라지망이라 한들 그들의 외부 출입까지 완벽하게 차단하기란 불가능하지 않겠냐는 내 질문에 대한 답변은 빠진 것 같은

데… 더 기다려야 하나, 영감?"

공유선생은 빙그레 웃었다.

"지금 그 답변을 하고 있는 것이란다, 아이야."

"답변을?"

장한명은 갸웃했다.

공유선생이 담담히 말을 이어갔다.

"방대한 조직 탓에 자급자족이 불가능한 천의맹으로선 자급자족이 가능한 문파에 일부의 문도를 정보 교류라는 명목으로 위탁하는 수밖에 없었는데, 그렇게 외부에 위탁된 천의맹의 문도들은 자신들이 퇴출되었다는 소외감과 절망감에 휩싸여 방황……."

"그런 일이 있었다면 소녀가 모를 리가 없습니다, 선생!"

더 이상 듣기가 거북했는지 화운이 공유선생의 말을 잘랐다.

공유선생은 씁쓸하게 웃으며 고개를 저었다.

"천의맹에서 일어나는 일을 전주께서 모두 알고 있다고 생각한다면 그건 오만이오. 전주가 알고 있는 정보는 전주의 위치에서 알고 있어야 하는 것들뿐이었을 거요. 상부에서 비밀리에 진행되는 일을 전주께서 알고 있었을 리는 만무하지 않겠소?"

"음……."

화운은 달리 반박을 못하고 침음만을 흘렸다.

사실이었다.

천의맹의 지하에 천뇌집무헌이라는 비밀 조직이 있음을 전혀 알지 못했고, 그곳에서 신무학 백팔번뇌가 창조되어 있음도 알지 못했으며, 거대한 지하 연무장에서 무려 일천 명이나 되는 수련자들이 신무학 백팔번뇌를 연성하기 위해 이 년의 세월을 보내고 있었다는 사실까지도 까맣게 모르고 있었던 화운이 아니던가.

천의맹 내에서도 자신은 우물 안의 개구리는 아니었을까 하는 회의감마저 들었다.

"어쨌든 외부에 위탁된 천의맹도들은 자신들이 퇴물이 되었다는 실의에 빠져 있었을 것이며, 다른 한편으론 배신감마저 느꼈을 것이오. 몇 마디의 회유만으로 미련없이 천의맹을 버리고 마교로 소속을 옮긴 한 가지 사실만으로도 그들이 얼마나 큰 좌절감에 빠져 있었는지 짐작이 가고도 남는 일이오."

화운은 고개를 끄덕였다.

"목숨을 건 대가로 지불된 것이 퇴출이라는 철퇴였다면 당연히 느꼈을 배신감입니다. 하지만 그리할 수밖에 없었던 천의맹의 곤궁한 사정을 이해 못할 만큼 옹졸한 사람들은 아니었을 텐데……."

　"무림 십 년 평화는 마냥 이해를 하고 있을 만큼 짧은 세월이 아니었소, 전주. 위탁의 시간이 길어지면서 결국 그들 모두가 천의맹에 등을 돌리는 결과를 낳고 만 것이오."

　"모두라고 하셨는지요?"

　"불행히도 그렇소, 전주."

　"그렇다면 천심전 소속의 구주삼십육혼(九州三十六魂)까지도……?"

　"그들은 마교의 구주삼십육혼이 된 지 오래요."

　"아아……!"

　"그러니 마교의 입장에선 그들의 천의맹 출입을 막을 아무런 이유가 없었던 거요."

　"맙소사! 어떻게 그런 일이……!"

　"외부에 위탁된 천의맹도들은 그렇게 천의맹을 등졌지만, 천의맹 내부의 인물들이라고 해서 결코 안전지대에 있었던 것은 아니오. 그들은 그들 나름대로 고충이 있었소. 그들은 언제 자신에게 가해질지 모를 퇴출에 대한 두려움으로 하루하루를 외줄타기하듯 전전긍긍하며 고통스럽게 살아야 했을 거요."

　"……."

　"결국 그들은 퇴출을 피하기 위해서 외부 출입 자체를 일체 삼가고 깊은 칩거에 들어가는, 무인으로선 죽음이나 다를 바가 없는 최후의 방법을 선택해야만 했소. 칩거가 전염병처럼 천의맹도들에게 번진 그 이후, 천의맹을 출입했던 천의맹도의 숫자는 마교가 무림을 장악한 반년의 세월을 통틀어도 손을 꼽을 정도에 불과했소. 마교가 애써 손을 써서 퇴로를 차단하지 않아도 될 만큼 말이오."

"믿을 수가 없군요. 아니, 믿지 않겠습니다."

화운은 고통스러운 표정으로 고개를 저었다.

"선생의 말씀을 믿는다는 건 소녀의 과거 삶 자체를 부정하는 것과 다름이 없으니 말입니다."

공유선생은 고개를 끄덕였다.

"이해하오. 이 늙은이가 전주의 입장이라 해도 그랬을 거요."

화운은 탄식했다.

"선생의 말씀이 모두 틀렸기를 바랄 뿐입니다."

"껄껄. 마교 천하가 부디 악몽이기를 이 늙은이 또한 간절히 바라고 있소, 전주."

"어쨌든 고맙습니다, 좋은 정보를 주셔서."

"헛허."

공유선생은 겸연쩍게 웃으며 장한명에게로 시선을 옮겼다.

"어떠냐, 아이야? 이 정도면 충분한 답변이 된 것 같은

데……."

장한명은 시큰둥이 고개를 끄덕였다.

"뭐, 그럭저럭."

공유선생은 의미심장하게 웃었다.

"어떠냐, 아이야. 이번엔 이 늙은이의 귀를 뚫어줄 생각은
없느냐?"

장한명이 갸웃했다.

"귀를 뚫어?"

"이 늙은이의 의지와는 상관없이 풀어놓은 정보를 가격으
로 환산하면 이 늙은이가 평생 편히 놀고먹고 지낼 수 있을
만큼은 된다고 생각한다."

"……?"

"이 늙은이의 무능으로 당한 일이라 할 말은 없지만, 이 늙
은이를 바보로 만든 그 신비한 능력이 과연 어떤 종류의 수법
인지 알려줄 수는 없겠느냐? 그래만 준다면 이 늙은이, 조금
은 위안이 될 것도 같은데 말이다."

장한명은 콧등을 찡그렸다.

"놀이라고 했을 텐데. 귀가 막혔나, 영감?"

"헛허허!"

"놀이 이상도 이하도 아냐."

"허허, 그것참……."

공유선생은 그저 헛웃음만 흘릴 뿐이었다.

숨을 쉬는 인간들 사이에선 그 적수를 찾아보기 힘들다는 혈곤수를 간단히 제압한 그 엄청난 능력이 놀이라니…….

공유선생은 할 말을 잃어버렸다.

화운이 나섰다.

"장 공자는 무공이 뭔지도 모르는 분입니다. 그러니 놀이라고 설명할 수밖에요."

"하지만 저 아이가 지닌 능력은……."

"능력과 상관없이 무공을 모르는 장 공자를 무림인이라고 하기엔 무리가 있습니다, 선생. 그의 능력은 타고난 것이지, 후천적 노력으로 완성된 무공은 아니라는 뜻입니다."

"헛허… 전주께선 이 늙은이를 너무 대충 보시는 것 같소이다."

"그렇게 생각하셔도 할 수 없습니다."

"쯧, 정말 매정하시군."

서운해하는 공유선생을 보는 화운의 마음도 편치 않았지만 할 수 없는 일이었다.

화운의 입장에선 매정할 수밖에 없었다.

천하의 정보통이자 정보 매판자이기도 한 공유선생에게 장한명에 관한 정보를 흘린다는 건 매우 위험천만한 일이었다.

공유선생이 비록 정사(正邪)의 어느 쪽에도 치우침이 없는 중간 지대의 무적자(無籍者)라곤 하지만, 그건 직업상 편리함을 추구하기 위해서 표면에 내세운 겉포장일 뿐, 그의 본심이 정사 어느 쪽에 기울어 있는지 화운으로서는 알 수가 없었기 때문이다.

한 가지는 분명했다.

장한명의 출신 내력을 공유선생에게 공개한다는 건 천하 무림에 공개하는 것과 다를 바가 없다는 사실이었다.

게다가 마교 천마단 소속의 백팔적혈곤수 가운데 세 명의 혈곤수를 상대로 해서도 패배하지 않은 장한명의 경이로운 능력까지 세상에 공개하는 날이면, 마교와 반천구마신이 보일 반응은 둘째 치고서라도 반천구마신을 추적하는 자신과 장한명의 행보에 치명적인 장애가 될 것은 불을 보듯 뻔했다.

이런저런 이유로 묵상이 요상(療傷)하고 있을 산사로 돌아가는 화운의 발걸음은 가볍지가 않았다.

화운을 따르는 장한명의 발걸음 또한 가벼워 보이지 않았다.

"아직 끝난 것이 아니오, 전주."

뒤에서 들려오는 공유선생의 말에 화운이 걸음을 멈추었다.

"끝난 것이 아니라니요?"

화운은 몸을 산사로 향한 채 뒤도 돌아보지 않고 급히 물었다.

공유선생은 그런 화운의 단아한 뒷모습을 바라보며 말했다.

"마교의 추적은 계속될 거라는 얘기요, 전주."

화운이 고개를 끄덕였다.

"각오하고 있습니다."

"부상자가 있는 상태로 저들을 감당하긴 어려울 거요."

"그렇다고 부상자를 버릴 수야 없지 않겠습니까?"

"그건 그렇지만… 아무튼 조심하시는 게 좋소."

"명심하겠습니다."

"이것이 이 늙은이가 전주께 대가없이 드리는 마지막 정보요."

"떠나실 건가요?"

"껄껄, 아직은 아니오. 본전을 찾기 전에야 어찌 떠날 수가 있겠소."

"떠나든 남든 그건 선생의 자유이지만 우리와 행동을 함께한다는 건 목숨을 건 도박이 될 텐데, 그래도 괜찮으시겠는지요?"

"껄껄. 까짓, 사나이대장부 한 번 죽지 두 번 죽기야 하겠소."

"그럼 좋으실 대로."

화운의 입장에선 거부할 이유가 없었다.

지금까지 흘린 무림 난세에 관련된 공유선생의 정보가 사

실이 아니기를 간절히 바라는 화운이었지만, 만에 하나 그 정
보들이 사실이라면 공유선생이 보유한 정보가 앞으로 더 필
요하게 될지도 모르는 일이기 때문이다.

하루해가 짧아질수록 가을빛은 더욱 짙어졌다.

가을빛에 물든 산사의 고즈넉함도 더욱 짙어져 갔다.

세 사람은 그렇게 거리를 두고 가을빛에 묻혀갔지만, 그들
마음 깊이 채색된 가을빛이 같을 수는 없었다.

6

공유선생은 산사를 중심으로 넓게 펼쳐진 주변 수림(樹林)
을 탐색하기 시작했다.

당분간 화운 일행과 생사고락을 함께하기로 한 이상, 화운
일행의 위험은 자신과도 무관하지 않았기에 마교의 추적을
의식하지 않을 수 없었던 것이다.

'쟁천칠십이혈랑의 포위망과 백팔적혈곤수의 포위망 가운
데 일부가 구멍이 났다고 해서 저들이 추적을 포기할 리는 만
무한 일.'

아니, 오히려 더욱 보강된 추적대로 숨통을 끊으려 은밀하
게 다가설 것이다.

'산사가 비록 인적이 드문 은밀한 곳에 위치해 있다고는

하지만 놈들의 이목을 피하기란 불가능하다.'

방법은 한 가지뿐이었다.

'놈들이 산사를 찾기 전에 이쪽에서 놈들의 종적을 먼저 찾아내야 한다.'

자신의 무영신법(無影身法)이라면 저들의 이목을 피하고 결코 한두 명이 아닐 저들의 종적을 찾아내는 데 무리가 없을 거라는 자신은 있었다.

그러나 산사에서 가장 가까운 수림에 들어서는 순간, 공유선생은 뭔가 일이 크게 잘못되었음을 깨달았다.

'허억!'

수림의 깊고 어두운 음영(陰影).

그곳에 열 쌍의 눈이 어둠을 부유하듯 떠 있었다.

열 쌍의 눈엔 은은히 핏빛이 감돌아 보는 것만으로도 등골이 오싹하게 했다.

피비린내를 물씬 풍기는 그 열 쌍의 눈빛은 공유선생의 움직임을 집요하게 쫓고 있었던 것이다.

'혈곤수……'

공유선생은 그들의 정체를 짐작하며 침음을 흘렸다.

의외였다.

기실 백팔적혈곤수는 조직체의 성격보다는 개인 성향이 짙었다.

다수보다는 소수가, 소수보다는 혈혈단신의 독보행(獨步行)이 대부분이었다.

두 명 이상의 혈곤수가 함께 움직이는 일도 아주 드문 경우였다.

세 명의 혈곤수가 적송림에 나타나 묵상과 장한명을 상대로 합격진을 펼친 사례는 그동안의 전례에 비추어볼 때 백팔적혈곤수에 관한 신화를 다시 기록해야 할 만큼 극히 이례적인 사건이라고 할 수 있었다.

혹자는 단언했다.

혈곤수 일인의 능력은 이 땅을 난세로 몰아가기에 결코 부족함이 없다고 말이다.

혈곤수 이 인의 합격을 상대할 무림 고수들은 손을 꼽을 정도이고, 혈곤수 삼 인의 합격을 맞을 자는 천하에 없다고 말이다.

또 다른 혹자는 이렇게 단언했다.

만약 백팔적혈곤수가 소림 백팔나한대진처럼 하나의 합격진을 펼치는 날이 도래한다면, 그 상대가 단체든 개인이든 무림사에 가장 비참한 패자(敗者)로 기록되어질 것이라고 말이다.

그런데 수림의 음영에 그 모습을 감추고 있는 혈곤수는 무려 열 명이다.

'두 명도 세 명도 아닌 무려 열 명.'

이것은 무엇을 의미하는가?

뒤도 돌아보지 말고 젖 먹던 힘까지 끌어내서 도주해야 함을 의미했다.

시간은 삶이 될 수도, 죽음이 될 수도 있었다.

공유선생은 무영신법을 극성으로 끌어올렸다.

인간의 몸이 빛으로 화하는 순간이었다.

생각이 먼저였고, 행동이 뒤를 따랐다.

그리고 수림에 남아 있는 것은 공유선생의 잔상(殘像)뿐이었다.

第三章
천인혈검의 저주(詛呪)

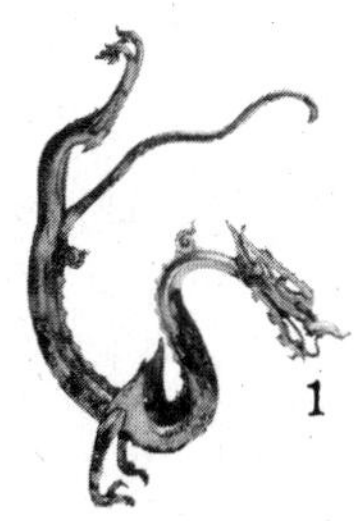

1

공유선생이 주변을 탐색하기 위해 산사를 빠져나간 그 시각.

아직 의식을 회복하지 못한 묵상을 잠시 살핀 화운은 그의 상태가 제법 호전되었음을 확인하고는 객방을 조용히 빠져나왔다.

잡초 무성한 산사의 마당 한쪽에 서서 물끄러미 먼 산을 바라보고 있는 장한명의 모습이 객방을 막 빠져나온 화운의 시야에 들어왔다.

"울기 시작했어, 전주."

　장한명의 신기한 표정으로 천인혈검을 이리저리 살피며 화운을 향해 가까이 다가오라는 손짓을 해 보였다.

　화운이 고개를 갸웃했다.

　장한명의 말이 선뜻 이해가 되지 않았기 때문이다.

　"울다니요? 누가……?"

　화운은 주변을 두리번거렸다.

　그러나 산사의 마당엔 화운 자신과 장한명 둘뿐이었다.

　누군가 울기 시작했다면 화운 자신과 장한명 둘 중 한 사람일 수밖에 없었다.

　화운 자신은 아니었다.

　화운을 바라보는 장한명의 얼굴에도 눈물을 흘린 흔적 따위 보이지 않았다.

　바로 그때, 장한명이 화운의 눈높이에 맞춰 공유선생으로부터 반강제로 넘겨받은 천인혈검을 들어 올렸다.

　"바로 이놈."

　화운은 흠칫했다.

　"천인혈검이?"

　장한명은 고개를 끄덕였다.

　"들어봐."

　장한명은 화운의 귀 가까이 천인혈검을 들어 올렸다.

　화운은 귀를 세웠다.

“아아……!”

화운의 입에서 탄성이 흘러나왔다.

장한명이 말한 그대로 천인혈검이 울고 있었던 것이다.

우우우!

검신이 떨리며 검신에 붙어 있던 녹이 잘게 부서져 내렸다.

마치 오랜 잠에서 깨어나 기지개를 켜듯 그렇게 천인혈검은 몸에 붙은 억겁의 속진(俗塵)을 털어내고 있었다.

소리는 희미했다.

청력이 웬만큼 좋지 않고서는 그 소리를 느낄 수조차 없을 정도로 미세한 울림이었다.

화운의 얼굴이 크게 변했다.

“전설에 의하면 천인혈검이 울음으로 주인에게 위험을 경고하는 마물(魔物)이라고 하던데… 그게 사실이었단 말인가?”

전설은 그저 전설일 뿐이라고 여겼다.

검은 그저 검일 뿐, 마물이 될 수는 없는 거라 여겼던 화운이다.

그러므로 천인혈검이 주인에게 위험을 경고하는 마물이라는 전설을 들었을 땐 그저 헛웃음을 흘렸다.

“믿을 수가 없군.”

화운은 천인혈검이 울고 있는 장면을 지척의 거리에서 직접 목격하고서도 자신의 눈을 의심했다.

천인혈검은 단지 울기만 하는 것이 아니었다.

떨리는 검신으로 은은히 핏빛 광채가 흘렀다.

최초엔 흐릿했던 핏빛은 시간이 흐르면서 점차 짙어지기 시작했다.

천인혈검을 들고 있는 장한명은 핏빛에 물들었다.

그것은 끔찍한 살기였다.

검신으로부터 시작된 살기는 장한명의 손을 타고 전해져 급기야 장한명이 살기를 뿌리는 것처럼 느껴지게 했다.

화운은 얼굴을 굳히며 다급히 외쳤다.

"검에서 떨어지세요, 장 공자!"

장한명은 의아한 표정을 지었다.

"검에서?"

천인혈검으로 시선을 던진 장한명은 화운의 말이 무엇을 뜻하는지 이해가 안 된다는 표정으로 말했다.

"이놈에게서 말인가, 전주?"

"그래요. 어서 떨어지세요."

"왜 그래야 하는 거지?"

"검의 마성(魔性)이 워낙 강해 자칫 장 공자도 마성에 빠져들 수 있기 때문입니다."

"에이, 설마 그럴 리가……?"

"장 공자의 몸에서 이미 강한 살기가 느껴집니다."

"살기가?"

장한명은 흠칫했다.

살기를 느낄 이유가 없었다.

그런데 자신에게서 살기가 느껴진다는 화운의 말을 어떻게 받아들여야 할지 난감했다.

"난 괜찮아, 전주."

그러나 상황은 괜찮은 것이 아니었다.

우우웅!

천인혈검의 검신에선 핏빛이 더욱 강해졌고, 떨림도 더욱 강해졌다.

그 모습이 섬뜩하게 느껴졌다.

장한명의 몸에서 뿜어지는 살기도 더욱 짙어졌다.

장한명의 맑고 깊은 두 눈도 빠르게 핏빛에 젖어들었다.

핏물을 뒤집어쓴 것과 같은 귀기(鬼氣)스러운 모습이었다.

화운은 다급해졌다.

더 이상 망설이고 자시고 할 여유란 없었다.

'강제로라도 장 공자의 손에서 천인혈검을 떼어내야 한다.'

천인혈검이 장한명에 손에 있는 이상 위험했다.

인간과 검이 서로를 공유하는 검신합일(劍身合一)이란 무

인에게 그야말로 꿈과 같은 경지이긴 하지만 이번 경우는 예
외였다.

천인혈검은 피와 죽음을 부르는 마검이다.

천인혈검이라는 검명(劍名) 그대로 일천 인의 피를 보게 되
는 날에는 저주받은 마검으로서 거듭나게 된다는, 그리하여
마침내는 스스로 피와 죽음을 찾는 마물이 된다는 전설이 있
긴 하지만, 그것은 어디까지나 검증된 바 없는 가설일 뿐이었
다.

공유선생을 주인으로 두었을 때의 천인혈검은 기이하게도
마검의 면모를 전혀 보이지 않았다.

일반 검과 전혀 다를 바가 없었다.

검날은 뭉툭하고 여기저기 녹슬어 있는 검신은 검으로써
의 생명이 다한 고철(古鐵)로 비쳐질 따름이었다.

그 점에 세간의 의견은 분분했지만, 천인혈검에 대한 무림
사의 기록과 떠도는 전설이 과대평가된 것이라는 목소리가
결국 천인혈검의 전설을 맹신하는 자들의 목소리를 잠재웠
다.

결론이 그렇게 내려지지 않았다면 공유선생이 천인혈검의
주인으로 그처럼 오랜 세월을 보내기란 불가능한 일이었다.

'천인혈검을 얻으면 천하무림의 주인이 된다' 라는 전설이
주는 유혹을 떨칠 무림인은 없을 테고, 탐욕은 천인혈검 쟁탈

전이라는 참혹한 혈겁을 불러일으켰을 것이다.

그 치열한 쟁탈전에서 공유선생이 최후의 승자로 남을 가능성은 전무하다고 해도 과언이 아니었다.

정보자로서의 능력은 탁월했지만 무인으로서의 능력은 탁월하다고 말할 수 없는 공유선생이었기 때문이다.

어쨌든 이와 같은 사실들로 인해 그동안 천인혈검이 그 가치를 인정받지 못한 채 푸대접을 받아온 것은 사실이었다.

작금에 와서는 천인혈검의 전설을 기억하고 있는 사람조차 몇 되지 않을 정도였다.

인간의 입에서 입으로 전해지며 완성된 설화라는 것들은 기억을 할 만한 가치를 상실했을 땐 쉽게 망각되어지고 만다.

화운 역시 예외는 아니었다.

아니, 지나간 과거보다는 철저히 현실에 충실하며 살아가는 화운 같은 경우야 더 말할 것도 없다.

그런데 지금 화운의 뇌리엔 천인혈검에 대한 전설이 망령(亡靈)처럼 되살아났다.

천인혈검이 기이한 울음을 토하고 핏빛 마광(魔光)을 뿌려내기 시작할 그 무렵엔 천인혈검의 그런 변화를 대수롭지 않게 여겼던 화운이다.

그러나 점차 천인혈검을 닮아가는 장한명을 보며 화운은 불길함에 사로잡혔다.

급기야 장한명의 몸에서 강한 마성이 느껴지고 모골을 송
연케 하는 살기가 줄기줄기 쏟아져 나오자 비로소 그녀는 천
인혈검에 대한 전설이 과대평가된 것이 아님을 깨달았다.

마물로 탄생되기 위해선 일천 인의 피가 반드시 필요한 것
이 아닐 수도 있다.

어쩌면 단 한 사람의 피만으로도 천하를 어지럽히는 마물
로 깨어나기엔 충분한 것일 수도 있다.

그녀는 생각했다.

'천인혈검의 마성이 장 공자를 지배하기 시작하면 그땐 주
객이 전도되는 끔찍한 비극이 발생하게 될지도 모른다.'

천인혈검이 주인이 되고, 장한명은 천인혈검의 마성에 따
라 움직이는 살인 무기로 전락하게 될 수도 있다는 뜻이다.

장한명은 신무학 백팔번뇌를 연성했을 수도 있는 특별한
존재다.

세 명의 혈곤수를 상대로 가볍게 승리할 만큼 장한명이 가
진 현재의 능력은 상상을 초월한다.

다행히 아직은 마성이 침투된 흔적이 보이진 않았지만, 눈
앞에 펼쳐진 현실은 그것마저 장담할 수 없게 만들었다.

천인혈검이 잠재된 장한명의 마성을 자극하기라도 한다
면, 장한명이 반천구마신과 같은 인성을 상실한 마신이 되지
말라는 법은 어디에도 없었다.

‘막아야 한다.’

반천구마신이 반천십마신이 되는 비극만은 막아야 한다.

‘방법은 한 가지뿐이다.’

화운의 손이 움직였다.

슈우욱!

화운의 손이 움직였다고 느끼는 순간, 그녀의 손은 이미 천인혈검을 잡고 있는 장한명의 오른손을 잡아채고 있었다.

그런 그녀의 옥수(玉手)에 노을빛이 은은히 감돌았다.

예측이 불가능한 돌발적인 공격이었다.

‘젠장, 이건 뭔가?’

장한명의 입장에선 황당했다.

그는 자신의 변화를 전혀 느끼지 못했다.

물론 변화가 아주 없는 것은 아니었다.

천인혈검을 잡은 우수가 붉게 물들어 있긴 했다.

붉은빛에 감싸이면 붉게 보이는 건 당연한 일이 아닌가?

‘대체 이게 어쨌다는 건가?’

스윽.

그녀의 손이 장한명의 손을 부드럽게 감싸 쥐었다.

그러나 그 손은 자신의 벌거벗은 몸을 정성스레 씻겨 내려가던 그 부드러운 손이 아니었다.

죽어가던 자신에게 미음을 떠넘기던 구원의 손도 아니었다.

장한명은 흠칫했다.

'이런, 빌어먹을. 이건 장난이 아니질 않은가.'

장한명은 자신의 손목을 움켜쥔 화운의 섬섬옥수에서 독한 살기를 느꼈다.

천인혈검을 놓지 않으면 화운이 자신의 손목을 잘라 버릴지도 모른다는 생각이 들었다.

장한명은 궁금했다.

자신이 그녀가 원하는 무언의 요구를 거절하는 경우, 그 이후에 보일 그녀의 다음 행동이 말이다.

이런 장한명의 감정을 읽은 것일까?

우우웅!

행동을 먼저 보인 쪽은 화운이 아니었다.

사이한 울음을 토하며 천인혈검이 먼저 움직이기 시작한 것이다.

장한명은 흠칫했다.

'어라, 제멋대로?

장한명은 황당함을 느끼며 천인혈검을 잡은 손에 힘을 주었다.

멋대로 움직이는 천인혈검을 힘으로 제압하기 위함이었다.

그러나 그러기엔 늦어 있었다.

천인혈검의 움직임을 미리 예측하고 있었다면 어렵지 않게 천인혈검을 제압할 수도 있었을 테지만, 이미 예측을 벗어난 천인혈검의 움직임은 장한명의 생각과 행동보다 빨랐다.

빙글.

천인혈검이 검신을 비틀었다.

동시에 검끝의 방향도 틀어졌다.

장한명의 손목도 뒤틀렸다.

장한명의 손목이 뒤틀리자 화운의 손이 튕겨졌다.

'이런……'

화운은 손바닥을 불에 덴 것 같은 화끈한 통증을 느꼈다.

우우웅!

예측하지 못한 돌발적인 상황을 현명하게 대처하기란 불가능에 가깝다.

천인혈검이 검신을 비틀고, 검끝의 방향을 화운을 향해 돌리기까지 걸린 시간은 그야말로 찰나.

화운은 끔찍한 살기를 느꼈다.

이어 핏빛의 광채가 화운을 휘감았다.

화운은 생각할 여유가 없었다.

그러기엔 장한명과 화운이 대치한 거리가 너무 짧았다.

그 지척의 거리가 이승과 저승을 가르는 경계선처럼 느껴졌다.

천인혈검은 화운을 조롱하듯 비릿하게 웃었다.

무생명체인 천인혈검이 웃을 리는 만무했지만, 화운의 눈엔 그렇게 비쳐졌다.

턱밑에서 천인혈검의 숨결마저 느껴졌다.

이 잔인한 마물이 마치 살아 숨 쉬는 생명체처럼 느껴지는 것은 화운만의 착각이었을까?

'아아……!'

화운은 체념하지 않을 수 없었다.

삶을 지탱하기 위한 발악조차도 부질없다는 생각이 들었다.

차가운 감촉이 목에 느껴졌다.

목이 얼어붙은 듯한 느낌이었다.

'이렇게 죽는 건가?

화운의 뇌리로 지난 삶이 주마등처럼 빠르게 스쳐 지나갔다.

눈을 벌겋게 뜨고 이 죽음을 받아들일 자신은 없었다.

그녀는 천인혈검이 자신의 목을 파고드는 장면을 상상하며 차라리 눈을 감았다.

우우웅!

천인혈검의 울부짖음이 귓전을 파고들었다.

삶을 체념한 화운이었지만 천인혈검의 울부짖음이 주는 공포는 견디기 힘들었다.

화운의 몸이 가늘게 떨리고 있었다.

그리고 억겁과도 같은 시간이 흘렀다.

아니, 시간이 멈추어 버린 것만 같았다.

그 어떤 움직임도 더 이상 느껴지질 않았다.

다만 무덤 속과 같은 정적이 느껴질 뿐이었다.

상황이 종료된 것일까?

바스락.

낙엽이 떨어져 바닥에 내려앉는 미세한 소리가 잡히지 않았다면 화운은 자신이 이미 이승과 저승의 경계 지점을 넘어선 것이라 믿었을 것이다.

낙엽 소리를 들을 수 있다는 건 살아 있음을 의미한다.

화운은 눈을 떴다.

그리고 자신이 정말로 살아 있음을 눈으로 확인했다.

'아아……!'

가장 먼저 보이는 물체는 천인혈검이었다.

천인혈검의 검끝은 화운의 목에 바짝 붙어 있었다.

아니, 검끝의 일부는 화운의 목을 살짝 파고들어 간 상태였다.

검끝에 찔린 상처가 깊지는 않았다.

깊지는 않았어도 선혈은 보였다.

화운의 선홍빛 선혈이 검끝을 타고 한점 한점 검신으로 흘러들었다.

검신을 타고 흐르던 선혈이 천인혈검을 잡고 있는 장한명의 손을 적셨다.

그런 장한명의 손이 무섭게 떨리고 있었다.

장한명은 사력을 다해 앞으로 나아가기 위한 천인혈검의 움직임을 저지했다.

그럴수록 천인혈검은 발악을 하듯 더욱 강렬한 혈광을 뿌려냈다.

우우우!

절규와도 같은 사이한 울음도 고조되었다.

한동안 인간과 검의 한 치의 양보도 없는 팽팽한 줄다리기는 이어졌다.

그러나 천인혈검은 끝내 장한명의 손아귀에서 빠져나가지 못했다.

천인혈검의 기세도 무서웠지만 장한명의 기세는 천인혈검이 감당하기엔 역부족처럼 느껴졌다.

결국 장한명으로 인해 천인혈검의 기세는 꺾였다.

인간과 검의 치열한 힘 싸움은 이렇게 막을 내렸다.

결국 천인혈검이 패한 것이다.

만약 장한명이 패배했다면 화운의 목은 천인혈검에 무참하게 관통당했을 것이다.

천인혈검의 기세가 꺾였다고는 하지만 살기가 완전히 누그러진 것은 아니었다.

살기는 여전했다.

주변을 온통 핏빛으로 물들이는 혈광 또한 여전했다.

"물러서, 전주."

장한명은 천인혈검이 다시 미쳐 날뛸 것을 염려했다.

다시 반복되면 화운의 안전을 장담할 수 없었다.

화운은 고개를 끄덕였다.

"고맙습니다."

그녀는 장한명이 자신의 목숨을 지켜내기 위해 혼신의 힘을 다했음을 지쳐 보이는 그의 표정에서 읽을 수 있었다.

가슴 한쪽이 무너져 내리는 듯한 찡한 아픔이 밀려왔다.

이런 상황에서도 그녀는 냉정함을 유지하려 애썼다.

자신의 약한 모습을 장한명에게 보이긴 싫었던 것이다.

문득 비릿한 피 비린내가 입 안에서 맴돌았다.

"우엑!"

결국 그녀는 한 모금의 검붉은 핏덩어리를 토해내고야 말았다.

급히 손을 들어 입을 막긴 했지만, 그것은 그녀의 마음일 뿐, 손가락 하나 까딱할 기력조차 없었다.

손가락 사이로 쉴 새 없이 핏물이 스며 나왔다.

핏기를 잃은 안색은 백납처럼 창백했다.

그녀는 결국 오장육부가 밖으로 쏟아져 나오는 듯한 극심한 통증을 느끼며 의식을 잃고 말았다.

2

마물은 마물이었다.

단지 검기(劍氣)만으로 화운에게 치명적인 내상을 입힌 것이다.

이를테면 검의 기운만으로도 사람을 상하게 할 수 있다는 바로 그 검기상인(劍氣傷人)에 화운이 당한 것이다.

불가사의했다.

인간의 힘을 빌리지 않고 검이 스스로 알아서 검기상인을 전개하여 사람을 상하게 한 경우는 고금동서(古今東西) 어디에서도 그 유래를 찾아볼 수 없는 미증유의 사변(事變)이라 할 만했다.

검기상인에 당한 화운의 내상은 생각보다 심각했다.

심각한 정도로 보자면 묵상보다 더하면 더했지 못하지 않았다.

숨결은 느껴지지 않았고, 맥박은 끊어질 듯 미약하게 이어
졌다.

'위험하다.'

장한명은 급히 산사의 객방으로 화운을 옮겼다.

서둘러 화운의 내상을 치료해야 했다.

그러나 치료 방법을 모른다.

'어쩌지?'

의학에 관한 지식이 전혀 없는 장한명이었다.

장한명은 화운을 반듯하게 눕힌 후 자신의 머릿속에 든 여
러 종류의 놀이를 더듬었다.

그 놀이는 수백 종류였다.

장한명에게 그 놀이는 생활의 일부였다.

아니, 그곳에선 누구에게나 놀이는 생활이었다.

요즘 들어 장한명은 자신들이 장난삼아 즐겨했던 놀이가
단순한 놀이가 아님을 느꼈다.

그것이 화운이 언급한 천뇌집무헌이 신무학 백팔번뇌라는
확신은 없었지만, 그 놀이가 세상을 경악시키기에 충분할 만
큼 대단한 위력을 보인다는 건 화운의 표정을 통해 대충 읽어
낼 수가 있었다.

화운을 서둘러 치료해야 할 긴박한 순간에 그 놀이를 떠올
린 건 그 놀이 가운데 화운을 치료할 의술에 관한 것이 혹시

없을까 하는 막연한 기대감 때문이었다.

장한명은 실망했다.

두세 번 반복해서 기억을 더듬었지만, 사람을 치료하는 그런 놀이는 찾아낼 수가 없었던 것이다.

화운의 숨결은 미약했다.

입술을 파랗게 변색되어 갔다.

몸은 고통 때문인지 쉼없이 경련을 일으켰다.

상태가 더욱 악화된 것이다.

장한명은 초조했다.

'더 이상 망설이고 있을 수만은 없다.'

치료 시기를 놓친다면 화운은 목숨을 잃게 될지도 모른다.

장한명은 입술을 깨물었다.

'별수없다.'

이어 화운의 상의를 벗겨 내리기 시작했다.

마음만 급할 뿐 동작은 서툴렀다.

화운의 젖 가리개가 찢겨져 나갔다.

봉긋하게 솟은 화운의 젖가슴이 적나라하게 드러나는 순간이었다.

장한명은 식은땀을 흘렸다.

'젠장!'

화운이 이처럼 많은 옷을 겹겹이 껴입고 있을 거라곤 상상조차 못한 일이었다.

그러나 어쨌든 화운의 상의를 모두 벗겨내는 데는 성공할 수 있었다.

장한명은 그 순간 아름다움의 극치를 볼 수 있었다.

'아아……!'

옷을 걸친 화운보다도 상의가 벗겨진 화운의 모습이 더욱 아름답다는 강렬한 느낌을 장한명은 받았다.

그러나 그뿐이었다.

더 이상의 어떤 감정도 느껴지지 않았다.

들꽃을 보고 느끼는 건 그 향기와 아름다움이지 음욕(淫慾) 따위가 아니듯, 지금 이 순간 장한명에게도 음욕 따위는 없었다.

어리다고는 하지만 여자를 알 만한 나이다.

그럼에도 불구하고 상반신이 발가벗긴 화운을 바라보는 장한명의 눈빛은 어린아이의 것처럼 순수했다.

처음 보는 화운의 나신이 아니었다.

얼마 전 화운은 전라(全裸)의 몸으로 장한명을 씻겼다.

그때 본 화운의 나신은 지금 상반신만 벗겨진 화운의 모습보다 더욱 적나라했었다.

여인으로서는 차마 보일 수 없었던 중요 부위까지 그때는 다 보였다.

당시 전라의 화운을 보면서 장한명은 자신을 위해 여인의 수치심마저 던져 버린 화운에게 깊이 감동했었다.

그런 화운에게서 성결(聖潔)함마저 느꼈던 장한명이다.

그때의 강한 감동이 아직 남아 있었다.

그러므로 화운을 바라보는 장한명의 눈빛은 그때처럼 지금도 순수했다.

어떤 사심(邪心)도 그 눈엔 들어 있지 않았다.

그러나 보는 관점에 따라 지금의 상황이 다르게 해석될 여지는 충분했다.

객방의 한쪽에서 수면 요상 중이던 묵상이 깊은 잠에서 막 깨어났다.

뭔가 모를 본능이 그의 의식을 깨운 것이다.

묵상의 시야에 장한명과 화운의 모습이 잡혔다.

"……?"

현기증 탓인지 시야가 흐릿했다.

의식도 흐릿했다.

묵상은 고개를 흔들었다.

흐릿한 의식이 조금씩 선명해져 갔다.

의식이 선명해지자 흐릿했던 장한명과 화운의 모습이 보다 또렷하게 시야에 들어왔다.

묵상의 안색이 급변했다.

"더러운 놈!"

화운의 심각한 내상을 알 리가 없는 묵상이다.

상반신이 알몸이 되어 누워 있는 화운을 보는 순간 묵상은 이성을 잃었다.

누가 봐도 장한명이 화운을 겁간(劫姦)하는 것으로 보이는 장면이었다.

묵상의 오해이긴 했지만 오해의 소지는 충분했다.

"배은망덕을 해도 유분수지!"

묵상은 분기탱천했다.

자신의 몸이 완전하지 않은 상태인 것조차 망각했다.

누워 있는 상태에서 묵상은 튕기듯 몸을 일으켜 세웠다.

순간 묵상은 휘청했다.

"우욱!"

일시적으로 가라앉아 있던 기혈이 다시 들끓어올랐던 것이다.

급히 운기를 해서 기혈을 가라앉히지 않았다면 토혈(吐血)을 하고마는 난처한 상황을 연출했을지도 몰랐다.

묵상은 피가 나도록 입술을 깨물었다.

"짐승만도 못한 놈!"

분노만큼이나 행동도 거칠었다.

등을 보이고 있는 장한명을 향해 일 권을 날려가는 묵상의 손속에선 잔인함이 진득하게 묻어났다.

백보신권(百步神拳)!

소림칠십이종절예 가운데 하나인 이 권공(拳功)의 위력은 백 보 밖의 바위도 가루로 만들어 버릴 만큼 대단한 것으로 세간에 널리 알려져 있다.

소림승 대부분이 이 백보신권을 연성한 것으로 알려져 있지만, 기실 백보신권을 연성한 소림승은 극히 소수에 불과했다.

백보신권을 극성으로 연성한 소림승은 더욱 소수였다.

그러므로 백보신권이 무림 어디에서나 쉽게 볼 수 있는 흔한 무공이라는 인식은 수정되어야 하는 무림 상식 중 하나였다.

쿠우우!

그 백보신권이 묵상의 몸에서 극성으로 펼쳐지고 있는 것이다.

백 보 밖의 바위를 박살 내어버릴 만큼의 위력이 사실이라면, 불과 일 장여 거리의 장한명이 혈육(血肉) 덩어리로 짓이겨질 것은 불을 보듯 뻔했다.

이런 사실을 아는지 모르는지 장한명은 태연했다.

"후회하지 않을 자신 있나, 묵상?"

장한명의 말이었다.

들어야 할 사람은 의식이 없는 화운이 아니었다.

"……?"

묵상은 자신에게 한 말임을 알아채고는 갸웃했다.

장한명의 말이 무엇을 의미하는지 전혀 감을 잡을 수가 없었기 때문이다.

그러나 장한명의 말을 이해했다고 해도 답변할 시간은 없었다.

묵상이 날린 권경(拳勁)은 이미 장한명의 등을 가격하고 있었던 것이다.

권경을 회수하기엔 늦었다.

아니, 회수할 마음조차 없었다.

콰앙!

당연히 굉렬한 폭음이 일어야 했다.

그러나 폭음은 없었다.

묵상이 날린 권경이 장한명의 등을 정확히 가격했음에도 불구하고 미세한 소음조차 일지 않았다.

돌풍이 일어야 했지만 미풍(微風)조차 느낄 수가 없었다.

잠잠했다.

묵상도 장한명도 변화가 없었다.

묵상의 얼굴만이 참혹하게 일그러졌을 뿐이다.

'어째서……?'

묵상은 자신의 눈을 의심했다.

적송림에서 당한 내상으로 인해 자신의 내력이 고갈된 것은 아닐까 하는 생각이 불현듯 들었다.

'그럴 리가 없다.'

묵상은 이내 고개를 저어 자신의 생각을 부정했다.

내력이 고갈되었다면 백보신권의 출수가 불가능했을 것이기 때문이다.

출수가 가능했다면 내력은 살아 있는 것이다.

극성으로 끌어올 수 있었으므로 내력 대부분이 회복되었음도 분명했다.

그런데 이건 뭔가?

고깃덩어리로 처참하게 짓이겨져야 할 장한명이 아무 일도 없었다는 듯 멀쩡하지 않은가.

멀쩡할 뿐 아니라 두 눈 시퍼렇게 뜨고 서 있는 묵상을 무시한 채 화운의 순결한 알몸을 마구 주물러대기까지 하고 있는 장한명이었다.

그 장면에 묵상은 다시 이성을 잃어버렸다.

묵상에게 있어 화운은 신앙과 같은 존재였다.

아니, 신앙 이상의 의미였다.

주변의 간곡한 만류에도 불구하고 파계를 감행했던 것도 따지고 보면 새로운 신앙을 통해 자아(自我)를 실현하기 위함이었다.

화운이야말로 묵상의 자아 그 자체였다.

화운의 곁에서만 묵상의 자아실현은 가능했던 것이다.

그러므로 지금 이 순간 묵상이 해야 할 일은 한 가지뿐이었다.

화운을 장한명의 마수(魔手)에서 구하는 일이다.

"아미타불……."

묵상은 합장했다.

합장한 쌍수(雙手)에 은은히 황금빛이 일었다.

흑삼이 파동 치며 무섭게 부풀어 오르기 시작했다.

대력금강장(大力金鋼掌)이었다.

백보신권의 공격은 비록 무위로 끝났지만, 대력금강장만큼은 실패하지 않을 거라는 확신에 가까운 믿음이 있었다.

그만큼 대력금강장의 위력은 상상을 초월한 것이었다.

이 상상을 초월한 위력의 공격이 실패하기엔 지나치게 가까운 거리였다.

게다가 상대는 무방비였다.

실패할 이유가 없었다.

실패는 한 번으로 충분했다.

부풀어 오른 흑삼이 급격이 줄어들었다.

동시에 묵상은 합장한 쌍수를 장한명을 향해 뻗어갔다.

바로 그 순간이었다.

"젠장, 사람 열 받게 만드는 인간일세."

장한명은 화운을 주무르던 동작을 멈추며 미간을 찌푸렸다.

"네놈 주인 깨어나면 피떡이 된 네놈을 적송림에서 구해낸 인간이 누구인지나 물어보고 설쳐도 설쳐 대는 게 어때?"

묵상은 흠칫했다.

장한명은 이마의 식은땀을 훔쳐 내며 말을 이었다.

"일단은 기다려. 지금은 숨조차 제대로 못 쉬고 있는 네놈 주인을 살려내는 일이 우선이니까. 자신있음 네놈이 살려보든지."

묵상의 안색이 흙빛이 되었다.

비로소 묵상은 장한명이 화운의 내상을 치료하기 위해 추궁과혈의 수법을 전개하고 있음을 깨달은 것이다.

아차 싶었다.

그러나 전후 사정을 알아보지도 않고 이성을 잃고야 말았던 자신의 경솔함을 자책하고 있을 시간은 없었다.

물은 이미 엎질러졌다.

퍼억!

묵상이 발경(發勁)한 장력(掌力)이 장한명의 등을 격타했다.

“씨발! 이거 정말 엿 되네.”

투덜대는 장한명의 어깨가 출렁했다.

충격을 받은 것이 분명했다.

그러나 단지 그것뿐이었다.

공격을 한 묵상도, 공격을 받은 장한명도 더 이상의 움직임은 없었다.

“으음…….”

대신 죽은 듯 움직임이 없던 화운이 신음과 함께 움직였다.

최초의 움직임이라는 것은 겨우 손가락을 꿈틀거리는 정도였다.

이어 눈꺼풀이 파르르 경련을 일으켰다.

한동안 경련을 일으키던 화운이 힘겹게 눈을 떴다.

묵상은 급히 화운에게 다가갔다.

장한명을 죽이려 했던 방금 전 자신의 경솔한 행동을 뒤돌아볼 여유라곤 없었다.

“괜찮으십니까, 전주?”

묵상은 무릎걸음으로 화운에게 바짝 다가서며 걱정스러운 얼굴로 물었다.

화운은 희미하게 웃었다.

“괜찮아… 난…….”

묵상은 고개를 옆으로 돌렸다.

　차마 화운의 상반신 알몸을 정면으로 볼 용기는 없는 모양
이었다.

　묵상은 고개를 돌린 채 말했다.

　"제가 경솔했습니다, 전주."

　화운이 갸웃했다.

　"경솔……?"

　묵상은 고개를 숙였다.

　"전 장 공자가 전주를 겁탈하는 줄 알고… 전후 사정 들어
보지도 않고 공격을……."

　화운이 힘없이 말했다.

　"그런 일이 있었으면 사과부터 해야지."

　묵상은 가볍게 고개를 숙여 보였다.

　"미안하게 되었소. 전후 사정을 들어보고 행동을 취해도
취했어야 하는데……."

　화운은 고개를 저었다.

　"바보, 내게 사과할 일이 아니잖아."

　화운은 눈짓으로 장한명을 가리켰다.

　묵상은 내키지 않는 듯 잠시 망설이다가 결국 장한명을 향
해 몸을 돌렸다.

　"되었어. 나라고 해도 그리했을 거야."

　장한명은 퉁명스럽게 말하며 손을 내저었다.

묵상은 장한명의 냉담한 태도에 잠시 곤혹스러운 표정을 지었지만, 그보다는 장한명이 취하고 있는 자세가 묵상을 더욱 곤혹스럽게 만들었다.

장한명의 양손이 화운의 젖가슴에 올려진 상태였다.

화운이 의식이 없을 때엔 아무렇지도 않았던 상황이 화운이 의식을 되찾으면서 묘해진 것이다.

화운이 희미하게 웃어 보였다.

"치료는 끝난 것인지요?"

장한명은 그제야 자신이 아직도 화운의 젖가슴을 잡고 있음을 발견하고는 당황했다.

너무 당황해서 화운의 젖가슴에서 손을 뗄 생각도 못했다.

"그, 그게… 그, 그러니까……."

뭔가 변명이라도 하고 싶었지만 변명다운 변명조차 못하고 말을 더듬거릴 뿐이었다.

화운은 상반신을 가릴 생각도 하지 않고 태연히 말했다.

"고마워요, 장 공자. 이제야 살 것 같습니다. 이게 모두 장 공자께서 최선을 다해주신 덕분입니다."

장한명은 고개를 저었다.

"내가 한 일은 없어, 전주. 상황이 다급해서 엉겁결에 전주가 전에 묵상을 치료하는 장면을 떠올리고 그대로 흉내 냈을 뿐이니까."

　화운은 아직은 핏기없는 얼굴에 부드러운 미소를 띠어 보였다.

　"공자께서 엉겁결에 흉내를 낸 그것을 추궁과혈의 수법이라고 합니다. 내상을 치료하고 원기를 돋우는 요상법이지요."

　"아아, 추궁과혈……!"

　"덕분에 상태가 많이 좋아진 듯합니다."

　"하지만 난 그저 전주의 몸을 주물……."

　장한명은 말을 잇기가 쑥스러운 듯 말끝을 흐리며 입을 다물었다.

　화운이 조심스럽게 상체를 일으켰다.

　"방법이 서투르다 해서 효과가 아주 없는 것은 아닙니다. 방법을 모른다 해도 환자의 몸을 주물러 막힌 기혈을 돌게 하는 단순한 동작만으로도 충분한 효과를 줄 수 있으니까요."

　화운은 자신의 젖가슴에 올려진 장한명의 손을 내려다보며 빙그레 웃었다.

　"치료를 더 해야 하는지요, 공자?"

　"아, 아니……."

　장한명은 도둑질하다 들킨 사람처럼 황급히 화운의 젖가슴에서 손을 거두었다.

　'염병, 왜 이렇게 심장이 뛰는 거야.'

장한명은 양손을 급히 뒤로 감추었다.

그리고 홍조 띤 얼굴을 가만히 아래로 숙였다.

화운은 그런 장한명의 천진한 모습을 보면서 묘한 기분에 사로잡혔다.

화운 자신조차도 알 수가 없는, 그래서 말로는 표현할 수 없는 가슴 시린 느낌이었다.

칠 년 전 어느 날, 그때도 봄꽃이 화사하게 피어나듯 가슴이 싸하던 묘한 기분을 느꼈던 것 같기는 하다.

그날 이후 그녀 가슴에 봄꽃으로 자리한 한 사람.

봄꽃은 칠 년이 지난 지금에도 시들지 않았다.

그런데 다시 슬그머니 고개를 드는 그때의 싸한 감정은 뭔가?

'말도 안 돼. 어린아이이거늘……'

화운은 고개를 저어 잡념을 털었다.

고개를 젓자 현기증이 밀려왔다.

의식은 회복되었지만 내상이 완전히 치료된 것은 아니었다.

단시간에 완치가 불가능한 심한 내상이었다.

힘겹게 움직일망정, 그래도 이 정도로 상태가 회복된 것은 장한명이 엉겁결에 펼친 추궁과혈 덕분인지도 몰랐다.

상의를 걸치던 화운은 문득 현기증으로 휘청했다.

"전주……!"

묵상은 급히 화운을 부축하려 손을 뻗었다.

그러나 묵상의 손은 허공을 잡았을 뿐이다.

장한명이 묵상에 앞서 화운을 부축한 것이다.

묵상은 멋쩍은 표정을 지으며 뻗었던 손을 슬그머니 거두었다.

뒤로 물러서는 묵상의 얼굴에 붉은빛이 감돌았다.

장한명은 그런 묵상에게 화운을 넘겼다.

"아무래도 당신이 전주를 맡아야겠어."

묵상은 의아한 표정을 지었다.

엉겁결에 화운을 부축하긴 했지만 뭔가 찜찜했다.

자신이 원했던 일이다.

이를테면 소원을 푼 셈인데 이 불길한 느낌은 뭔가?

적송림 사건 이후 지나치게 예민해진 탓인가?

그러나 불길한 느낌이 기우가 아님은 금방 드러났다.

와지끈!

객방의 낡은 문짝이 양쪽으로 날아갔다.

날아가는 문짝은 산산조각으로 부서진 상태였다.

그중 일부가 객방 안쪽으로 날아들었다.

날아드는 건 문짝의 파편만은 아니었다.

파편과 함께 날아드는 핏덩어리.

바로 공유선생이었다.

쿵!

공유선생은 장한명 발 앞에 힘없이 떨어져 나뒹굴었다.

머리는 산발되었고 옷은 갈가리 찢겨진 상태였다.

찢겨진 옷 사이로 시뻘건 피가 스며 나왔다.

그 피를 뒤집어쓴 공유선생은 혈인(血人)과도 같았다.

피투성이의 공유선생은 바닥에 널브러진 채 바들바들 몸을 떨었다.

핏물이 스며든 눈은 공포에 젖어 무섭게 흔들리고 있었다.

무슨 말인가를 하기 위해 입술을 달싹거렸으나 무슨 말인지는 알아들을 수가 없었다.

화운은 그런 비참한 공유선생의 모습을 바라보며 놀란 표정을 지었다.

"무슨 일인지요, 선생?"

화운이 급히 물었다.

공유선생은 답답한 듯 가슴을 쳤다.

그리고 마침내 공유선생은 겨우겨우 한마디를 핏덩어리와 함께 토해냈다.

"어서… 이곳을 떠나… 쿨룩쿨룩……!"

미처 말끝을 맺지 못한 공유선생은 핏덩어리가 기도를 막는지 기침을 심하게 했다.

장한명이 물었다.

"혈곤수인가, 영감?"

"쿨룩쿨룩!"

공유선생은 기침과 함께 정신없이 고개를 끄덕였다.

장한명은 객방에서도 밖의 상황이 훤히 내다보이는 것처럼 말했다.

"이번엔 열 명의 혈곤수로군."

"열 명?"

묵상의 안색이 급변했다.

세 명의 혈곤수가 펼치는 경천동지할 합격진의 위력을 이미 경험한 묵상이었다.

이번엔 열 명이다.

가슴에 납덩어리 하나가 쿵 내려앉는 순간이었다.

화운은 탄식했다.

"인원도 부족하지만 한 사람을 제외하곤 모조리 정상의 몸 상태가 아니니……."

화운이 언급한 한 사람이란 물론 장한명이었다.

화운을 비롯한 나머지 셋은 환자나 마찬가지였다.

묵상은 다소 회복된 상태였지만 완전한 회복은 아니었다.

과도한 운기를 한다면 내상은 재발될 테고, 그리되면 치명적이 될 수도 있었다.

피투성이의 공유선생은 말할 것도 없고, 자신 또한 이 상태라면 장한명의 짐이 될 수밖에 없었다.

결단을 내려야 했다.

그리고 서둘러야 했다.

"묵상, 내가 걸을 수 있도록 도와줘."

"전주, 움직이시면……."

"명령이다, 묵상."

명령이라는 말에 묵상의 얼굴이 굳어졌다.

평소엔 명령이라는 말을 좀처럼 사용하지 않는 화운이었다.

그녀가 명령이라는 말을 사용하는 경우는 극히 드물었고, 절박한 위기 상황이 아니면 명령이라는 단어에 인색한 그녀였다.

묵상은 현재의 난관을 위기 상황으로 구분 짓는 자신의 주인을 이해했다.

묵상이 보기에도 이 난관을 뚫기란 불가능해 보였기 때문이다.

묵상은 화운을 부축하여 화운이 손짓하는 장소로 이동했다.

화운이 옮겨간 곳은 객방의 구석이었다.

객방의 구석엔 먼지 쌓인 바둑판 하나가 놓여 있었고, 바둑판 위엔 바둑알이 담긴 한 쌍의 죽함(竹函)이 놓여 있었다.

화운은 주저없이 죽함을 열어 흑백의 바둑알을 한 움큼 집어 들었다.

자신의 옷을 찢어 공유선생의 상처를 싸매던 장한명은 고개를 들어 화운을 살피다가 갸웃했다.

'뭘 하려는 건가?

상황은 급박했다.

혈곤수 열 명의 숨결이 지척에서 느껴졌다.

급박한 상황에 비하면 화운의 동작은 의외로 차분했다.

그리고 그런 화운의 행동은 장한명을 더욱 갸웃하게 했다.

화운의 곁에서 화운을 수년 동안 주인으로 섬긴 묵상마저도 화운의 행동을 이해 못하는 듯 의아한 표정을 지었다.

화운은 흑백의 바둑알을 바닥에 한 점 한 점 놓기 시작했다.

화운에겐 객방의 바닥 전체가 선이 없는 반상(盤上)인 셈이었다.

악마의 숨결과 같은 그 칙칙한 숨결은 객방의 전후 양 방향에서 동시에 느껴졌다.

전방에 다섯 명, 후방에 다섯 명이었다.

가공할 살기가 느껴졌다.

검갑 안의 천인혈검 또한 그 살기를 느끼는 모양이었다.

천인혈검은 전보다 더 요동을 쳤다.

광란의 몸부림처럼 느껴졌다.

검갑 밖으로 뿜어져 나오는 붉은 광채는 객방 전체를 핏빛으로 물들일 정도였다.

장한명은 비로소 알 것 같았다.

천인혈검이 아까부터 왜 그리 광란의 몸부림을 쳤는지 말이다.

천인혈검은 산사 주변의 혈곤수들의 존재를 이미 느끼고 있었던 것이다.

주인인 장한명에게 위험을 알리려는 수단으로 울부짖었음이 분명했다.

그 강한 마성에 하마터면 화운이 목숨을 잃을 뻔했지만 말이다.

혈곤수들과 천인혈검의 거리가 좁혀질수록 천인혈검의 울부짖음은 더욱 강렬해졌다.

우우웅!

천인혈검의 울부짖음이 극에 이르렀을 때, 화운은 마지막 한 수를 착수하고는 허리를 폈다.

내상을 입은 상태에서 무리하게 몸을 움직인 탓인지 피로의 기색이 역력했다.

온통 식은땀투성이였다.

땀방울은 그녀가 움직일 때마다 빗물처럼 후두두 떨어져

내렸다.

바닥의 여기저기에는 흑백의 바둑알 수십여 개가 어지럽게 놓여 있었다.

질서라곤 전혀 없는 듯한 배열이었다.

바닥에 아무렇게나 놓인 흑백의 바둑알로 이 급박한 상황에서 도대체 무엇을 하자는 것인지 장한명도 묵상도 알지 못했다.

그리고 바로 그 순간이었다.

흑백의 바둑알 수십여 개가 사라지기 시작했다.

바둑알 한쪽 부분의 형체가 서서히 일그러지더니 바둑알 전체가 순식간에 사라져 버리는 것이었다.

그야말로 연기처럼 사라졌다.

장한명은 객방의 바닥 여기저기를 살폈으나, 단 한 알의 바둑알도 찾아내지 못했다.

'거참, 신기하네.'

장한명에겐 신기한 놀이처럼 여겨졌다.

어린 시절, 아버지의 팔소매를 꽉 부여잡고 눈을 동그랗게 뜬 채 넋을 잃고 구경했던 곡마단(曲馬團)의 기예(技藝)보다도 더욱 신기했다.

신기한 현상은 여기에 그치지 않았다.

바둑알이 사라진 그 자리의 바닥이 흐려졌다.

그리고 바닥이 흐르는 강물처럼 잔물결을 일으키며 움직이기 시작했다.

객방의 바닥 전체가 강물로 변한 듯 보였다.

이 놀랍고도 신기한 장면에 장한명은 눈을 크게 떴다.

놀라움은 그 정도에서 멈추지 않았다.

객방 전체가 흐려지더니 이내 사라져 버린 것이다.

'이것은……?

장한명은 경악했다.

급히 두리번거려 사라진 객방의 흔적을 찾아보려 했지만, 객방의 흔적은 어디에도 없었다.

장한명은 자신이 거칠게 흐르는 강물에 위태롭게 떠 있는 일엽편주(一葉片舟)가 되어 고립무원(孤立無援) 상태로 빠져버린 듯한 착각에 빠졌다.

공유선생의 모습도 보이지 않았다.

방금 전까지만 해도 장한명은 자신의 옷을 찢어 공유선생의 상처를 싸매고 있었다.

장한명의 양손에 묻은 공유선생의 피는 아직 온기가 가시지 않은 상태였다.

장한명은 급히 앞을 더듬었다.

바로 그 자리에 공유선생은 있어야 했다.

움직일 수 있는 상태가 아니었다.

　그러므로 스스로 움직여 장한명이 닿을 수 없는 위치로 몸을 옮겨 갔을 리는 만무했다.

　상처를 싸매서 지혈을 시키고 있는 장한명의 손길을 피할 이유도 없었다.

　그런데 없었다.

　양손을 뻗어 주변을 더듬었지만 장한명의 손에 잡히는 것은 빈 허공뿐이었다.

　장한명은 귀신에 홀린 기분이었다.

　그때 사라진 공유선생의 힘없는 목소리가 들려왔다.

　"뇌락풍운진(雷落風雲陣)……."

　신음과 같은 공유선생의 목소리였다.

　장한명은 흠칫했다.

　공유선생의 목소리가 바로 코앞에서 들려왔기 때문이다.

　손으로 만져지지는 않았지만, 공유선생이 아직도 그 자리에 그대로 누워 있음을 장한명은 느꼈다.

　'바로 앞에 있다. 그런데 만져지지 않는다.'

　장한명은 이 현상의 불가사의함에 경이로움을 느꼈다.

　그리고 다시 더듬었다.

　여전히 공유선생이 만져지지 않았다.

　공유선생이 만져지지 않자, 장한명은 무릎걸음으로 앞으로 두어 걸음 나갔다.

순간 공유선생의 다급한 외쳤다.

"움직이지 마라, 아이야!"

그러나 이미 움직였다.

장한명은 공유선생의 외침을 듣는 순간 뭔가 불길함을 느꼈으나 움직임을 돌이킬 수는 없었다.

쿠쿠쿠!

주변 경관이 변하기 시작했다.

강물처럼 흐르던 바닥이 위로 치솟아오르기 시작했다.

"젠장!"

장한명은 중심을 잃고 휘청했다.

솟아오른 바닥은 갈라지고, 그 갈라진 사이로 뜨거운 불길이 솟구쳐 올랐다.

그뿐이 아니었다.

객방의 천장이었던 하늘에선 뇌전(雷電)이 치기 시작했다.

하늘을 때리는 푸른 섬전.

바닥은 치솟는 화염.

세상의 종말이라도 온 듯 주변 경관이 시시각각 급변했다.

섬전이다 싶으면 섬전이 사라졌고, 화염이다 싶으면 화염이 사라졌다.

그리고 주변이 폭설로 뒤덮였다.

'도대체 뭐야, 이건?'

장한명은 경악했다.

모골이 송연하고 식은땀이 흘렀다.

장한명은 어디로 가야 할지 방향 감각마저 상실했다.

이것이 뇌락풍운진의 무서운 점이었다.

풍운만변(風雲萬變)하는 주변 경관은 생문(生門)을 찾을 수 없도록 혼란했다.

하늘을 덮은 뇌전은 결국 살아 있는 생명체를 사문(死門)으로 몰아간다.

그러므로 뇌락풍운진에 빠져들면 그 어떤 생명체든 생문을 찾지 못하고 헤매다가 결국 사문에 빠져들어 최후를 맞게 되는 것이다.

몇십 개의 바둑알만으로 이 좁은 공간을 지옥으로 만든 화운의 능력도 놀라운 것이지만, 사실은 앞을 볼 수 없는 장한명의 대처 또한 경이로운 것이었다.

장한명은 화운을 볼 수 없었지만, 화운은 장한명의 일거수일투족을 환하게 보며 그 현란한 대처에 감탄했다.

당황한 장한명은 최초엔 정신없이 빠르게 움직였다.

빠르게 움직이면서 장한명은 서서히 평정심을 되찾아갔다.

무질서하게 움직이는 듯했으나 화운의 눈엔 결코 무질서하게 보이지 않았다.

놀랍게도 저 어린 소년은 화운이 바닥에 깔아놓았던 바둑알의 위치를 정확히 기억하고, 착수한 수순 그대로를 따라서 움직여 가고 있었던 것이다.

'우연이라고 보기엔 너무도 정확한 수순이다.'

마지막 착수 지점은 삶이 보장된 생문이다.

화운은 뇌락풍운진을 이론상으로 기억하다가 이 급박한 상황을 모면하기 위해 급히 펼친 것이지만, 그녀가 알고 있는 이론의 반만이라도 위력을 발휘한다면 능히 열 명의 혈곤수를 상대할 수 있으리라 믿었다.

혈곤수들을 제압할 수는 없어도 시간은 벌 수 있으리라 확신했다.

그런데 장한명에 의해 뇌락풍운진이 이처럼 간단히 파훼되어 갈 줄은 상상조차 못했다.

이제 한 발만 내디디면 생문이다.

그 생문을 밟은 순간 뇌락풍운진은 소멸되어 버리는 것이다.

화운은 다급해졌다.

'안 돼.'

화운은 급히 장한명의 곁으로 다가서며 장한명의 손을 잡아끌었다.

장한명은 아무것도 없는 허공에서 불쑥 튀어나오는 화운

의 손을 보며 뒤로 주춤 물러섰지만, 그 손이 화운의 것임을 알아보고는 거부하지 않았다.

장한명은 화운의 손이 이끄는 대로 움직였다.

두어 걸음쯤 걸었을 바로 때였다.

콰앙!

지축을 뒤흔드는 굉음이 산사 전체를 뒤흔들었다.

동시에 어디론가 사라졌던 객방의 모습이 다시 나타났다.

나타났다고 느껴지는 순간, 객방의 토벽이 산산이 터져 나갔다.

열 명의 혈곤수.

그들이 전후에서 덮쳐들며 객방 전체를 날려 버린 것이었다.

그리고 이것으로 참으로 어처구니없이 뇌락풍운진은 파훼되고 말았다.

구궁(九宮)을 따라 움직이는 뇌락풍운진은 구궁 가운데 외궁(外宮)이 파괴된 탓에 그 힘을 전혀 쓸 수가 없게 되고 만 것이다.

이것은 화운으로서도 미처 예측 못한 당혹스러운 결과였다.

예측을 못했으므로 화운은 무방비였고, 위험에 완벽하게 노출된 상태였다.

콰아!

"윽!"

파편과 함께 날아든 가공할 강기의 회오리가 화운의 가슴을 강타했다.

검붉은 선혈을 쏟아내며 등이 휘어진 화운의 몸은 실 끊어진 연처럼 뒤로 튕겨져 날려갔다.

완치되지 않은 내상에 치명적 내상이 더해진 상태.

장한명이 급히 화운을 받아 들지 않았다면 화운은 그 자리에서 절명하고 말았을지도 모른다.

장한명은 급히 화운의 상태를 살폈다.

화운은 이미 혼절한 상태였다.

얼굴은 백납처럼 창백했고, 꽉 다문 입술을 비집고 검붉은 선혈이 쉴 새 없이 흘러나왔다.

목숨이 경각에 달린 위중한 상태임이 한눈에 파악될 정도였다.

장한명의 눈에 매서운 살기가 떠올랐다.

화운을 이 지경으로 만든 열 명의 혈곤수을 당장에라도 쳐죽일 기세였다.

"염병!"

눈이 뒤집힌 장한명의 입술을 헤집고 저급한 욕설이 절로 튀어나왔다.

장한명은 숙였던 고개를 들어 올리며 사방을 두리번거리

며 혈곤수들을 찾았지만, 시야를 덮는 먼지 때문에 그들을 쉽
게 찾을 수는 없었다.

묵상과 공유선생을 찾았지만 그들도 종적이 묘연했다.

장한명은 고민했다.

혈곤수들을 상대로 목숨을 걸고 싸워야 할지, 아니면 화운
의 목숨을 먼저 구해야 할지…….

결론은 간단히 내려졌다.

혈곤수의 목숨 열보다도 화운의 목숨 하나가 장한명에겐
더 소중했다.

그러므로 일단 화운의 목숨부터 구하기로 마음을 굳혔다.

쿠우우!

장한명은 화운을 안은 채 빠르게 몸을 움직였다.

먼지 때문에 방향을 가늠할 수가 없었지만 방향은 중요치
가 않았다.

이 아비규환의 생지옥을 벗어나는 일이 우선이었다.

바로 그때, 장한명은 자신을 향해 다가오는 소름 끼치도록
살벌한 한줄기의 살기를 느꼈다.

순간 희뿌연 먼지의 소용돌이 밖으로 불쑥 하나의 얼굴이
튀어나왔다.

그 얼굴은 장한명을 향해 잔인하게 웃고 있었다.

장한명은 미간을 찌푸렸다.

"웃어?"

장한명의 손이 빠르게 그 얼굴을 움켜잡았다.

잔인하게 웃던 얼굴이 미미하게 굳어졌다.

그리고 그 얼굴에서 빠르게 웃음이 사라져 갔다.

그러나 그 얼굴에서 잔인한 웃음이 미처 사라지기도 전에 퍼억 하는 둔탁한 소리와 함께 피가 튀었다.

장한명의 손이 그대로 얼굴을 짓이겨 버린 것이다.

수박이 깨어져 나가듯 얼굴은 박살이 나버렸다.

그 짓이겨진 얼굴에 더 이상의 웃음은 없었다.

웃음이 사라진 짓이겨진 얼굴을 보며 비로소 만족한 듯 장한명은 고개를 끄덕였다.

"거 봐, 보기 좋잖아."

그러나 짓이겨진 얼굴은 장한명의 말을 들을 수가 없었다.

짧은 시간 한 시대를 풍미했던 백팔적혈곤수 가운데 한 명.

그는 한순간의 방심으로 처참한 최후를 맞이한 것이다.

아니, 죽어가는 그 순간에도 자신의 방심으로 인해 어린 상대에게 당한 것이라 믿고 싶었을 것이다.

지난 수년간, 수많은 살인 기술을 연마하고 어떤 위기 상황에서도 목숨만은 지켜낼 수 있는 비장의 기술까지 연마한, 그리하여 무림 출도 이래 적수다운 적수를 만나지 못한 그는 어쩌면 자신의 죽음까지도 인정하고 싶지 않았을지 모른다.

부릅뜬 두 눈은 쉴 새 없이 피를 흘려내고 있었지만, 그 눈이 뿜어내는 복잡한 감정 속에 억울함은 없었다.

자신은 비록 한순간의 방심으로 돌아올 수 없는 강을 건너고 말았지만, 나머지 아홉 동료가 자신의 복수를 해줄 것으로 철석같이 믿고 있을 것이다.

자신과 같은 전철을 밟지 않는다면, 저 어린 상대는 아홉 동료의 적수가 될 수 없을 것이라 믿고 또 믿을 것이다.

그러나 지금의 장한명에겐 그들 아홉과의 일전이 목적이 될 수 없었다.

장한명에겐 화운의 목숨을 구하는 일이 우선이었다.

혈곤수 한 명의 목숨을 앗은 것만으로도 장한명의 분은 어느 정도 풀렸다.

그러므로 장한명이 이곳에서 시간을 지체해야 할 이유는 없었다.

장한명은 빠르게 먼지의 소용돌이를 빠져나가기 시작했다.

두어 줄기 살기와 마주쳤지만, 장한명은 본능적으로 방향을 틀어 살기를 피했다.

이후 장한명은 오직 앞만을 보며 몸을 날렸다.

第四章

마공삼십육반예(魔功三十六般藝)

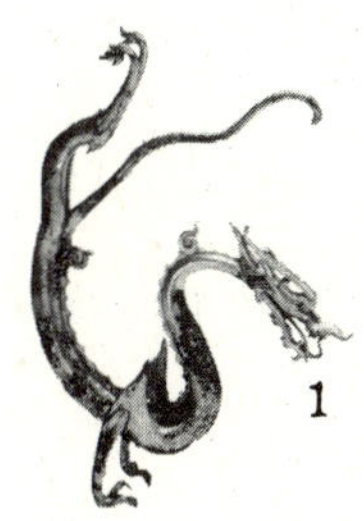

1

얼마나 달리고 또 달렸을까?

태어나서 이처럼 간단없이 달리기는 처음인 것 같았다.

날이 새고 저물기를 여러 번 반복한 뒤에 도착한 곳은 바다를 낀 아담한 규모의 한 마을이었다.

아니, 바다가 아니라 바다처럼 너른 호수(湖水)였다.

해질 무렵의 마을은 평온해 보였다.

호수를 낀 마을의 여기저기에 어망(漁網)이 널려 있는 것을 보면, 이 마을이 호수를 생업의 터전으로 삼고 살아가는 어촌(漁村)임이 대략 짐작이 되었다.

자신의 키보다 조금 더 큰 배를 타고 감빛 노을에 물든 호수로 노를 저어가는 어부들의 모습이 그림처럼 아름다웠다.

해가 지기 전에 호수에 그물을 치고, 여명이 밝아오면 어부들은 밤새 그물에 걸린 고기를 걷으러 나갈 것이다.

이 아름답고 평화로운 마을은 파양호의 여러 관문 가운데 하나인 호구촌(湖口村)이었다.

이 호구촌에 한 소년이 긴 그림자를 드리우고 나타난 것은 호수가 해를 반쯤 삼킨 그 무렵이었다.

소년은 피로에 지친 기색이 역력했다.

걸어온 긴 여정(旅程)이 평탄치만은 않은 듯 소년의 몰골 또한 말이 아니었다.

산발한 머리카락.

여기저기 찢겨져 나간 백삼.

먼지에 찌들어 잿빛으로 보이는 백삼은 이제 더 이상 백삼이 아니었다.

충혈된 눈은 노을만큼이나 붉어 보였다.

소년은 마을의 대로를 터덜터덜 힘없이 걸었다.

소년은 혼자가 아니었다.

소년은 양팔로 한 여인을 받쳐 든 채로 걷고 있었던 것이다.

혼자 몸으로도 걷기 힘들어 보이는 소년이었지만, 잠이 든

듯한 여인의 얼굴을 내려다볼 때엔 두 눈에 생기마저 감돌았
다.

장한명과 화운이었다.

"와아……!"

마을의 개구쟁이 꼬마들이 장한명과 화운을 먼저 반겼다.

장한명와 화운의 주변으로 우르르 몰려든 꼬마들은 이 낯
선 방문자가 자신들이 그동안 주욱 봐온 방문자들과는 사뭇
다름을 느끼고는 다소 실망하는 기색이었다.

이곳 호구촌의 방문자들은 유람 차 파양호를 찾은 풍류객(風
流客)이나 시인묵객(詩人墨客)이 대부분이었다.

그들의 인심은 후했다.

그들이 적선하듯 던져 주는 몇 푼의 철전(鐵錢)은 마을 꼬
마들에겐 보기만 해도 배가 절로 불러오는 훌륭한 양식과도
같았다.

세월이 흐르면서 꼬마들은 땀 흘려 일하지 않고서도 쉽게
얻어지는 철전에 길들여졌다.

그저 억지웃음 한번 흘려주고 방문자들의 짐을 들어주는
척만 해도 철전은 쉽게 얻을 수 있었다.

마을 어른들은 점차 돈의 노예가 되어가는 꼬마들을 근심
스러운 눈으로 바라봤지만, 철부지 어린아이의 한때 철없는
행동이라 여기고 방관하는 입장이었다.

돈에 길들여진 꼬마들은 돈 냄새를 기가 막히게 잘 맡았다.

장한명의 초라한 몰골은 돈과는 거리가 멀어 보였다.

적선을 받기보다는 적선을 해야 할 판이었다.

실망하는 꼬마들을 향해 장한명이 조용히 한마디를 내뱉었다.

"꺼져."

이 말에 꼬마들이 주춤했다.

"꺼지라고 했다."

장한명이 한마디를 더 하자 꼬마들은 바르르 몸을 떨었다.

장한명의 몸에서 오싹한 냉기(冷氣)가 뿜어져 나온 탓이었다.

"아앙!"

꼬마들 중 몇 아이는 겁에 질려 울음마저 터뜨렸다.

울음이 신호라도 되는 듯 꼬마들은 뒤도 돌아보지 않고 냅다 줄행랑을 쳤다.

장한명은 꼬마들이 사라지가 원래의 표정을 회복하며 힘없이 다시 걷기 시작했다.

그런데 채 몇 걸음도 옮기지 않았을 때다.

"저 애가 마음에 들어요, 할아버지!"

은쟁반에 옥구슬 굴러가는 듯한 낭랑한 목소리가 노을에 붉게 물든 호수 쪽에서 들려왔다.

창노한 목소리가 물었다.

"누구? 누가 마음에 든다는 것이냐, 아가야?"

낭랑한 목소리는 신경질적으로 대꾸했다.

"이젠 눈까지 멀었어요? 보세요. 저기 걸어가잖아요."

창노한 목소리가 다시 말을 받았다.

"여편네를 안고 걷는 저 아이?"

"씨이, 여편네인지 할아버지가 어떻게 알아?"

"여편네가 아니고서야 꽁지에 불붙은 강아지 꼴로 저리 절박하게 의원을 찾아 허둥거릴 이유는 없지. 암, 없고말고."

"몰라. 어쨌든 난 저 아이가 마음에 든단 말이야."

"거참, 아무리 봐도 네놈 취향은 아닌 것 같거늘……."

각기 다른 목소리는 장한명을 그림자처럼 따르면서 이어졌다.

불행인지 다행인지 장한명은 두 사람의 대화를 듣지 못했다.

대화는 바로 옆에서 들려오듯 선명했지만 장한명은 자신과는 무관한 대화라 여겼다.

화운의 목숨이 경각을 다투는지라 오로지 황 의원이라는 사람을 찾는 일에만 집중할 뿐, 다른 것에 신경 쓸 정신적인 여유라곤 손톱만큼도 없었다.

그러나 장한명을 그림자처럼 따르는 두 사람은 달랐다.

두 사람은 오로지 장한명에게 집중하고 있었다.

장한명의 다급한 사정이야 그들에겐 뒷전이었다.

장한명은 문득 자신의 몸을 감싸듯 스치는 미풍(微風)을 느꼈다.

이어 두 줄기 인영이 장한명의 앞을 막아서며 나타났다.

옷자락 가득 미풍을 흘리며 나타난 그들은 일노일소(一老一少)였다.

장한명은 달리는 기세 그대로 방향을 틀었다.

두 사람을 피해서 앞으로 나가려는 동작이었다.

그러나 일노일소는 장한명을 피할 생각이 없는 모양이었다.

두 사람은 장한명이 방향을 틀면 트는 방향으로 그림자처럼 따라서 움직였다.

장한명은 좌우로 방향을 틀었지만 두 사람은 철벽처럼 장한명의 앞을 막아섰다.

결국 장한명은 두 사람이 길을 비켜줄 의사가 없음을 깨달았다.

그들은 고의적으로 장한명의 앞길을 막아서고 있었던 것이다.

장한명은 미간을 찌푸리며 걸음을 멈추었다.

"비켜!"

노인은 흠칫했다.

"어라? 말투가 영 거슬리네."

"그래서 어쩔 건데?"

노인은 황당하다는 표정을 지었다.

"이 자식이 날 언제 봤다고 꼬박꼬박 하대야! 노인 공경이 라곤 쥐꼬리만큼도 모르는 말종이 아닌가? 이거 살짝 기분 나빠지려고 하네?"

헐렁한 마의(麻衣)를 걸친 노인은 은빛이 은은히 감도는 대나무 낚싯대 은린마간(銀鱗魔竿)을 어깨에 멘 채 방금 물가에서 낚시를 하다 나온 사람처럼 물에 젖은 바짓가랑이를 무릎까지 말아 올린 모습이었다.

얼굴의 주름으로 짐작컨대 나이는 족히 백여 살은 넘어 보였다.

눈가의 주름은 노인이 웃고 있지 않아도 웃고 있는 듯해 보는 이로 하여금 절로 즐거운 마음이 들게 했다.

"톡 쏘는 맛이 귀엽잖아요, 할아버지."

노인의 손녀인 듯한 소녀가 활짝 웃어 보였다.

장한명과 비슷한 또래 정도로 보였다.

소녀는 몸에 꼭 맞는 남색의 경장을 걸치고 있었다.

남색의 경장 깃에는 한 묶음의 하얗고 조그마한 꽃이 수 놓여 그 멋을 더했다.

　노인은 소녀의 말에도 불구하고 도무지 장한명이 마음에 들지 않는 눈치였다.

　"귀엽긴 개뿔이나. 아가야, 눈을 크게 뜨고 다시 보렴. 아무래도 네놈이 사람을 잘못 본 것 같구나."

　그러나 남의소녀의 태도는 단호했다.

　"보고 또 봐도 마음에 드는 걸요, 할아버지. 소손은 이 사람 아니면 시집 안 갈래요."

　마의노인이 난감한 얼굴로 탄식했다.

　"하고 많은 사람 중에 하필이면 왜 이 사람을……. 네놈에게 마음을 둔 명문세가, 왕후장상의 자제들이 수백, 수천을 헤아리고 그중에는 반안(潘安)이나 송옥(宋玉)보다 더 준수한 인간들도 있었거늘……."

　남의소녀는 도리질을 쳤다.

　"글쎄 점잖은 척, 잘난 척만 하는 그런 인간들은 싫다니까요. 소손은 이런 사람이 좋아요. 반항기가 줄줄 흐르는 것이 얼마나 매력적이냐구요."

　"거참, 어째서 이런 싸가지가 좋단 말인가? 네놈은 눈이 높아 웬만한 인간은 안중에도 없어하질 않았더냐? 남녀 간의 혼사야 인륜지대사이거늘, 경솔히 결정하면 훗날 필히 후회하게 되느니라, 아가야. 그러니 다시 한 번 심사숙고……."

　"싫다니까요!"

"그럼 일단 집에 돌아가서 가족들과 의논이라도……."

"의논은 무슨 의논! 소손은 이 사람만 있으면 돼요! 다른 사람은 필요없어요! 이 사람이 아니면 혀를 깨물고 죽어버릴 거라구요!"

"혁!"

마의노인은 기겁했다.

눈에 넣어도 아프지 않을 세상에 하나뿐인 증손녀였다.

그런 증손녀가 혀를 깨물고 죽어버릴 거라는 말에 마의노인은 가슴이 덜컥 내려앉았다.

"하긴, 네놈이 좋다면 어쩔 수 없는 일이긴 하다만……."

그러나 장한명을 이리저리 살피는 마의노인의 눈엔 여전히 불만이 가득했다.

"쩝, 영 부실해 보이는데… 저래서야 힘이나 제대로 쓸 수 있을는지… 쯧쯧……."

남의소녀가 급히 말했다.

"그건 걱정 말아요, 할아버지. 소손이 책임지고 할아버지 품에 떡두꺼비 같은 손자들 팍팍 안겨 드릴 테니까요."

"소, 손자……!"

손자라는 말에 마의노인의 눈빛에 당장 생기가 돌았다.

"지금 네놈이 한 말, 꼭 지켜야 한다? 약속하는 거다?"

"글쎄, 오래만 사시라니까요. 호호!"

“좋아. 기분 좋아졌다. 따악 백 년만 더 살지, 뭐. 껄껄.”

“어머, 백 년씩이나……. 욕심이 너무 과한 거 아녜요, 할아버지?”

“껄껄, 그래 봐야 억겁의 티끌 아니겠느냐.”

떡 줄 사람은 생각도 하지 않고 있는데 두 사람은 이미 김 칫국을 다 마신 뒤였다.

장한명은 두 사람의 주고받는 작태를 보며 기가 막힌다는 표정이었다.

비켜달라고 말했거늘 두 사람은 비킬 생각조차 하지 않는다.

아니, 오히려 장한명을 평생 잡아둘 기세였다.

장한명의 인내는 한계에 이르렀다.

“이런 염병, 비키라고 했잖아! 내 말이 말 같지 않아?”

“염병?”

마의노인의 얼굴이 똥빛이 되었다.

그러나 남의소녀의 반응은 사뭇 달랐다.

남의소녀는 박수까지 치며 즐거워했다.

“와우, 멋져라! 사내대장부라면 저런 정도의 배포는 있어 야지. 할아버지, 저런 배포면 앞으로 크게 될 사람 같아 보이지 않아요?”

“배포는 무슨. 저건 싸가지지 배포가 아니다, 이놈아!”

마의노인은 고개를 절레절레 저어 보였다.

지친 장한명은 더 이상 상대할 가치도 없다는 듯 남의소녀와 마의노인을 피해 앞으로 걸어갔다.

남의소녀가 급히 말했다.

"의원을 찾는 게 아니었던가요, 공자?"

"……."

장한명은 흠칫하며 걸음을 멈추었다.

장한명이 몸을 돌려 세우며 물었다.

"의원을 알고 있나?"

남의소녀는 대답 대신 손을 들어 마의노인을 가리켰다.

장한명의 시선이 마의노인에게로 옮겨졌다.

"영감이 의원?"

장한명은 고개를 갸웃했다.

마의노인의 어디에서도 의원 같은 분위기가 풍기지 않았기 때문이다.

남의소녀는 다시 급히 말했다.

"생긴 건 이래 봬도 사람 살리는 재주는 죽여준다고요, 공자."

마의노인은 기가 막힌다는 표정으로 따졌다.

"내가 생긴 게 어때서?"

"거울 드려요?"

“끙!”

마의노인은 말로는 손녀를 이길 수 없음을 절감하며 입을 다물었다.

장한명은 마의노인에게 다가서며 말했다.

“의원인가?”

마의노인은 고개를 저었다.

“의원은 무슨, 생긴 게 요 모양 요 꼬락서니이거늘…….”

“할아버지!”

남의소녀는 상큼 눈을 치켜세우며 마의노인을 노려봤다.

마의노인은 찔끔하며 더듬거렸다.

“내, 내가 뭘?”

“죽어가는 사람을 그냥 죽도록 내버려 두실 건가요?”

“죽도록 두는 게 아가 너한테는 이득일 텐데?”

“또…….”

“아, 알았다.”

마의노인은 손을 내저으며 별수없다는 듯이 장한명을 향해 몸을 돌려세웠다.

“이 늙은이가 환자의 상태를 잠시 살펴도 되겠느냐?”

장한명은 탄식했다.

“숨결이 느껴지지 않아. 당장 치료를 하지 않으면…….”

마의노인은 고개를 저으며 장한명의 말을 잘랐다.

"이 돌팔이가 보기엔 환자의 상태가 썩 좋아 보이는 건 아니지만, 그렇다고 숨이 당장 꼴깍 넘어갈 정도는 아니니 그리 서두르지 않아도 되느니라."

"위급한 상황이 아니라는 건가?"

"배고프다. 어디 가서 저녁이나 먹으면서 치료를 생각해 보기로 하자꾸나."

남의소녀는 찡그린 얼굴을 풀며 화사하게 웃었다.

"풋! 이제야 교아(嬌兒)의 할아버지다우시네. 진즉 그래주셨으면 교아가 예뻐해 드렸을 텐데……. 할아버지가 이 사람 대신 환자를 안고 가시면 더 예쁠 텐데……."

"이런, 이놈이 이젠 이 늙은이를 아예 머슴 부리듯 부릴 심산이로군. 늙어 죽을 날이 낼모레인 이 늙은이가 무슨 힘이 있다고. 이젠 혼자 몸으로 걷는 것조차 힘들어, 이놈아."

"치잇, 아직 할망구 열은 감당할 수 있다고 큰소리치실 땐 언제고."

"그, 그건……."

마의노인은 무안함을 느끼고는 주름진 노안을 붉혔다.

두 사람의 대화를 말없이 듣고 있던 장한명이 문득 고개를 저으며 말했다.

"내가 지켜야 할 사람이다. 그러니 당신들이 신경 쓰지 않아도 돼."

"어쩜, 의젓하시기도 하시지. 정말 밴댕이 할아버지와 비교되네."

장한명의 태도에 남의소녀는 다시 박수를 쳤다.

이어 마의노인이 눈에 들어오자 한심하다는 듯 길게 한숨을 내쉬며 고개를 절레절레 내젓는 남의소녀였다.

자신을 무시하는 듯한 남의소녀의 태도에 마의노인은 입술을 삐죽 내밀었다.

"언제는 싸가지가 마음에 든다더니… 쩝……."

"시끄러워욧! 내 맘이지 따지긴 뭘 따져요!"

"이젠 이 할아비는 안중에도 없다는 거지? 지아비가 생겼으니 이 할아비는 개밥의 도토리란 말이지?"

남의소녀도 입술을 마주 내밀었다.

"알긴 아시네."

"이런, 젖 달라고 보챌 때는 언제고……."

"소손이 뭐 할아버지 젖 달라고 했어요? 젖이 있기나 해요?"

"자세히 보면 있어, 이놈아. 젖이 말라서 그렇지."

"킬킬… 언제는 그 젖이 나왔나, 뭐."

"그래도 네 할멈은 이 할아비 젖만 좋다고 그러누먼. 낄낄."

"어머, 어머, 망측……."

두 조손의 입은 도무지 다물어질 줄을 몰랐다.

입은 입대로, 두 발은 두 발대로 지칠 줄을 모르는 것 같았다.

호수 너머 해무(海霧) 사이로 불그스름한 기운이 퍼지며 노을이 걸리는가 싶더니 어느새 해가 풍덩 가라앉고 있었다.

밀려오는 어둠 사이로 쉴 새 없이 입씨름을 하며 걸어가는 두 조손과 장한명의 발걸음도 자연스럽게 빨라졌다.

2

파양호가 발아래로 내려다보이는 야트막한 언덕배기엔 용담루(龍潭樓)라는 거창한 이름의 객잔이 쉴 새 없이 손님을 맞고 있었다.

거창한 이름에 비하면 초라한 규모의 객잔이었지만, 객잔 안에서 한눈에 내려다보이는 호수의 경치는 밤이면 밤대로, 낮이면 또 낮대로 장관이었다.

그 덕에 저녁 시간이면 객잔은 허기를 채우며 호수의 경치를 보려는 풍류객과 시인묵객들로 늘 만원을 이루었다.

점소이들은 발바닥에 불이 나도록 분주히 손님을 맞느라 여념이 없었다.

여기저기 음식을 주문하는 소리에 귀청이 따가울 정도였

지만, 누구 하나 이 소란스러움에 불만을 토하지는 않았다.

이 용담루는 호구촌의 유일한 객잔이었고, 여기서 엉덩이를 털고 나가면 비록 이 소란에선 해방될 수가 있을 테지만, 용담루 외엔 마땅히 요기를 할 만한 장소가 없어서 한 끼를 굶어야 했기 때문이다.

그럼에도 불구하고 불만의 소리는 있었다.

"빌어먹을 영감탱이! 밥맛 떨어지게 하필이면 식탁에서 저럴 건 뭐람."

"쓰벌… 밥 처먹으면서 치료는 무신 치료를 한다고 저 지럴이냔 말이지."

"달래 돌팔이겠어. 저 영감탱이 치료받고 멀쩡히 걸어나간 인간을 보질 못했구먼."

"에이, 재수없어! 퉤엣!"

적당히 욕지거리가 섞여 있는 것으로 봐선 점잖은 사람의 입에서 나올 수 있는 소리는 결코 아니었다.

배울 만큼 배운 풍류객이나 시인묵객이 이런 상소리를 내뱉을 리는 만무했다.

불만의 소리는 점소이들에게서 나온 것이었다.

표현이 상스럽긴 해도 점소이의 불만을 객잔 안의 손님 대다수가 이해했다.

객잔은 넘쳐 나는 손님으로 인해 자리가 모자랄 지경이

었다.

식탁이라고 해봐야 고작 십여 개 남짓.

그 가운데 열 명 정도가 한꺼번에 동석이 가능한 객잔 내에서 가장 큰 식탁을 불과 네 명이 전세를 내기라도 한 듯 독차지하고 있었으니 점소이의 불만이 이만저만이 아니었다.

이처럼 손님이 만원을 이룰 땐 자리 교대가 활발히 이루어져야 한다.

그래야 뒤늦게 객잔을 찾은 손님도 허기를 달랠 수 있는 것이고, 객잔의 영업도 이른 시간에 마무리 지을 수가 있는 것이다.

영업 마감이 뒤로 미루어지면 미뤄질수록 점소이들만 피곤해질 뿐이었다.

그런데 가장 큰 식탁을 차지하고 앉아 있는 저 인간들은 초저녁에 기어들어 와서는 벌써 한 시진이 넘게 죽치고 있었다.

손님은 손님대로 줄을 선 채로 자리가 빠지기를 기다렸고, 결국 이른 영업 마감은 물 건너간 셈이 되고 말았다.

그러니 점소이의 입에서 상소리가 튀어나올 수밖에 없었던 것이다.

물론 대놓고 불만을 토할 수는 없는 노릇이었다.

점소이들은 불만의 대상인 네 사람 가운데 두 사람이 저승사자보다 더 무서운 인간들이라는 건 귀에 못이 박히도록 들은 터였다.

식탁 위에 의식을 잃은 소녀를 올려놓고 치료를 한답시고 무려 한 시진이나 설쳐 대는 때려죽여도 시원치 않을 노인.

그가 바로 저 유명한 동정어은(洞廷漁隱) 황중산(黃重山)이다.

알 만한 사람은 다 알고 있다.

동정어은 황중산이 우내삼절(宇內三絕) 가운데 일절이며, 무려 백 년 전 강호를 풍미했던 전대의 기인(奇人)임을 말이다.

그런 동정어은 황중산이 본래의 활동 무대인 동정호를 떠나 이곳 파양호의 작은 마을 호구촌까지 흘러들어 오게 된 경위에 대해선 알려진 바가 없었다.

다만 남의 말 하기를 좋아하는 세간의 호사가(好事家)들은 무림 십 년 평화로 인해 할 일이 없어진 동정어은 황중산이 어깨너머로 대충 익힌 의술 몇 가지를 들고 파양호의 호구촌으로 터전을 옮긴 후, 신분을 속이고 돌팔이 의원 행세를 하고 있는 것이라고 떠들어대긴 했지만 근거가 있는 얘기는 아니었다.

어쨌든 호구촌의 황 의원이 동정어은 황중산임을 알 만한 사람은 다 알고 있는지라 불만이 있어도 대놓고 말하지 못하는 점소이들의 처지는 충분히 이해되고도 남음이 있었다.

그러나 기실 점소이들이 두려워하는 대상은 동정어은 황중산이 아니었다.

점소이들이 그보다도 더욱 두려워하는 대상은 다름 아닌 동정어은 황중산의 손녀였던 것이다.

소담가인(笑鋏嘉人) 황월교(黃月嬌).

이 여인 또한 알 만한 사람은 다 알고 있었다.

천진한 그녀의 순수한 표정 뒤에 잔인한 살심(殺心)이 감추어져 있다는 사실을 말이다.

그녀는 사내를 버러지 취급했다.

그녀의 순수함에 현혹되어 접근했던 무림의 수많은 준재들이 그녀의 잔인한 손속에 불구가 되거나 목숨을 잃었다.

제법 무림에서 명성을 얻은 후기지수들도 예외는 아니었다.

그들도 소담가인 황월교의 발에 버러지처럼 짓밟혔다.

그녀는 그야말로 안하무인(眼下無人)이었다.

자신을 쳐다보는 눈빛이 기분 나쁘다는 이유만으로도 상대의 모가지를 비틀었다.

거리를 걷다가 누군가가 자신의 어깨를 치며 지나갔다는 대수롭지 않은 이유를 들어 그 누군가의 어깨를 박살 낸 그녀였다.

상대의 모가지를 비틀고, 어깨를 박살 내는 그 순간에도 미소를 잃지 않던 그녀이다.

그러므로 그녀의 천진한 눈망울에 웃음이 감돌면 다리몽둥이 하나쯤은 부러질 각오를 해야 한다.

점소이들이 그녀의 시선을 피하기 위해 전전긍긍하는 이유는 바로 그런 그녀의 잔인함 때문이었다.

그런데 내일은 서쪽에서 해가 뜰 모양이다.

점소이들은 갸웃했다.

소담가인 황월교의 행동이 전과는 사뭇 달라 보였기 때문이다.

천진한 미소는 여전했다.

목젖이 보일 정도로 깔깔거리며 웃기까지 한다.

저 웃음이 반갑지 않다.

점소이들은 불안에 떨었다.

'또 지럴 같은 성질 나오겠군.'

'저 어린놈의 머리통이 남아날까?'

'저 성질에 어림도 없지. 염병, 또 시체 치울 준비나 해야겠군.'

'귀신들은 다 어디서 뭘 하는지 몰라. 저 인간, 지옥에나 처박을 일이지.'

점소이들은 소담가인 황월교의 천진한 웃음을 받고 있는

소년을 동정했다.

저 어린 나이에 곧 세상 하직하게 되리라는 생각이 들어 괜스레 마음마저 울적해졌다.

마음 같아서는 당장 도망치라고 일러주고 싶었지만, 소년 대신 자신의 목숨을 던져 줄 용기는 없었다.

그러나 용기는 필요없었다.

시간이 꽤 흘렀으나 소년의 머리통이 멀쩡했기 때문이다.

소년은 초라한 몰골이었다.

생김새도 지극히 평범했다.

사갈처럼 독한 소담가인 황월교의 앞에서 이처럼 오래 살아 있어야 할 이유를 소년의 외모에선 찾을 수가 없었다.

사내를 버러지 보듯 하던 소담가인 황월교다.

그런 소담가인 황월교가 소년의 곁에 살을 댄 채로 바짝 붙어 앉아 있다.

단지 살을 대고 앉아 있는 정도가 아니었다.

눈으론 쉴 새 없이 추파(秋波)를 던졌다.

입으론 끊임없이 애교를 떨었다.

소년에게 손수 음식을 집어 먹여주기까지 했다.

그녀는 소년이 사랑스러워서 어쩔 줄을 몰라 했다.

'맙소사!'

'세상에 이런 일이……!'

'천하의 소담가인 황월교가 애교를?

점소이들은 입을 떠억 벌렸다.

소년의 행동은 더욱 가관이었다.

소년은 소담가인 황월교의 애교에도 별 반응을 보이지 않았다.

감히 무표정했다.

감히 거만을 떨었다.

감히 먹는 일에만 집중하고 있었다.

소년은 마치 석 달 열흘은 족히 굶은 사람처럼 보였다.

만두 열 접시를 마파람에 게 눈 감추듯 먹어치우고, 이제 막 한 접시를 더 비우는 중이었다.

처음부터 끝까지 소년은 소담가인 황월교에게 눈길 한 번 주질 않았다.

감히 말이다.

그런 소년의 무관심한 태도에도 불구하고 소담가인 황월교는 서운해하는 기색을 내보이지 않았다.

아니, 오히려 소년이 자신에게 무관심하면 무관심할수록 더욱 사랑스럽다는 표정이었다.

이런 두 사람의 모습을 보며 점소이들은 한편으론 부러웠고, 한편으론 소년이 걱정스럽기도 했다.

저 더러운 성질은 언제 변덕을 부릴지 모른다.

그땐 소년은 죽은 목숨이다.

소년의 묘비에 이름 세 글자라도 적어주어야 할 테지만, 소년의 이름이 장한명임을 점소이들이 알 리 없었다.

장한명은 마지막 한 접시의 만두를 비우고서야 배가 차는지 더 이상 주문을 하지 않았다.

장한명이 젓가락을 놓자 소담가인 황월교가 비로소 서운한 표정을 지었다.

"그만 드실 건가요, 공자?"

"배불러. 더 이상은……."

장한명은 이제야 살 것 같다는 표정을 지어 보였다.

배가 불러서인지 소담가인 황월교를 바라보는 장한명의 얼굴에 모처럼 희미한 웃음이 감돌았다.

장한명의 깊고 맑은 눈빛이 자신에게 향하자 소담가인 황월교는 부끄러운 듯 얼굴을 붉히며 고개를 숙였다.

'세, 세상에… 수줍어하다니……?'

'천하의 소담가인 황월교가……?'

점소이들은 기가 막힌다는 표정으로 일손마저 놓고 있었다.

여기저기서 점소이들을 불러대고 있었지만, 점소이들은 넋을 반쯤 잃은 듯한 표정으로 장한명과 소담가인 황월교만을 번갈아 바라볼 뿐이었다.

점소이들의 넋을 깨운 건 소담가인 황월교의 뾰족한 목소리였다.

"물!"

소담가인 황월교는 빈 물 잔을 흔들어 보이며 죽일 듯이 점소이들을 노려봤다.

"우리 공자님 목이 막혀 죽기라도 하면 네놈들이 책임질 건가?"

"네… 네?"

무심코 대답하던 점소이들의 얼굴이 문득 사색이 되었다.

책임지라는 말이 목을 내놓으라는 말과 같은 뜻임을 뒤늦게 깨달은 것이다.

점소이들을 살벌하게 노려보는 소담가인 황월교의 눈빛은 방금 전까지 장한명을 사랑스럽게 바라보던 그 눈빛이 아니었다.

달콤한 솜사탕 같던 그 눈빛은 사라지고 없었다.

대신 그 눈은 당장에라도 점소이들을 찢어 죽일 듯이 살벌한 독기를 뿜어냈다.

점소이들은 그 눈빛을 접하는 순간, 이미 반은 혼백이 달아났다.

그런 점소이들을 보며 소담가인 황월교는 살기마저 띠었다.

"이런 똥물에 튀겨 죽여도 시원치 않을 것들 좀 보게? 물 가져오라는 데 뭘 째려, 인간들아!"

살기등등한 소담가인 황월교의 고성에 객잔 안의 손님들은 겁에 질렸다.

그들 대부분이 소담가인 황월교의 더러운 성질을 익히 들어서 잘 알고 있었던 터라 그 불똥이 자신들에게 튀지는 않을까 지레 겁부터 내고 있었던 것이다.

그들 중 일부는 식탁 밑으로 자세를 낮춰 슬그머니 객잔을 빠져나갔다.

문제는 점소이들이었다.

세 명의 점소이는 움직이지 못했다.

"으으으……!"

소담가인 황월교의 서슬 시퍼런 기세에 오금이 저려서 바들바들 떨고 있을 뿐이었다.

주인이 재빨리 점소이들을 대신해서 소담가인 황월교에게 물을 가져다주었지만, 황월교는 그 물을 그대로 주인의 얼굴에 뿌리며 고함을 질렀다.

"나를 물로 보는 거야, 영감탱이? 저 쥐새끼들보고 가져오라고 한 물을 왜 영감탱이가 가져오고 지랄이야!"

주인은 얼굴에 흐르는 물을 닦을 생각도 하지 못하고 쩔쩔맸다.

"용서하십시오, 황 낭자. 저 어린아이들이 아직 세상을 몰라서……."

"어린아이 같은 소리 하고 자빠졌네. 어린아이가 수염 달고 다니는 거 봤어, 영감탱……."

입에 거품을 물던 황월교가 갑자기 입을 다물었다.

그녀는 벼락이라도 맞은 듯 몸을 파르르 떨었다.

손.

그녀의 손에 살며시 올려진 또 하나의 손은 바로 장한명의 손이었다.

"날 챙기려는 마음은 고맙지만 이쯤에서 끝내시지. 더하면 내가 쪽팔리거든. 그리고 난 목이 마르지 않아."

이렇게 말을 한 후 장한명은 점소이들에게 물러가라는 손짓을 해 보였다.

그러나 점소이들은 황월교의 눈치를 보며 선뜻 자리를 떠나지 못했다.

점소이들의 그런 행동은 기우였다.

"정말 목이 마르지 않나요, 공자?"

황월교는 세상에서 가장 부드러운 목소리로 장한명을 향해 그렇게 물었다.

장한명의 손길을 느끼며 홍조를 띤 얼굴엔 봄바람이 감돌았다.

그 봄바람에 서슬 시퍼런 기세는 봄눈처럼 녹아내렸다.

"목이 마르지 않다고 얘기했을 텐데?"

장한명이 미간을 살짝 찌푸리며 말하자 황월교는 찔끔하며 점소이들을 향해 황망히 물러가라는 손짓을 해 보였다.

"운이 좋은 줄 알아라."

걸음아 나 살려라 내빼는 점소이들의 뒤통수로 날아든 황월교의 목소리는 부드럽기 이를 데가 없었다.

황월교의 목소리가 더없이 부드럽게 변하자, 점소이들은 하마터면 구역질을 할 뻔했다.

두 얼굴의 황월교가 가증스럽게 느껴졌던 것이다.

점소이의 소태 씹은 듯한 표정을 황월교가 봤다면 점소이들은 이미 죽은 목숨이었을 테지만, 다행히 황월교의 시선은 장한명에게 옮겨진 뒤였다.

"소란 떨어 죄송해요, 공자. 소녀도 알고 보면 부드러운 여자인데 자꾸 성질을 건드리는 인간들 때문에……."

황월교는 손가락을 만지작거리며 수줍은 듯 기어들어 가는 소리로 말하다가 무슨 생각이 들었는지 슬쩍 말끝을 흐렸다.

자신이 생각하기에도 자신의 말이 얼굴 뜨겁게 느껴졌던 모양이다.

그런 황월교의 가증스러운 모습에 점소이들은 입을 가리

고 헛구역질을 하는 시늉을 해 보이며 소리 죽여 낄낄거렸
다.

그 모습을 황월교의 예리한 눈이 놓칠 리 만무했다.

"저, 저런 쳐 죽일……!"

황월교의 아미가 상큼 지켜 올라가며 또다시 입에 거품을
물며 발작하려는 바로 그 순간이었다.

그녀의 귓전을 담담히 파고드는 장한명의 목소리.

"알아. 당신 심성이 누구보다도 고움을 말이야."

"아아……!"

무슨 말이 더 필요하랴.

자신을 알아주는 사람이 바로 자신이 애타게 사랑하는 사
람이라는 사실에 황월교는 감동했다.

장한명을 사랑스러운 눈길로 바라보는 그녀의 눈에 눈물
이 그렁했다.

"제법 계집을 다룰 줄을 아는 놈이로고. 이 망나니가 괜찮
은 젊은이들 다 마다하고 네놈을 택한 이유를 조금은 알 것도
같군."

동정어은 황중산이 자신의 몫으로 남겨진 만두 하나를 집
어 들어 우적우적 씹어대며 장한명의 처세가 마음에 든다는
표정으로 고개를 끄덕였다.

"내 젊은 시절을 보는 거 같아 마음에 들긴 하는데… 가시

돋친 장미를 품고 사는 일이 그리 쉬운 일은 아니라는 것을 염두에 두어야 할 거야. 때가 되면 독이 바짝 오른 손톱 잘라주어야 하고… 엉덩이 뿔도 잘라내 주어야 하고……."

"할아버지!"

황월교가 앙칼지게 소리치며 동정어은 황중산을 잡아먹을 듯 쏘아보았다.

황월교의 표정이 심상치 않자 동정어은 황중산은 찔끔하여 만두를 씹던 동작을 멈추었다.

"어떻게 된 영감탱이가 하나뿐인 손녀 잘되는 꼴을 못 보냔 말이야."

"내, 내가 뭐라 했는데? 난 그저 이 아이가 쥐 오줌만큼 걱정이 되어서……."

"시끄러워욧! 할머니한테 다 이를 거야!"

"안 돼! 제발 그것만은……!"

"죽었다고 복창이나 하세욧!"

"차라리 날 죽여라, 아가야."

"흥! 그래 봐야 내 손만 더럽혀질 텐데, 뭐."

동정어은 황중산은 울상이 되었다.

"흐엉… 한 번만… 응, 응?"

"그런 불쌍한 표정에 내가 또 넘어갈까 봐? 흥!"

황월교는 매정하게 돌아섰다.

황월교는 솜사탕처럼 부드러운 눈길로 장한명을 바라보며 장한명의 손을 잡았다.

"우리 이제 가요, 공자."

장한명은 난처한 표정을 지었다.

"아직……."

"무슨 문제라도……?"

황월교는 의아한 표정을 지었다.

장한명은 눈짓으로 식탁 위에 반듯하게 눕혀진 화운을 가리켰다.

"이런, 내 정신……."

황월교는 그제야 화운의 존재를 의식하고는 얼굴을 붉혔다.

"미, 미안해요. 언니를 깜박 잊고 있었네요."

황월교는 동정어은 황중산을 원망스러운 눈빛으로 바라보며 볼멘소리를 흘렸다.

"이게 다 할아버지 때문이야."

"내가 뭘 또……?"

"할아버지가 교아 정신만 사납게 하지 않았어도 이런 실수는 하지 않았을 텐데."

"원래 사나운 데 뭘 그래? 잘되면 제 탓이고 못 되면 이 늙은이 탓이라니……."

두 사람의 입 싸움은 도무지 그 끝이 보이질 않았다.

장한명의 인내심도 한계에 이르렀다.

"치료는?"

모처럼 장한명이 한마디를 내뱉자 비로소 두 조손의 입씨름은 끝이 났다.

두 조손이 입을 다물자 객잔 전체가 조용해지는 느낌이었다.

동정어은 황중산이 갸웃했다.

"치료라니? 무슨 치료?"

황월교가 동정어은 황중산을 향해 사납게 눈을 흘겼다.

"이러니 돌팔이 소리를 들을 수밖에……!"

"뭬야?"

"한 시진이나 저 언니 주물러댄 건 치료가 아니라 그럼 애무였수?"

"컥!"

동정어은 황중산은 제대로 한 방 먹은 셈이었다.

무안해 얼굴이 시뻘게진 동정어은 황중산은 일을 해놓고도 깜박깜박하는 자신의 흐릿한 정신을 닷했다.

"허허, 이런 정신머리 하곤. 이래서 나이 들면 서둘러 가야 한다니까. 금방 한 일도 돌아서면 까먹으니……. 어쩌겠나, 이게 다 나이 탓인 것을……."

장한명에게 대충 어색한 변명을 늘어놓은 후 동정어은 황중산은 힐끔 원망스러운 눈길로 자신의 손녀를 바라보며 푸념했다.

"싸가지라곤……. 아무리 그래도 애무라니, 할머니가 알면 날 찢어 죽이려고 들 텐데."

"훙! 그러거나 말거나."

두 조손은 다시 말씨름을 시작할 기세였다.

일단 말씨름이 시작되면 장한명은 아예 안중에도 두지 않을 것이 뻔했다.

장한명은 더 이상 참기가 힘들었다.

훙분하면 어김없이 예전 버릇이 도진다.

"씨발, 치료는 어떻게 되었냐고, 영감탱이!"

황월교는 움찔했고, 황중산은 코웃음을 쳤다.

"잘하면 늙은이를 패겠다? 마누라 살려준 은인을 이런 식으로 푸대접하면 안 되지. 망할, 이눔의 돌팔이 노릇도 이젠 때려치우든지 해야지, 원. 병 고쳐 주고도 맞아 뒈질 판이니."

단순한 푸념이었지만 장한명에겐 단순하게 들리지 않았다.

황중산의 푸념 중에서 '마누라를 살려준 은인' 이라는 이 말을 장한명은 주목했다.

　화운을 장한명의 마누라로 칭한 것은 황중산의 오해이겠지만, 지금 그걸 굳이 변명할 필요성은 느끼지 못했다.

　그보다는 화운의 생사를 확인하는 작업이 더 급했다.

　'마누라를 살려준 은인' 이라는 말은 화운이 위험한 고비는 넘겼음을 의미했다.

　적어도 아직은 살아 있는 것이다.

　치료가 제대로 되었다면 앞으로도 살아 있을 것이다.

　"그래서 이젠 생명엔 지장이 없다는 건가, 영감?"

　이렇게 묻는 장한명의 태도는 좀 전의 살벌함과는 달리 많이 누그러져 있었다.

　황중산은 씨익 웃었다.

　"그래. 저 상태라면 앞으로 오십 년은 더 살 거라고 내 장담하지. 그렇다고 내게 고마워할 필요는 없다. 자네가 이 늙은이에게 베푼 은공에 비하면 이 정도는 아무것도……."

　장한명의 눈이 휘둥그레졌다.

　"은공? 잠꼬대 하나, 영감?"

　"저 아이."

　황중산이 눈짓으로 황월교를 가리켰다.

　"……?"

　"이 늙은이가 평생을 짊어지고 가야 할 짐 덩어리였다네."

　"그런데?"

"골은 아프겠지만 어쩌겠나. 저 아이가 자네만을 좋다하니 이젠 자네가 짊어지고 가는 수밖에."

"이런……."

장한명은 당황했다.

그저 두 조손의 장난으로만 여긴 장한명이었다.

그런데 지금 황중산의 태도는 뜻밖에도 진지했다.

그 얼굴에서 장난기는 더 이상 찾아보기 힘들었다.

"걱정이 되는 건 저 아이의 지랄 같은 성격일세."

"……."

"그래도 가끔은 저 지랄 같은 성격이 도움이 되기도 할 걸세. 저 아이가 곁에 있는 이상 아무도 자넬 괴롭히질 못할 테니까 말일세."

황중산의 이 말은 마음에 들었는지 핏발을 세우던 황월교의 두 눈에 금방 생기가 감돌았다.

그 생기는 그러나 오래가지 못했다.

"사람 죽이는 데에 특별한 재주를 타고난 아이일세. 자기 전에 저 아이 양손 묶어두는 거 잊지 말아야 하고, 귀찮아도 두 발에 족쇄를 채워두는 것이 좋을 걸세."

"으으……!"

이쯤 되면 황월교가 제정신으로 있는 게 다행스러울 정도였다.

"아까 말했듯이 저 아이 손톱은 주기적으로 잘라내야 하고, 엉덩이 뿔도 인정사정 볼 것 없이 잘라 버리게."

"끄으……!"

"아참, 저 아이 꼬리가 아홉이라네. 전혀 쓸모가 없으니 살아가면서 뽑아버리게."

"끄아아!"

황월교는 마침내 돌아버렸다.

황월교는 물주전자를 들어 황중산의 뒤통수를 힘껏 후려갈겼다.

"죽엇!"

정말 죽일 생각이었던 모양이다.

물주전자가 완전히 우그러질 정도로 치명적인 일격이었으니 말이다.

이 정도 충격이면 황중산의 머리통은 박살나야 했다.

그러나 황중산의 머리통은 멀쩡했다.

죄없는 물주전자만이 망가졌을 뿐이다.

황중산은 건재함을 과시하려는 듯 히죽 웃어 보였다.

"키키, 자주 맞다 보면 머리통이 돌처럼 단단해진다네. 비 오는 날 똥오줌 못 가릴 만큼 쑤신다는 것 외엔 그런대로 살 만하다네."

"……."

장한명은 고개를 절레절레 내저었다.

비상식적인 두 조손의 행동이 머리를 지끈거리게 했다.

도를 넘어선 농담을 받아줄 인내는 더 이상 없었다.

장한명은 황중산의 말을 무시하고 화운의 곁으로 다가갔다.

그리고 조심스럽게 화운의 상태를 살폈다.

의식이 회복된 상태는 아니었지만, 숨결도 고르고 창백했던 안색에도 은은히 혈색이 감돌았다.

병세의 호전이 한눈에 느껴졌다.

장한명은 내심 크게 안도했다.

워낙이 화운의 상태가 위급해서 황중산에게 치료를 일임하긴 했어도 황중산에게 절대적인 믿음이 있었던 것은 아니다.

몰상식한 두 조손의 행동이 장한명을 더욱 불안하게 만들었다.

장한명이 보기엔 화운을 위해 황중산이 특별한 치료를 한 것 같진 않았다.

황중산의 치료법은 간단했다.

그저 간단히 맥을 짚고 화운의 여기저기를 손바닥으로 장난하듯 가볍게 친 정도에 불과했다.

팔소매 속에서 먼지투성이의 단환(丹丸)을 꺼내 화운에게

복용하긴 했지만, 그 단환에 특별한 효능이 있어 보이진 않았
다.

만두를 먹는 동안에도 내내 장한명의 시선은 황중산의 일
거수일투족을 살폈다.

허기가 채워지긴 했을망정 불안 불안한 마음에 만두를 어
떻게 먹었는지 기억이 나지 않을 정도였다.

과정이야 어찌 되었든 화운의 상태가 호전되었음은 천만
다행한 일이었다.

돌팔이는 아니었던 모양이다.

장한명은 화운을 안아 들었다.

화운의 의식이 돌아올 때까지 마냥 화운을 식탁에 둘 수는
없는 일이었다.

좀 더 편히 쉴 수 있는 장소를 구해야 했다.

그러나 황중산은 그런 장한명을 가만 내버려 두질 않았다.

"환자를 죽일 생각이 아니라면 다시 내려놓아라."

장한명은 주춤했다.

"내 말이 믿기지 않으면 일곱 걸음만 걸어보아라. 그 즉시
피를 토하며 절명(絶命)할 테니."

"치료가 다 된 것이 아니었던가?"

"치료야 다 되었지. 내상이 다시 재발할 수도 있다는 것이
문제라면 문제겠지만."

"하면?"

"기다려야지."

"이 객잔에서?"

황중산은 고개를 끄덕였다.

"달리 방법이 없지 않느냐?"

"젠장."

장한명은 난감했다.

황중산의 말이 미심쩍긴 해도 화운의 목숨을 담보로 과감하게 객잔을 떠날 용기가 장한명에겐 없었다.

장한명은 탄식하며 화운을 다시 식탁 위에 조심스럽게 내려놓았다.

소란스러운 객잔의 분위기가 영 마음에 들지 않았지만, 그렇다고 황중산의 말을 무시하고 이곳을 떠날 수는 없는 일이었다.

별수없이 화운의 상태가 좀 더 안정이 되는 동안만이라도 이곳에 머물러 있어야 하는 것이다.

내키지 않아하는 장한명의 표정을 살피던 황월교가 장한명의 귀에 입술을 바짝 대고는 은근한 어조로 속삭였다.

"공자, 소녀에게 좋은 방법이 있는데……."

장한명이 눈빛을 빛냈다.

"무슨……?"

황월교는 손을 들어 자신의 입을 가리고는 행여 누가 들을
세라 나직이 말했다.

"객잔을 오늘 밤 아예 우리가 전세 내어버리는 건 어때
요?"

"전세?"

"손님들을 다 내쫓고 우리만의 휴식 공간으로 만드는 거지
요. 어때요, 정말 좋은 생각 같지 않아요?"

"그러자면 비용이 많이 들 텐데……."

"푸웃!"

황월교는 입을 가리고는 가볍게 웃었다.

장한명의 순진한 생각이 재미있다는 표정이었다.

그리고는 보란 듯이 그녀는 객잔의 손님들을 향해 어깨를
펴고 섰다.

양손을 허리에 짚은 당당한 자세로 그녀는 말했다.

"꺼져!"

간결한 외침.

최초의 반응은 시원치 않았다.

객잔의 소란스러움 때문인지 손님들 대부분이 꺼지라는
황월교의 말을 듣지 못한 모양이었다.

"꺼지라니까!"

상큼 눈썹을 치켜세우며 내지른 황월교의 이 앙칼진 고함

에 비로소 손님들이 반응을 보였다.

객잔의 주인과 점소이는 물론이거니와 손님들도 일제히 하던 동작을 멈추었다.

마치 약속이라도 한 듯 말이다.

순식간에 객잔이 쥐 죽은 듯 고요해졌다.

누군가 목에 걸렸던 음식을 넘기는 꼴깍 하는 소리가 천둥소리처럼 요란하게 들릴 정도였다.

그러나 그것뿐이었다.

황월교의 꺼지라는 소리에 겁을 집어먹고 객잔을 빠져나가는 사람은 없었다.

손님들은 황월교가 왜 자신들을 향해 꺼지라고 했는지 영문을 모르겠다는 표정이었다.

자신들이 잘못 들었던 것은 아닐까 하는 의심이 슬그머니 고개를 들었다.

말썽 안 부리고 음식 잘 먹고 있는 자신들이 이 객잔에서 쫓겨 나가야 할 이유가 없었기 때문이다.

손님들은 황월교가 자신들을 향해 소리친 것이 아니라는 결론을 내리기에 이르렀다.

그래서 그들은 황월교의 성질을 건드렸을 그 누군가를 찾기 위해 주변을 두리번거렸다.

순간 황월교의 앙칼진 고함이 다시 터져 나왔다.

“내 말 안 들려? 깡그리 몽땅 꺼지란 말이다! 썅!”

자신은 아닐 거라는 손님들의 기대는 이렇게 물 건너갔다.

“왜, 몸들이 무거워서 움직이기 힘들어? 몸을 가볍게 해줄까?”

황월교의 손엔 어느새 검신이 투명해 보이는 은색 연검(軟劍)이 들려져 있었고, 그 연검은 객잔 전체로 무시무시한 살기를 뿜어내기 시작했다.

당장에라도 누군가의 목을 칠 기세였다.

연검 끝은 뱀의 혓바닥처럼 쉴 새 없이 꿈틀거리며 객잔 손님들에게 공포심을 유발시켰다.

손님들은 볼 수 있었다.

소담가인 황월교의 두 눈에 천진한 미소가 감도는 끔찍한 장면을 말이다.

저 미소에 담긴 심상치 않은 의미를 모르고 있는 손님은 없었다.

이곳 파양호에서 가장 조심해야 할 것이 바로 소담가인 황월교의 미소임을 귀에 못이 박히도록 들어온 터.

몸을 가볍게 해준다는 황월교의 말은 저 살기 띤 연검으로 자신들의 머리와 몸통을 따로 분리해 주겠다는 무시무시한 협박임을 뒤늦게 깨달았다.

시간과 공간이 멈춘 듯한 객잔의 한구석에서 누군가 뒷걸음치기 시작했고, 객잔의 문턱에 걸려 넘어지는가 싶더니 우당탕 요란하게 계단을 굴러 황월교의 시야에서 순식간에 사라졌다.

그것이 신호였다.

객잔의 손님들은 밀고 밀치며 앞을 다투어 객잔을 빠져나가기 시작했다.

우당탕!

객잔은 식탁이 넘어지고 그릇이 깨어지며 순식간에 난장판이 되고 말았다.

점잖은 풍류객과 시인묵객들도 죽음 앞에선 체면도 권위도 거추장스러운 짐일 뿐인 모양이었다.

이 어이없는 장면에 장한명은 아연실색했다.

"염병, 이럴 것까지야……."

황월교가 설마 이런 무식한 방법으로 손님을 쫓아낼 줄은 상상조차 못한 일이었다.

'거참, 구제불능이로군.'

장한명은 뭐든 제멋대로인 황월교의 행동에 불쾌함을 느꼈다.

그럼에도 불구하고 불쾌한 감정을 겉으로 표현하지 못하는 장한명이었다.

불쾌한 감정의 한편에 살며시 자리 잡은 연민의 감정 탓이었다.

　기실 황월교의 무지한 행동은 지탄을 받아 마땅한 것이지 연민을 받을 자격은 없다고 봐도 무방했다.

　그런데 연민이다.

　장한명은 고개를 저었다.

　자신으로서도 이해도 납득도 안 되는 이 특별한 감정을 털어버리고 싶었기 때문이다.

　점입가경인 황월교의 행동을 보면 더욱 그랬다.

　"뭐야, 너희들은?"

　텅 빈 객잔의 북쪽 창문 쪽으로 황월교의 찢어지는 듯한 목소리가 날아가 꽂혔다.

　북쪽 창가 식탁을 중심으로 사십대 중, 후반가량의 중년 사내 다섯이 빙 둘러앉아 있었다.

　다섯 중년 사내는 형제인 듯 용모가 흡사했다.

　삼각형의 눈매엔 음침함이 묻어났고, 얄팍한 입술엔 교활함이 흘렀다.

　화려한 금포(金袍)는 그들의 사치를 느끼게 했고, 식탁에 놓인 귀두도(鬼頭刀)는 그들이 무림에 몸담고 있는 무인임을 알려주었다.

　식탁의 한쪽에 쌓인 술병은 그들이 꽤나 많은 양의 술을 마셨음을 짐작케 했다.

취한 듯 그들의 얼굴은 주사빛으로 물들어 있었다.

객잔이 난장판임에도 그들은 그 자리를 고수했다.

황월교의 엄포 따위는 대수로울 게 없다는 듯 여유있게 술잔까지 돌리며 마셔대고 있었다.

그런 다섯 사람이 황월교의 눈에 좋은 모습으로 비쳐질 리는 만무했다.

"술 취했니? 그래서 간 덩어리가 부은 거니?"

다섯을 바라보는 황월교의 입가에 조소가 걸렸다.

"아무리 간 덩어리가 부어도 주제를 망각해선 안 되지. 여산오패천(麗山五覇天)이라는 간판이 뭐 그리 대단한 것도 아니잖아? 비적 떼와 다름이 없는 그따위 싸구려 간판을 믿고 감히 이 소담가인 황월교 앞에서 재롱을 떨 생각들은 아니겠지?"

여산오패천 가운데 막내인 여무량(麗無量)이 술병을 들어 병나발을 불려던 동작을 멈추며 고개를 갸웃했다.

"마교오패천(魔敎五覇天)이 된 지 언제인데 아직도 우릴 여산오패천이라고 부르는 무식한 인간이 있었나?"

넷째인 여무심(麗無心)이 음산하게 웃었다.

"흐흐, 뒈지려면 무슨 짓인들 못하겠어? 막내야, 가시겠다는데 조용히 보내 드리는 게 예의가 아니겠느냐."

셋째 여무종(麗無終)이 식탁을 쾅 주먹으로 내려치며 말했다.

"썩을! 조용히 살려고 하면 꼭 이렇게 염장을 지르는 인간이 나타나 사람 돌게 한단 말이지."

셋째 여무종이 식탁의 귀두도를 잡았다.

"막내야, 이번엔 이 형님에게 양보해라. 이 형님의 귀두도가 피 맛을 본 지 오래되어서 요즘 들어 투정이 심하다."

"껄껄, 식성 까다로운 형님께서 드시기엔 가시가 제법 드셀 텐데 말입니다. 소제가 대충 가시를 발라내고 형님께……."

"아서라. 가시 발라내려다 찔릴라. 찔리면 독해서 약도 없을 것 같은데 말이지."

여무종은 앉은 채로 시선을 황월교에게 옮기며 히죽 웃어 보였다.

"이 몸의 식성은 지랄 같아서 싱싱하지 않음 줘도 안 먹지."

여무종은 음흉한 눈길로 황월교의 몸을 위에서 아래로 더듬어 내리며 말을 이었다.

"야들야들하고 쫄깃쫄깃하지 않으면 입에 대지도 않고 말이야."

황월교는 아미를 찌푸리며 말했다.

"그래서 어쩌라고?"

여무종은 귀두도를 잡은 손에 살짝 힘을 주었다.

"어쩌긴, 넌 더럽게 맛없을 거 같다는 얘기지."

황월교는 귀두도를 잡고 있는 여무종의 손에 시선을 던지며 피식 웃었다.

"맛없는 거 같다는 얘기는 그때도 했지. 그래서 난 네놈 모가지를 비틀었고 말이야."

"으……!"

여무종은 얼굴이 똥빛이 되었다.

황월교는 그런 여무종을 조롱했다.

"모가지가 비틀린 채로 그 손으로 싹싹 빌며 제발 목숨만은 살려달라고 애원하던 때가 엊그제 같은데… 벌써 잊은 건가, 아니면 마교의 개 노릇을 하다 보니 눈에 뵈는 게 없어진 건가?"

"이런, 좆같네, 정말!"

여무종은 이성을 잃어버렸다.

지워 버릴 수만 있다면 지우고 싶은 치욕스러운 기억이었다.

"죽여 버린다!"

그 치욕을 생각하면 머리 꼭대기까지 피가 솟구쳐 오른다.

어쩌면 벼르고 있었는지도 모른다.

과거의 치욕스러운 기억을 지우기 위해서라도 황월교를 죽이고 싶었을 것이다.

거기에 황월교가 때마침 기름을 부었을 뿐이다.

쾅!

"죽엇!"

귀두도를 잡고 자리를 박차고 일어난 여무종은 일갈하며 추호의 망설임도 없이 황월교의 목을 쳐갔다.

황월교는 태연했다.

불과 두어 달 전, 그러니까 여산오패천이 마교오패천이 되기 이전에 황월교는 여산오패천을 상대한 적이 있었다.

당시 여산오패천은 황월교의 적수가 되지 못했다.

여산오패천은 불과 십여 초식 만에 황월교의 변화무쌍한 손속에 비참한 패배를 당했었다.

그것도 일대일의 대결이 아니라 다섯 형제가 합공을 펼쳤음에도 불구하고 십여 초를 견디지 못한 것이다.

강서성(江西省) 일대에선 그런대로 그 무위를 인정받고 있던 여산오패천이다.

개개인의 무위는 이류라고 해도 다섯이 펼치는 합공도진(合功刀陣)은 일류라는 자부심도 있었다.

그런 그들 다섯이 펼치는 합공도진이 불과 십여 초식 만에 무참히 박살나고 말았던 것이다.

이것이 불과 두어 달 전의 일이었다.

그동안 여산오패천이 달라져 봐야 얼마나 달라졌겠는가?

황월교가 태연할 수 있는 이유는 두어 달 전 바로 그 기분 좋은 기억에 있었던 것이다.

그러나 황월교의 그런 여유는 여무종의 도세(刀勢)를 무심코 살피는 순간 사라졌다.

황월교의 안색도 급변했다.

'다르다!'

여무종의 도세는 전과는 비교조차 되지 않을 만큼 빠르고 강했다.

단순히 빠르고 강한 것만이 아니라 사이한 기운마저 느껴졌다.

정도(正道)의 무공에게서는 느낄 수 없는 사이함이었다.

'어떻게……?'

황월교는 이해가 되지 않았다.

일반인에겐 두어 달이라는 시간은 결코 짧은 것이 아닐 수도 있지만, 무인에겐 결코 긴 시간이 될 수 없었다.

수십 년간 뼈를 깎는 고련(苦練)과 실전 경험을 쌓는다고 해도 일류를 장담할 수 없는 곳이 무림이라는 세계였다.

그러므로 두어 달이란 이류가 일류로 진화하기에 충분한 시간은 절대 아니었다.

어느 날 갑자기 하늘에서 뚝 떨어지는 무림 고수란 있을 수가 없다.

그런데 여무종은 이런 일반적인 상식을 깬 고속 성장을 지금 한 수의 공격으로 보여주고 있었다.

황월교가 긴장을 느낄 만큼 그 공격이 전과는 확연히 다른 느낌이었다.

'이런 개 같은 경우가……?'

황월교는 당혹감에 사로잡혔다.

몸을 틀어 여무종의 공격을 급한 대로 피했다.

그러나 그것으로 끝난 것이 아니었다.

여무종의 귀두도는 황월교의 움직임을 그림자처럼 따르며 재차 공격을 가해왔던 것이다.

황월교가 검을 뽑아 들 여유조차 주지 않는 공격이었다.

아니, 숨을 몰아쉴 여유조차 주지 않았다.

두 번째 공격은 첫 번째 공격보다 더욱 빠르고 변화막측했다.

도광(刀光)이 푸르스름했다.

얼음처럼 차가운 냉기가 느껴졌다.

황월교는 비로소 상대의 도법이 마교의 혈음수라도법(血陰修羅刀法)임을 알아채고는 경악했다.

'겨우 두 달 만에?

황월교는 고개를 저었다.

'아니, 그건 불가능하다.'

혈음수라도법은 마교의 마공삽십육반예(魔功三十六般藝)에 속한다.

마공삼십육반예는 마교의 확장을 위해 창안된 일종의 보급형 무공이다.

그러므로 기존의 마교 제자나 새로이 입문하는 제자나 기본적으로 익히고 있는, 또 익혀야 하는 무공인 것이다.

여산오패천이 마교오패천이 되기 위해선 당연히 익혀야 할 무공인 셈이다.

여산오패천이 마교오패천이 된 이상, 그들이 혈음수라도법을 익히고 있는 것은 당연한 일이지 놀랄 일이 아니었다.

황월교가 정작 놀라워하는 것은 연성 시간이 두 달이라는 점이었다.

혈음수라도법은 음한지공(陰寒之功)이다.

두어 달은 초식의 변화를 깨우치기에도 턱없이 부족한 시간이다.

차가운 음기(陰氣)를 운공해서 도기(刀氣)를 뿌리려면 적어도 수년의 시간이 필요하다.

시간만 필요한 것이 아니라 피나는 고련이 수반되어야 가능한 일이다.

그런데 마교오패천이라는 이름으로 나타난 이 다섯 형제 중 하나인 여무종이 지금 펼치는 도기엔 얼음처럼 차가운 냉기(冷氣)가 느껴졌다.

두어 달이라는 짧은 시간 혈음수라도법을 적어도 칠성 이상 연성한 듯한 여무종의 급변한 모습이 경이롭게까지 느껴지는 황월교였다.

골백번 양보해도 불가능한 일이었다.

불가능을 가능케 한 그 힘의 근원은 도대체 어디서 비롯된 것일까?

그건 아마도 반년 만에 무림을 대부분 잠식한 마교의 경이로운 확장력에 있을 것이다.

무서운 역병(疫病)이 순식간에 대륙을 휩쓸 듯 마교는 무서운 기세로 대륙을 휩쓸었다.

마교가 자랑하는 마공삼십육반예가 역병의 역할을 충실히 해낸 것이라고 해도 과언이 아닐 것이다.

불과 두어 달 만에 마교오패천의 무위가 이처럼 장족의 발전을 한 것으로 봐선 마공삼십육반예가 무림에 알려진 것보다 훨씬 빠른, 속성의 무공일 거라고 미루어 짐작하는 황월교였다.

가벼운 보법(步法)만으로 여무종의 공격을 피하는 황월교는 반격을 서두르지 않았다.

반격보다는 여무종이 펼치는 혈음수라도법의 수위(水位)를 가늠하는 데에 집중했다.

'빈틈을 찾아보기 힘든걸.'

황월교는 감탄했다.

무림 이류를 불과 두어 달 만에 일류로 키워낼 수 있는 가공할 능력이 마공삼십육반예에 있는 거라면 마공삼십육반예야말로 진정한 마교의 힘일지도 모른다.

무림 삼류는 이류를 꿈꾸고, 이류는 일류를 꿈꾼다.

마공삼십육반예가 그런 무림인의 욕망을 채워주고 있었다면, 그리고 마공삼십육반예가 그런 무림인들의 갈증을 채워주기 위해서 치밀한 계획 아래 만들어진 것이라면……

황월교는 탄식했다.

'정말 그렇다면 이 땅이 마교 천하가 되는 것은 시간문제다.'

황월교는 허리에 차고 있는 은색 연검을 조용히 풀었다.

은빛 검광이 예리하게 여무종의 도기를 뚫고 들어갔다.

"걱정할 것 없어. 잠시 따끔할 뿐이니까."

황월교의 눈망울에 천진한 미소가 떠올랐다.

여무종은 흠칫했다.

황월교의 저 천진한 미소는 죽음을 의미한다.

목.

여무종은 자신을 목을 향해 차가운 검기가 다가오는 것을 느끼고는 당황했다.

검기를 느꼈지만 막을 마땅한 수단이 떠오르지 않았다.

두어 달 동안 죽음보다 더한 고통을 참아내며 연성한 혈음수라도법으로도 그녀의 공격을 막을 수가 없었던 것이다.

혈음수라도법에 대한 절대적인 믿음이 한순간에 깨졌다.

두어 달 전에 당한 수모를 이자까지 더해서 되돌려줄 수 있을 것이라는 환상도 무참히 깨지는 순간이었다.

여무종의 패배를 직감한 나머지 마교사패천의 얼굴이 굳어졌다.

결과가 이렇게 흐를 줄은 그들도 미처 예상하지 못한 일이었다.

여무종을 돕기 위해 나서려 했지만 그러기엔 이미 늦어 있었다.

애초에 합공을 하지 않는 것에 대한 뼈저린 후회가 밀려들었다.

두 눈 멀쩡히 뜨고 여무종의 목이 날아가는 비참한 장면을 보고만 있어야 하는 마교사패천은 차마 그 광경을 볼 수 없어 두 눈을 질끈 감고야 말았다.

눈은 감았어도 소리는 들렸다.
"아서라, 아가야."
동정어은 황중산의 목소리였다.

第五章

태을단봉삼검식(太乙丹鳳三劍式)

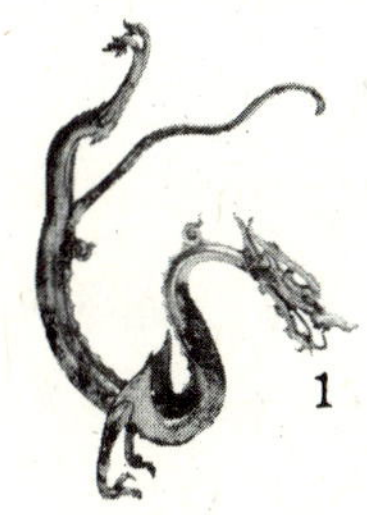

"소를 잡는 칼로 쥐새끼를 잡아서야 되겠느냐. 껄껄."

동정어은 황중산의 목소리가 눈을 감고 있는 마교사패천의 눈을 뜨게 했다.

눈을 뜨고 난 후, 그들은 가장 먼저 그 눈으로 여무종을 찾았다.

여무종은 무사했다.

마교사패천은 안도했다.

황월교의 검이 다행히 여무종의 목을 베지는 않았던 것이다.

벨 듯이 여무종의 목에 바짝 검날을 대고 있을 뿐이었다.

물론 황월교가 마음만 먹는다면 그대로 여무종의 머리가 몸통에서 떨어져 나갈 판이었지만, 다행히 황월교의 두 눈엔 천진한 미소가 사라지고 없었다.

천진한 미소가 없다는 건 당장은 여무종의 머리가 떨어져 나갈 염려는 하지 않아도 됨을 의미했다.

그렇다고 해도 여무종은 공포에 질려 온몸을 바들바들 사시나무처럼 떨고 있었다.

아래로 내려뜨린 귀두도는 천 근처럼 무거워 보였다.

바지춤이 누렇게 젖어 있는 것으로 봐선 실례를 한 모양이었다.

황월교를 향해 거만을 떨던 처음의 모습은 찾아볼 수가 없었다.

그야말로 무인으로서는 보여서는 안 되는 치부를 몽땅 내보인 셈이 되고 말았다.

그것도 스물도 채 되지 않은 어린 소녀 앞에서 말이다.

그 어린 소녀 황월교는 갸웃했다.

"뭐가 또 불만인 거죠, 할아버지?"

황중산은 히죽 웃었다.

"이놈아, 똬리 튼 독사처럼 그리 무섭게 이 할아비를 노려볼 필요 없다. 이게 다 네놈 서방 될 인간을 위한 이 할아비의 배려니까 말이다."

황월교의 독기 서린 두 눈에 가볍게 이채가 떠올랐다.

"배려?"

황월교의 시선이 장한명에게 향했다.

"우리 공자님을 위한?"

도무지 이해가 안 되는지 두 눈 가득 의혹을 담고서 황월교
의 시선이 황중산에게로 향했다.

"알아듣도록 설명해 보세요, 할아버지!"

황중산은 힐끔 장한명을 바라보며 의미심장한 미소를 지
었다.

"봐라, 저 초라한 몰골을."

이 말에 황월교의 눈썹 끝이 매섭게 위로 치켜 올라갔다.

"어때서요? 내 눈엔 멋져 보이기만 하는데."

황중산은 고개를 저었다.

"평생을 가도 저 몰골로는 사내구실 제대로 못할 게 뻔하
다."

"상관없어요, 뭐. 이 소담가인 황월교가 곁에 있으면 어떤
인간도 우리 공자를 함부로 무시하진 못할 테니까요."

"평생을 지켜준다?"

"두말하면 잔소리!"

"껄껄… 자식 서넛 낳고도 그게 가능할까?"

"무슨 소리?"

"네놈 자식들 보살피기에도 숨이 넘어갈 판에 네 서방 챙길 여력이 있겠느냐 이 말이다."

"그, 그건……."

황월교는 자식들이란 말에 부끄러운지 슬며시 얼굴을 붉혔다.

황중산은 고개를 저었다.

"모름지기 사내란 강해야 하는 법이다. 강해야 이 험한 무림에서 제 자식, 제 여편네 목숨 남에게 맡기는 비참한 일은 안 당할 테니까."

"그게 하루아침에 되는 일은 아니잖아요."

"되도록 만들어야지."

황중산은 장한명의 앞으로 뚜벅뚜벅 걸어갔다.

"모르면 가르쳐야 하는 거고."

"……?"

장한명은 멀뚱한 표정으로 다가오는 황중산을 주시했다.

사실 장한명은 화운이 의식에서 깨어나면 이 객잔을 서둘러 떠나야 한다는 생각 외에 다른 것엔 관심이 없었다.

황월교와 실랑이를 벌인 인물들이 마교의 인물들이라는 점이 마음에 걸렸기 때문이다.

화운이 절대 안정을 취해야 하는 지금, 화운과 자신의 존재가 마교에 알려져 혈곤수의 공격이라도 받게 된다면 화운과 자신이 또다시 곤경에 처할 것임은 불을 보듯 뻔했다.

어쨌든 화운과 자신은 마교의 혈곤수에게 추격을 당하는 입장이다.

적송림과 산사에 등장했던 혈곤수가 장난삼아 화운과 자신을 공격한 것은 아닐 테니, 화운과 자신을 공격해야 할 목적이 혈곤수에게 있는 것이라면 그 추격 또한 멈추지 않으리라는 게 장한명의 생각이었다.

그들의 추격 대상이 화운인지 장한명 자신인지는 불분명했다.

하지만 그 추격 대상이 화운이든 자신이든 두 사람이 함께 행동하는 이상 두 사람 모두 추격 대상이 될 수밖에 없었다.

장한명에게 다가서는 황중산이 이런 장한명의 초조하고 불안한 마음을 알 리 만무했다.

황중산은 장한명의 불안해하는 표정을 다른 각도로 읽었다.

"불안해할 것 없다, 아이야. 설마 이 늙은이가 어린 네게 해를 끼치기야 하겠느냐."

장한명을 쓸어내리는 황중산의 표정은 온화했다.

황중산은 장한명을 손녀사위로 인정하는 듯했다.

장한명에게 향한 황중산의 눈빛은 황중산이 자신의 사랑

하는 손녀 황월교를 바라볼 때의 그 따뜻한 눈빛과 별 차이가 없었다.

"이 늙은이의 손녀가 성질이 개떡 같아서 손톱이라도 제때에 잘라주려면 약간의 기술은 익혀두어야 할 것이다."

"……"

"보아하니 무공을 익힌 것 같지도 않고… 근골 또한 특별히 뛰어난 것도 아니라서 이 늙은이의 명석한 머리로도 꽤나 많은 고심을 하고서야 네게 딱 맞는 무공 하나를 겨우 찾아낼 수가 있었다."

"무공?"

장한명은 어리둥절한 표정을 지었다.

어리둥절하긴 황월교도 마찬가지였다.

황중산의 꿍꿍이속이 무엇인지 도무지 가늠이 되지 않았다.

여무종을 비롯한 마교오패천은 황당한 표정이었다.

황중산의 느닷없는 등장으로 날아갈 뻔한 여무종의 목이 제자리에 온전하게 붙어 있을 수 있게 되어서 천만다행이다 여기는 그들이었다.

그러나 황월교의 검이 여무종의 목덜미에 겨냥한 상태에서 황중산이 벌이는 기행(奇行)은, 목숨을 걸고 싸우는 결전의 현장에서 볼일이 급하다며 갑자기 뒷간으로 뛰어가는 어처구니없는 행동만큼이나 황당하게 느껴졌다.

어쨌거나 황중산은 그답지 않게 진지했다.

"태을단봉삼검식(太乙丹鳳三劍式)은 고대 기인 태을자(太乙子)가 남긴 태을검경(太乙劍經)에 기록된 유일한 무공이자 검법이다. 한때 방황하며 세상을 떠돌던 젊은 날에 우연히 태을검경을 얻었지만, 난 이미 사문(師門)을 두고 있었던지라 호기심에 태을단봉삼검식을 연성하긴 했어도 누군가를 상대로 그 고대의 검법을 펼쳐 본 적이 없다."

'태을단봉삼검식……'

"시전을 해본 적이 없으므로 검법의 위력이 어느 정도인지 내 눈으로 직접 확인할 기회는 없었지만, 익혀둔다면 능히 자신의 한 몸은 지킬 수 있으리라 믿는다."

황중산의 말을 듣고 있던 황월교는 감동했다.

설마 자신의 조부가 자신에게도 전하지 않은 태을단봉삼검식을 장한명에게 전할 생각을 한 줄은 짐작조차 못한 일이었기 때문이다.

황중산이 태을검경을 얻었다는 사실조차 그녀는 모르고 있었다.

장장한 세월 동안 기억의 한편에 묻어두었던 태을검경의 검식을 장한명에게 전하려 하는 황중산의 의도는 대충 짐작되었다.

자신의 손녀사위를 태을자의 전인(傳人)으로 들여 그동안

절전(絶傳)되었던 태을단봉삼검식의 계보를 잇게 하려는 의
도가 그 첫 번째일 테고, 그렇게 함으로써 자신의 손녀가 무
인으로 대성하는 데에 장한명이 미력한 힘이나마 더할 수 있
지 않을까 하는 손녀에 대한 지극한 배려가 두 번째 의도일
것이다.

이런 황중산의 지극한 배려를 느끼고 황월교는 감동했던
것이다.

문제는 장한명이었다.

장한명은 영 시큰둥했다.

황중산의 진지한 말을 한쪽 귀로 듣고 한쪽 귀로 흘려내며
오로지 화운의 숨결에만 귀를 모았다.

잠시 황중산에게 머물렀던 시선도 화운에게 옮겨간 지 오
래였다.

황중산은 그런 장한명의 반응에 살짝 미간을 찌푸렸다.

이런 시큰둥한 반응을 황중산은 전혀 예상 못했다.

태을단봉삼검식을 준다는 말을 듣는 순간 황중산은 당연
히 장한명이 오체복지(五體伏地)하며 감읍하리라 믿었다.

오체복지는 아니더라도 바닥에 머리 정도는 조아리리라
믿었다.

일반 무림인이라면 당연히 그리했을 것이다.

그런데 어찌 된 인간이 잠깐 호기심을 보이더니 이내 시큰

둥하니 시선마저 돌려 버린다.

'쩝쩝.'

황중산은 내심 입맛을 다시며 씁쓸해했다.

자신의 성의를 무시하는 장한명의 방자한 태도가 심히 불쾌했다.

그러나 어쩌겠는가.

자신의 하나뿐인 손녀의 장래를 생각한다면 골백번이라도 참아야 하지 않겠는가.

참긴 참아도 처음의 진지함은 많이 사라졌다.

진지함이 사라지자 의욕도 떨어졌다.

황중산은 배우든 말든 알아서 하라는 식으로 성의없이 태을단봉삼검식의 요결(要結)을 전음(傳音)으로 읊었다.

전음이니만큼 장한명만이 들을 수 있는 태을단봉삼검식의 요결이었다.

동시에 검을 들지 않은 자세로 황중산은 검식을 성의없이 시전해 보였다.

"화전월하(花煎月下), 청음소작(淸飮小酌), 무금안소(撫琴按簫)……."

시전 동작에 맞추어 요결이 쉴 새 없이 이어졌다.

삼 검식에 불과했지만 황중산의 전음은 무려 한 시진이나 이어졌다.

황월교는 황중산과 장한명을 번갈아 주시하며 혀를 찼다.

'저걸 어찌 모조리 기억할 수 있단 말인가. 동작 몇 가지만 기억하는 것도 어려운 일이거늘, 저 난해한 동작과 장장한 요결을 모두 기억하기란 불가능하다.'

게다가 단 한차례의 시전과 한차례의 구전(口傳)이었다.

수십 차례 반복해서 시전하고 구전한다 해도 기억하기 어려운 그 난해한 동작과 요결을 단 한차례 보고 듣는 것만으로 기억하라는 건 그야말로 무성의의 극치였다.

가르치는 사람과 배우는 사람 모두 무성의하기는 마찬가지였다.

장한명은 한 시진 내내 무료하고 권태롭다는 표정이었다.

화운이 중간에 의식을 찾았다면 장한명은 아마도 화운을 안고 미련없이 객잔을 떠나 버렸을지도 모른다.

장한명의 성의 없는 태도에 황중산은 황중산대로 재미가 없었다.

정신은 정신대로, 몸은 몸대로 지쳤다.

다시 한 시진을 투자해서 심신을 혹사시킬 생각 따윈 손톱만큼도 없었다.

황중산은 이마의 땀을 손등으로 훔쳐 내며 무료한 듯 하품을 하고 있는 장한명을 향해 말했다.

"외울 만큼 외웠을 테지?"

　그리고는 장한명의 대답은 듣지도 않고 황월교에게 다가 오라는 손짓을 했다.

　"그 인간의 목숨, 이 아이에게 넘겨라."

　황월교는 흠칫했다.

　"네? 목숨을 넘기다니요?"

　"이 아이, 배울 만큼 배웠으니 실전 경험을 쌓을 기회를 주 란 뜻이다."

　"실전 경험?"

　황월교는 여무종의 목에 대고 있던 검으로 여무종의 목을 툭툭 쳐 보이며 물었다.

　"그러니까, 이 인간을 상대로 실전 경험을? 그건 아니겠죠, 할아버지?"

　"그게 아니라면 한 시진이 넘게 널 뭐 하러 그 자리에 잡아 두었겠느냐. 이젠 그 검을 네 서방 될 사람에게 넘겨라. 제대 로 배웠는지 이 할아비가 눈으로 직접 봐야겠다."

　"미, 미쳤어요, 할아버지?"

　황월교는 입에 거품을 물었다.

　그리고 한 손으로 여무종의 어깨를 잡아끌어 황중산을 향 해 마주보게 하며 언성을 높였다.

　"이 인간이 어떤 인간인 줄 몰라서 하는 소리인가요? 이자 는 수십 년간 무림에서 산전수전 다 겪은……."

“알아.”

“염병, 알면서 그래요? 차라리 내 손으로 공자를 죽이라 하시지요. 이제야 겨우 찾은 귀한 사람이 비참하게 죽어가는 모습을 두 눈 벌겋게 뜨고 구경하고 있으라구요? 이 손녀가 피눈물을 흘리며 혀를 무는 꼴을 그렇게 보고 싶으세요?”

“쯧쯧… 네가 태을단봉삼검식을 너무 가벼이 보고 있구나.”

“무공의 무 자도 모르는 사람입니다. 설령 태을단봉검식이 천하제일의 검법이라 한들 공자에겐 그림의 떡일 뿐이라는 거지요. 그런데 그 그림의 떡을 들고 이 악랄한 인간을 상대하라는 게 말이나 되는 소리냐구요.”

“길고 짧은 것은 대봐야 아는 법. 속단은 금물이다.”

“억지 부리지 말아욧!”

“끙!”

“할아버지께서 공자를 마음에 들어하지 않는다는 거 알아요. 그렇다고 이런 말도 안 되는 억지를 부리시는 건 할아버지답지 못해요.”

“쩝, 모르겠구나. 평소 사람을 죽이고도 눈 하나 깜짝이지 않는 네가 어째서 이 아이 앞에서만큼은 이처럼 너그럽고 인간적이 되는지 말이다. 하지만 이건 알아두어라. 상처를 입어보지 않은 맹수는 절대 제왕이 될 수 없다는 적자생존의 법칙을 말이다."

황중산이 말이 틀린 것은 아니다.

그렇다고 해도 지금은 때가 아니었다.

아니, 미친 짓이다.

황월교는 완강히 고개를 저었다.

"제왕으로 만들 생각 없어요. 그러니 사람 잡는 그 미친 짓을 더 이상 강요하지 마세요. 계속 고집을 부리시면 소손이 목숨을 걸고 막을 겁니다."

"쩌업!"

미친 짓이라는 것을 황중산이 왜 모르겠는가.

사실 악감(惡感)이 섞인 것은 황중산 그 자신도 인정하는 바였다.

한차례의 시전과 요결 전수만으론 태을단봉삼검식을 죽었다 깨어나도 연성할 수 없음을 그라고 해서 모를 리 있겠는가.

알면서도 억지를 부린 것은 저 건방진 꼬마 녀석에게 세상 쓴맛을 맛보여주려는 사심 때문이었다.

죽일 생각은 더더욱 없었다.

그 어떤 위급한 경우이든 황중산 자신이 나서서 장한명을 구할 자신은 있었던 것이다.

물론 사람이 하는 일이 완벽할 수는 없는 것이라서 한 번의 실수라도 장한명의 목숨을 앗아갈 수는 있겠지만, 이 험한 무림에서 살아남으려면 그 정도 모험은 감수해야 한다고 생각하는 황중산이었다.

그러나 그런 모험조차도 황월교는 원치 않았다.

적어도 이 말이 장한명의 입에서 떨어지기까지는 그랬다.

"해보지, 뭐."

장한명이 느릿하게 의자에서 몸을 일으키며 던진 이 한마디에 황중산과 황월교는 자신의 귀를 의심했다.

황월교는 멍청하게 서 있는 여무종을 손가락을 가리키며 말했다.

"설마 이 인간과……?"

"그래."

장한명은 주저없이 고개를 끄덕였다.

황중산은 호탕하게 웃었다.

"핫하! 그놈, 두둑한 배포가 정말 마음에 드는군. 그래야지. 사내대장부라면 그 정도의 배포는 있어야지."

황월교는 단 두 글자로 자신의 마음을 표현했다.

"안 돼!"

장한명은 황월교의 말을 무시하며 여무종을 향해 걸음을 옮겼다.

"그 검 좀 빌려주시지. 내 검은 장식품이라서……."

황월교가 순순히 자신의 검을 내어줄 리 만무했다.

"공자의 실력으론 이 인간의 적수가 될 수 없습니다. 이제 갓 걸음마를 배운 그 솜씨로는 무림 삼류무사를 상대로 겨룬다고 해도 백전백패일 수밖에 없으니까요."

장한명은 황월교를 향해 오른손을 내밀었다.

"내가 알아서 해."

"……."

황월교는 무슨 말인가를 하려다 멈칫하며 입을 다물었다.

그리고 그녀는 어느새 자신의 검을 장한명에게 건네고 있었다.

장한명의 맑고 깊은 눈을 바라보는 순간, 황월교의 사고는 한순간 정지되고 말았다.

머릿속이 텅 빈 백지처럼 하얗게 퇴색되는 느낌이었다.

그저 장한명에게 검을 건네주어야 한다는 생각밖에는 들지 않았다.

장한명은 검을 잡으며 히죽 웃어 보였다.

"걱정할 거 없어. 최악의 경우 뒈지기밖에 더하겠어?"

여무종은 황월교가 검을 치우자 잽싸게 몸을 옆으로 날려 황월교의 공격권에서 벗어났다.

순간 기다렸다는 듯이 여무종의 네 형제가 식탁을 박차고 일어섰다.

여무종이 인질로 잡혀 있었던 탓에 그들은 울화통을 참으며 행동을 자제해야 했지만 지금은 상황이 달라진 것이다.

그들은 분기탱천한 얼굴로 각자의 무기를 뽑아 들고 당장에라도 황월교와 동정어은 황중산에게 덮쳐들 기세였다.

여무종은 손을 들어 형제들의 행동을 제지했다.

"잠깐, 이 인간들 하는 꼬락서니를 보아하니 가소로워서 웃음밖에는 안 나오던데……."

여무종은 검을 들고 서 있는 장한명을 보며 음산하게 웃었다.

"천하의 이 여무종을 개털 취급해도 유분수지, 저런 썩은 제삿밥을 나더러 먹으란 말인가? 검을 잡는 파지법(把持法)조차도 모르는 저런 애송이……!"

여무종의 말은 여기에서 끝났다.

파지법조차 모르는 애송이가 휘두른 검에 여무종의 목이 몸통에서 떨어져 나간 것이다.

"커어……!"

뒤늦게 흘러나온 여무종의 신음.

그 신음은 바닥에 떨어진 여무종의 머리통에서 흘러나왔다.

그리고 머리통을 잃은 여무종의 몸통에서 분수처럼 피가 솟구쳐 올랐다.

모든 순서가 뒤바뀌었다.

장한명이 발검(發劍)하고, 장한명의 검에 여무종의 목이 떨어져야 하고, 참혹한 비명에 이어 피분수가 솟구쳐 올라야 함이 순서였다.

그러나 장한명이 발검하는 장면을 본 사람은 아무도 없었다.

가장 가까운 거리에 있던 황월교조차도 장한명의 발검을 보지 못했다.

장한명의 정면 쪽에 있는 마교오패천 역시 장한명의 발검을 보지 못했다.

여무종의 목이 잘려지는 장면조차 보지 못했다.

여무종의 머리통이 바닥으로 떨어지는 바로 그 참혹한 장면만을 봤을 뿐이다.

머리통이 떨어진 뒤에야 신음이 흘러나왔다.

아마 그 신음은 신음이 아니라 여무종의 최후를 알리는 숨이 빠지는 소리였을 것이다.

목이 베어지면서 가장 먼저 치솟아올랐어야 할 시뻘건 선혈은 오히려 가장 늦게 형체를 드러냈다.

장한명은 이 모든 순서가 거꾸로 정리된 뒤에야 피에 젖은 검을 아래로 늘어뜨렸다.

그러나 이 장면 역시 아무도 보지 못했다.

마교사패천은 머리통과 몸통이 따로 분리된 채 뒹굴고 있는 여무종의 시신을 넋을 놓고 바라볼 뿐이었다.

그런 그들의 두 눈에선 시뻘건 피눈물이 금방이라도 쏟아져 나올 것만 같았다.

평생을 함께한 형제 중 하나를 졸지에 잃어버린 충격 탓에 그 죽음이 어떻게 이루어졌는지 돌아볼 경황은 손톱만큼도 없었다.

아니, 그들은 여무종의 죽음 자체를 인정할 수가 없었다.

'이, 이것은 현실이 아니다. 꿈이다. 악몽이다.'

그러나 여무종의 몸에서 흐르는 따뜻한 선혈의 감촉을 느꼈을 때, 그들은 비로소 이것이 꿈이 아닌 현실임을 자각했다.

신을 박살 내고서라도 여무종을 살려내고 싶은 마음 간절했지만, 그 간절한 염원이 분노로 바뀌기까지는 그리 긴 시간이 걸리지 않았다.

"으아아아아아!"

막내 여무량의 입에서 터져 나오는 절규는 그들이 여무종의 죽음을 비로소 인정하기 시작했음을 의미했다.

한편 황중산과 황월교의 놀라움도 마교오패천 못지않았다.

두 조손은 사태가 이렇게 흐를 줄은 상상조차 하지 못했다.

'단 일 검에 여무종을……!'

여무종의 시신을 두 눈 멀쩡히 뜨고 보면서도 이 말도 안 되는 상황이 믿기지가 않았다.

애초에 말도 안 되는 대결을 강요한 사람은 황중산이었다.

그러나 말도 안 되는 대결이 말도 안 되는 결과로 끝나자 황중산은 그만 할 말을 잃고 말았다.

장한명이 펼친 필살의 한 수가 무엇인지조차 황중산은 보지 못했다.

그 점은 황월교 역시 마찬가지였다.

장한명이 그처럼 빠르게 공격할 줄은 짐작조차도 못했다.

겨우 한 시진 동안 태을단봉삼검식을 배웠을 뿐이다.

아니, 배운 것이라고 할 수도 없었다.

관객의 입장에서 황중산이 추는 검무(劍舞)를 구경했다는 표현이 더 정확할 것이다.

무공에 천부적인 자질을 타고난 천고의 기재라고 해도 단 한 차례의 시전만을 보고 그 무공의 오의(奧義)를 완벽하게 깨우치기란 불가능한 일이다.

장한명은 천부적 자질과는 거리가 멀었다.

누가 봐도 장한명의 자질은 평범했다.

아니, 평범 이하였다.

그런 장한명이 태을단봉삼검식으로 여무종을 목을 쳤을

리는 만무했다.

황중산은 고개를 저었다.

'태을단봉삼검식일 리가 없다.'

장한명이 발검하는 장면을 불행하게도 보지 못했다.

발검이 너무 빨라서가 아니라 시선이 여무종에게 향해 있었던 터라 미처 보지 못한 것이다.

당시 여무종은 오만방자한 태도로 장한명을 조롱하는 말을 심하다 싶을 정도로 잔인하게 내뱉고 있었던 터라 황중산뿐만이 아니라 황월교의 시선도 여무종에게 모아져 있었다.

발검은 보지 못했다고 해도 장한명이 검을 들고 내리는 동작에서 태을단봉삼검식의 흔적을 느낄 수가 있어야 했다.

다른 사람이라면 몰라도 황중산이라면 당연히 느껴야 했다.

황중산은 다시 고개를 저었다.

'어설픈 동작이었다. 태을단봉삼검식의 어느 초식에도 그런 어설픔은 없다.'

장한명의 동작이 태을단봉삼검식에서 나온 것이 아니라면, 여무종의 목을 벤 장한명의 검식은 태을단봉삼검식이 아닌 다른 검식이라는 결론이 간단히 내려진다.

이 부분에서도 황중산은 고개를 저었다.

장한명의 어디에서도 무공을 익힌 흔적을 찾아볼 수 없었기 때문이다.

우내삼절 가운데 한 명이며, 세수 일백이십을 훌쩍 넘긴 황중산의 사람을 보는 안목이 빗나간 적은 없었다.

장한명의 무공이 무인 특유의 안광(眼光)마저 안으로 갈무리되어 육안으로는 무인인지 아닌지 그 구분이 불가능하다는 반박귀진(返樸歸眞)의 지고한 경지에 올랐다고 해도 황중산의 예리한 안목을 피할 수는 없었을 것이다.

황중산은 미로에 빠진 느낌이었다.

어느 쪽 길로 가든 같은 결론이 내려질 뿐이다.

장한명이 무공을 숨긴 무림 고수는 아니라는.

황중산의 결론 아닌 결론은 이쯤에서 일단락 지어야 했다.

마교사패천!

형제를 잃은 그들의 분노가 폭발했다.

폭발한 분노는 그들의 남은 이성마저 삼켜 버렸다.

"끄아아아 !! 죽여 버린다 !!"

그들의 귀두도는 수많은 도영(刀影)을 뿌리며 장한명을 향해 폭사되어 갔다.

객잔은 순식간에 그들 마교사패천의 뿌려내는 도광과 도영에 휩싸였다.

혈음수라도법은 한 사람이 펼칠 때보다 두 사람이 펼칠 때의 위력이 배가 된다.

둘보다는 셋의 위력이 더 강해지고, 넷이 동시에 펼치는 위력은 여무종 혼자 펼쳤을 때와는 천양지차였다.

황중산과 황월교는 뼛속을 파고드는 냉기를 느끼며 대경했다.

그들도 마교사패천이 동시에 펼치는 혈음수라도법의 위력이 이처럼 막강하리라고는 미처 생각을 못했다.

장한명이 걱정되었다.

그러나 황중산과 황월교의 시야에 들어온 장한명은 자신에게 닥쳐오는 위기를 전혀 실감하지 못하는 표정이었다.

장한명은 검을 아래로 늘어뜨린 채 마교사패천의 가공할 공격을 관망하듯 담담히 바라보고만 있었다.

"위, 위험하다!"

황월교는 장한명을 향해 몸을 황망히 날렸다.

망설이고 자시고 할 겨를이 없었다.

마교사패천의 공격에서 장한명을 구해내야 한다는 일념뿐이었다.

장한명이 여무종의 목을 베긴 했지만 그건 순전히 운이라고 생각하는 황월교였다.

여무종은 지나치게 방심했다.

그 방심이 결국 화를 불렀다.

정상적인 대결이었다면 장한명이 여무종의 목을 베기란

불가능했을 거라는 판단은 비단 황월교만이 하고 있는 것은 아니었다.

마교사패천 역시 같은 생각을 하고 있었던 것이다.

지금 장한명을 덮치는 마교사패천의 공격은 그들이 여전히 장한명을 무시하고 있음을 투명하게 보여주었다.

수비가 없었다.

오로지 공격 일변도로 공격에 또 공격이었다.

수비를 무시한 공격이란 상대의 반격을 염두에 두지 않는 위험천만한 도박이나 다름이 없다.

공격이 실패하면 반격을 당하게 마련이고, 그 반격에 대한 대비가 없다면 비참히 죽임을 당하게 됨은 명약관화(明若觀火)하다.

마교사패천이 무림인에겐 금기시되고 있는 이런 도박적인 공격을 감행하는 까닭은 그들이 형제의 죽음으로 인해 이성을 잃었기 때문만은 아니었다.

이것은 장한명에 대한 명백한 무시였다.

그리고 그 무시에 대한 대가는 컸다.

2

여느 때 같으면 호구촌민 모두가 잠들었을 해시(亥時:오후

태을단봉삼검식(太乙丹鳳三劍式) 247

9시~11시) 무렵.

그러나 오늘은 잠든 사람보다 깨어 있는 사람이 더 많았다.

아이들은 짚으로 엉성하게 엮어 만들어 불을 피워 올린 횃불을 고사리 손에 들고 마을 광장을 쉴 새 없이 맴돌았다.

중추의 밤은 낮과는 달리 옷섶에 한기가 배어들 정도로 쌀쌀한 기운을 느끼게 했지만, 아이들의 콧등엔 땀방울이 송골송골 맺혔다.

동네 어른들은 신이 나서 노는 아이들을 바라보며 잠시나마 동심으로 돌아간 듯 함께 즐거워했다.

동네 아낙들은 마을 광장으로 음식을 싸와 마을 잔치를 준비하느라 분주히 움직였다.

중추절(中秋節)을 여드레 앞둔 오늘 밤.

풍어(豊漁)를 기원하는 호구촌의 풍어제는 마을의 오랜 관습이었다.

평온한 호구촌의 밤은 십오야 만월을 가리며 스쳐 지나가는 낙엽을 뒤로한 채 조금은 소란스럽게 깊어만 가는데……

아마도 동네 꼬마들의 손에 횃불이 점차 사그라질 그 시각이었던 것 같다.

횃불의 불빛이 사그라진 그 어둠으로 조용히 아홉 사람이 나타났다.

정확히 칠남이녀(七男二女).

일곱 명의 청년과 두 명의 소녀였다.

그들 아홉은 한결같이 온몸을 가리듯 치렁하게 흘러내린 흑발에 백납처럼 창백한 안색이었다.

몸에 걸친 백의는 남루하기 짝이 없었고, 그것은 옷으로 보이기보다는 누더기에 가까웠다.

그러나 그 누더기가 그들의 비범한 신태를 모조리 가리진 못했다.

일견하기에도 그들은 분명히 마을 사람과는 다른 분위기를 풍겼다.

한 번이라도 더 보면 그들의 몸에서 풍기는 기운이 비범함이 아니라 괴이함에 가깝다는 것을 발견할 수 있을지 모르지만 아무도 그 점을 주의 깊게 보진 않았다.

어쨌든 횃불이 사라진 그 어둠 속으로 거의 동시에 등장한 그들 아홉을 가장 먼저 발견한 건 이번에도 동네 꼬마 녀석들이었다.

그들 아홉은 바닥에 수북하게 깔린 낙엽 위를 걷고 있었다.

바짝 바른 낙엽이 터지며 내는 바스락거리는 소리조차도 들리지 않는다는 것은 신기했지만, 아이들은 그 점을 미처 깨닫지 못했다.

뒤늦게 발견한 마을 어른조차들도 그 점을 깨닫지 못하긴 마찬가지였다.

마을 사람 모두의 관심은 그들 낯선 이방인이 아니었다.

소리없이 등장한 아홉 이방인이야 내일이면 이 마을을 떠날, 그저 호구촌 어디에서나 흔하게 볼 수 있는 객일 뿐이다.

낯선 이방인들 때문에 마을 잔치를 망칠 수는 없었다.

아이들은 습관처럼 이방인에게서 몇 푼의 철전을 얻어낼까도 생각했으나, 이방인의 초라한 몰골을 보고는 이내 마음을 접었다.

몇 푼의 철전보다는 구수한 냄새를 풍기는 잔치 음식이 아이들을 더 강하게 유혹했던 것이다.

아이들은 땟국물 자르르 흐르는 손으로 잔치 음식을 한 움큼씩 집어 들고는 작은 그림자들을 이내 어둠 속에 감추었다.

아이들에게는 외면당한 이방인들이지만, 마을 사람들은 이 남루한 몰골의 이방인들을 냉대하지 않았다.

그들 아홉이 마을 잔치에 낀들, 그리고 그들이 마을 잔치의 음식을 구걸한들 매정하게 내칠 인심 야박한 마을 사람들이 아니었다.

인정 많은 마을 아낙 몇몇은 음식을 따로 담아 낯선 이방인을 맞을 준비를 서둘렀다.

마을의 잔치는 그 후로도 오랫동안 지속되었다.

달빛은 추풍(秋風)을 타고 물결처럼 출렁였다.

흥에 겨운 춤사위도 여전했고, 왁자지껄 떠드는 소리도 여전했다.

아주 작은 변화는 있었다.

내내 마을 잔치의 중심에 있던 동네 꼬마들의 깔깔대는 웃음소리가 어느 순간에 사라졌다는 점이다.

하긴, 자시(子時)가 다 되었으니 아이들의 웃음소리가 사라지는 건 어쩌면 당연한 현상인지도 모른다.

하지만 웃음소리가 사라졌을 뿐 동네 꼬마들이 사라진 것은 아니었다.

아이들은 동네 어귀에 높게 피워 올린 장작불 주변에 옹기종기 모여 앉아 있었다.

양쪽 무릎을 세우고 그 무릎 사이에 얼굴을 파묻은 자세로 살포시 잠이 든 듯 보였다.

병아리들이 온기를 찾아 모이듯 그렇게 바싹 붙어 모여 있는 모습이 안쓰러워 보였는지 나이든 마을의 노인 하나가 장포를 벗어 곤히 잠든 한 아이에게 덮어주었다.

뒤늦게 다른 노인들도 입고 있던 장포를 벗어 아이들에게 덮어주기 시작했다.

장포를 벗자 차가운 한기가 뼛속까지 깊이 스며들었지만 노인들의 입가엔 그래도 흐뭇한 미소가 온화하게 번졌다.

아이들은 호구촌의 미래다.

이 아이들 중에 호구촌의 이름 석 자를 대륙 전체에 빛낼

인재가 들어 있을 수도 있다.

이런 소중한 아이들을 위해 장포 하나 벗어준들 뭐가 아까우랴.

한겨울의 북풍한설이 몰아친들 뭐 그리 대수이랴.

그러나 호구촌의 먼 미래를 생각하는 마을 어른들의 애틋한 마음은 한여름 밤의 꿈처럼 깨어졌다.

투욱!

문득 한 아이의 얼굴이 무릎 사이에서 아래로 미끄러져 떨어졌다.

무릎을 벌리고 얼굴을 바닥에 처박은 자세에서도 아이는 미동이 전혀 없었다.

"쯧쯧, 얼마나 피곤했으면……."

아이에게 장포를 덮어주었던 노인은 혀를 차며 아이에게 다가섰다.

노인은 행여 아이가 잠에서 깰세라 주름진 손으로 조심스럽게 아이의 얼굴을 들어 올렸다.

아이의 잠든 얼굴이 달빛에 환하게 드러나는 순간이었다.

그러나 그 얼굴은 결코 잠든 얼굴이라 볼 수 없었다.

"어헉!"

아이의 얼굴을 무심코 살피던 노인은 비명과도 같은 신음을 흘렸다.

그 신음 소리에 놀라 다른 노인들의 시선도 일제히 아이의
얼굴로 향했다.

"세, 세상에!"

"마, 맙소사!"

노인들은 아이의 얼굴을 보는 순간 자신도 모르게 뒷걸음
질을 쳤다.

아이의 얼굴은 두 눈을 부릅뜬 채로 잿빛으로 굳어져 있었
다.

그 부릅뜬 눈에선 쉴 새 없이 핏물이 흘러내렸다.

코에서도, 입에서도, 심지어는 양쪽 귀에서도 검붉은 선혈
이 흘러내렸다.

이미 상당량의 피를 쏟아낸 듯 바닥은 온통 피투성이였다.
어둠 탓에 노인들은 미처 그 바닥의 피를 발견하지 못했던 것
이다.

아이는 잠이 든 것이 아니라 칠공(七孔)으로 피를 토하며
죽어 있었던 것이다.

노인들은 한 아이의 죽음에 등골이 오싹한 공포와 불길함
을 동시에 느꼈다.

노인들은 전신이 떨리는 몸서리를 애써 참으며 다른 아이
들을 서둘러 깨웠다.

그러나 차라리 깨우지 않음만 못했다.

아이들의 어깨를 잡는 순간 노인들은 한결같이 아이들이 이미 죽어 있음을 느낄 수 있었다.

아이들의 동체는 얼음처럼 차갑게 굳어져 있었던 것이다.

노인들은 서둘러 아이들의 얼굴을 살폈지만, 살피는 순간 그들은 하늘이 무너져 내리는 아득한 절망을 동시에 느껴야 했다.

"아아… 세상에 이런 끔찍한 일이……!"

"하늘도 무심하시지……."

칠공으로 피를 흘리며 죽어 있는 나머지 아이들의 처참한 모습은 처음 발견된 아이의 모습과 거의 동일했다.

부릅뜬 두 눈에 아직 남아 떠돌고 있는 공포까지도 같았다.

아이들은 죽기 전 무엇을 본 것일까?

어떤 끔찍한 존재를 봤기에 이처럼 파랗게 질려 죽음을 맞게 된 것일까?

어떤 저항도 할 수 없으리만치 죽음은 순식간에 찾아온 것일까?

신음이나 비명조차 지를 찰나의 여유조차도 없었던 것일까?

정확이 서른 하고도 일곱 명.

호구촌의 미래인 서른일곱 명의 아이는 미처 그 꽃을 피워보지도 못한 채 한날한시에 어이없는 죽음을 맞고야 말았다.

이 참담하고 어처구니없는 현실에 마을의 노인들은 아득한 현기증과 함께 넋을 잃고 말았다.

몇몇 노인들은 싸늘히 식은 자신들의 손자를 끌어안고 통곡했지만 그 노안에선 눈물조차 흘러나오지 않았다.

통곡조차도 목구멍에 걸린 듯 꺽꺽대다가 끝내는 혼절하고야 말았다.

아니, 그것은 혼절이 아니었다.

혼절한 듯 쓰러진 노인들의 칠공에서도 피가 흐르기 시작했다.

놀랍게도 노인들 역시 아이들과 똑같은 모습으로 죽음을 맞이한 것이다.

"어, 어떻게 이런 일이?"

살아남은 호구촌의 장 노인은 온몸을 휩쓰는 불길한 징후에 황급히 주변을 살폈다.

주변을 살피던 장 노인의 몸이 뻣뻣하게 경직되고 말았다.

마을 잔치는 끝나 있었다.

잔치판에 모여 있던 마을 사람들은 피곤에 지쳐 곯아떨어진 듯 여기저기 사방에 흩어져 하늘을 바라보는 자세로 누워 있었지만 그들 역시도 살아 있는 목숨이 아니었다.

그들의 칠공으로도 검붉은 선혈은 쉴 새 없이 흐르고 있었던 것이다.

"아아!"

마을 잔치의 유일한 생존자인 듯한 장 노인은 무슨 말인가를 하려 했으나 그 입에서 흘러나오는 건 말이 아니라 시커먼 핏덩어리였다.

장 노인의 눈에서도 코에서도 핏물이 폭포수처럼 한꺼번에 터져 나왔다.

장 노인은 꺼져 가는 의식과 함께 서서히 바닥으로 무너져 내렸다.

그런 장 노인의 부릅뜬 눈에 스멀스멀 안개가 피어오르듯 잡히는 아홉 개의 형상.

그들은 바로 아홉 이방인이었다.

마을 아낙들이 준 음식을 입 안 가득히 넣고 게걸스럽게 씹어 삼키고 있는 그들 아홉 이방인의 모습은 허기를 채운 포만감 탓인지는 몰라도 지극히 평온해 보였다.

그러나 의식을 잃고 죽어가는 장 노인은 그들 아홉 이방인들의 모습에서 비로소 한 가지 의문을 풀어낼 수가 있었다.

이 평화스러운 마을 호구촌에 찾아든 날벼락과도 같은 살겁(殺劫)이 어디에서 비롯되었는지 말이다.

아홉 이방인의 형상이 장 노인의 곁을 스쳐 지나가는 순간 노인의 짐작은 확신으로 굳어졌다.

장 노인은 볼 수 있었다.

그들 아홉 이방인의 얼굴에서 끔찍한 악마(惡魔)의 형상이 피어오르는, 두 번 다시 보고 싶지 않은 전율스러운 장면을 말이다.

그것으로 끝이었다.

장 노인은 더 이상 그 공포스러운 장면을 보지 않아도 되었다.

그 공포를 견딜 수 없어 장 노인은 질기게 잡고 있던 의식의 끈을 마저 놓아버렸다.

이렇게 하여 마을 잔치의 유일한 생존자마저도 싸늘한 주검이 되었다.

이 목불인견의 참혹한 장면을 차마 볼 수 없었는지 둥근 만월마저도 구름 속으로 슬며시 몸을 숨겼다.

마을 잔치로 떠들썩했던 마을 광장은 이내 칠흑의 어둠과 죽음과도 같은 정적에 휩싸였다.

그 어둠을 부유하듯 떠도는 생명체는 마을 사람이 아닌 낯선 아홉 이방인뿐.

그들은 그렇게 한참이나 마을 광장 구석구석을 혼백이 유영하듯 떠돌다 사라졌다.

3

장한명의 검이 천천히 아래로 향했다.

아래로 향한 검신을 물들인 선홍빛 선혈은 붉은 뱀처럼 꿈틀거렸다.

투욱.

검신을 타고 바닥으로 점점이 떨어져 내리는 선혈은 한 방향으로 흘러갔다.

마치 숙명인 듯 본래의 그 뜨거운 피를 혈관 속에 담고 있었을 피의 주인에게로 말이다.

피의 주인은 목이 없었다.

그리고 목이 없는 주인은 하나가 아니라 넷이었다.

마교사패천이라 불리던 피의 주인들은 한날한시에 목을 잃었다.

잘려진 그들의 머리통은 살아 있을 때의 그 모습 그대로였다.

그 모습 어디에도 공포의 빛은 없었다.

어디에도 고통의 빛도 없었다.

장한명을 공격할 때의 노기등등했던 그 표정 그대로였다.

잘려진 몸통이 파르르 경련을 일으켰다.

귀두도를 잡은 손은 아직도 펄떡거리며 뛰고 있었다.

두 다리도 들썩거리며 뿌연 먼지를 일으켰다.

그럴 때마다 잘려진 목에선 선혈이 용솟음쳐 올랐다.

그렇게 뿌려지는 선혈을 장한명은 피할 생각도 하지 않고 맞았다.

장한명은 피를 뒤집어쓴 채로 멍하니 마교오패천의 잘려진 목만을 바라보고 있었다.

'너무나 쉽다.'

사람을 죽이는 일이 이처럼 쉬울 거라곤 생각해 본 적이 없는 장한명이었다.

장한명은 스스로의 능력을 모른다.

지난 이 년의 세월 동안 자신이 무료함을 달래기 위해 익혔던 수많은 종류의 놀이들이 신무학 백팔번뇌인지 아닌지조차도 확신하지 못했다.

아니, 둔재로 구분되었던 자신이 신무학 백팔번뇌를 연성했을 리는 만무하다고 생각하는 장한명이었다.

그 어떤 확신도 없는 장한명에게 자신의 능력에 대한 절대적 믿음 따위가 존재할 리 만무했다.

아버지의 손을 잡고 구대문파를 전전하던 코흘리개 시절부터 무림인은 장한명에게 우상이었다.

그런 우상들을 마주 대하는 것만으로도 심리적으로 위축이 되는 건 당연한 현상이었다.

게다가 상대는 삼류가 아닌, 아버지가 그토록 갈망했던 일류이다.

그런 일류의 목을 벴다.

한 명이 아닌 무려 다섯 명을 말이다.

한편 화운은 여무종이 죽임을 당할 그 무렵에 혼수상태에서 깨어났다.

혼수상태에서 깨어나긴 했어도 의식은 희미했다.

움직일 수도, 말을 할 수도 없었다.

그저 여무종에 이어 마교사패천이 목이 잘리는 참혹한 순간을 말없이 지켜볼 수밖에 없었다.

시간이 흐르면서 그녀는 움직일 수도, 말을 할 수도 있는 상태로 호전되었지만 마교사패천이 장한명의 일 검에 목이 잘려져 나가는 장면을 보면서 그만 입도 몸도 얼어붙고 말았다.

'신무학 백팔번뇌를……?

그 참혹한 장면이 주는 충격보다도 또 다른 충격 하나가 그녀의 뇌리를 불길함으로 잠식했다.

그녀는 비로소 확신했다.

장한명이 신무학 백팔번뇌를 연성했음을 말이다.

여무종과 마교사패천을 상대로 펼친 장한명의 일검식은 신무학 백팔번뇌가 아니라면 설명이 불가한 새로운 차원의 무공이었던 것이다.

천하제일지 신기제갈 화운의 해박한 상식으로도 결론을
그렇게 내릴 수밖에 없었다.

황중산이 장한명에게 태을단봉삼검식을 전수하는 장면을
봤다고 해도 화운의 결론은 마찬가지였을 것이다.

태을단봉삼검식이 고도의 수련 과정을 배제하고 한순간에
얼렁뚱땅 익혀지는 삼류무학은 아니라고 볼 때, 장한명이 펼
친 일검식이 태을단봉삼검식이 아니라는 결론은 너무도 쉽게
내려지기 때문이다.

그러므로 화운의 놀라움은 황중산, 황월교가 느끼는 놀라
움과는 차원이 다른 것일 수밖에 없었다.

4

화운은 서둘렀다.

"마교오패천이라는 자들이 마교 소속이 분명하다면 그들
이 단순히 유람 차 이 호구촌에 머물렀던 것은 아니라고 보여
집니다."

"그럼 그들에게 다른 목적이라도……?"

화운을 부축하고 걷던 장한명은 고개를 돌려 화운을 바라
보며 화운의 다음 대답이 궁금한 듯 기다렸다.

장한명이 고개를 돌리자 두 사람의 얼굴은 서로 마주 닿을

듯 바짝 밀착되었다.

장한명은 얼굴을 붉혔다.

화운의 체향(體香)이 진하게 느껴지자 그 향기에 취한 듯 가슴이 울렁거렸기 때문이다.

화운의 양 볼에도 홍조가 떠올랐으나 나타날 때보다 더욱 빠르게 사라졌다.

그녀는 차분한 어조로 말했다.

"공유선생의 말씀대로 마교가 이미 천하무림을 제압한 것이라면 그들의 촉수(觸手)가 구주사해(九州四海) 구석구석에 닿아 있을 것임은 불을 보듯 뻔합니다."

"그렇다면 마교오패천이 마교의 촉수겠군."

"서로 연결된 촉수 하나가 잘리면 나머지 촉수들이 사라진 촉수를 찾기 위해 나서겠지요. 그리되면 이 평화로운 작은 어촌은 시신이 산을 이루고 피가 내를 이루는 혈겁의 장소가 되고 말 것입니다."

"그렇군. 전주가 서두르는 이유가 거기에 있었군."

"한시라도 서둘러 이곳을 빠져나가는 게 이곳 촌민에게도 이로운 일입니다. 잘려져 나간 촉수를 찾기 위한 저들 마교의 움직임과 우릴 추적하는 혈곤수의 움직임이 서로 맞물린다면 우리의 존재가 저들에게 파악되는 것은 시간문제입니다."

"음……"

장한명은 침음했다.

호구촌을 떠나야 한다는 화운의 설명엔 이론을 제기할 만한 군더더기란 없었다.

세상을 이제 겨우 스무 해가량 살았을 뿐인 이 여인의 예리한 안목과 냉철한 상황 판단은 듣는 이를 늘 감탄하게 했다.

당연히 보여야 할 묵상과 공유선생이 보이지 않았음에도 불구하고 그녀는 일체 두 사람의 행방을 묻지 않았다.

혈곤수의 포위 공격을 뚫고 이곳 호구촌에 이르는 동안 장한명이 겪었을 험난한 행보(行步)에 대해서도 묻지 않았다.

동정어은 황중산과 소담가인 황월교에 대해서도 일체 함구했다.

이런 의문을 풀기보다는 호구촌을 서둘러 빠져나가는 일이 우선되어야 함을 화운은 행동으로 보여주고 있었던 것이다.

화운은 육로(陸路)보다는 수로(水路)를 택했다.

장한명도 화운의 결정에 동의했다.

'배를 구할 수만 있다면 육로보다야 수로가 추격자들을 교란시키기에 훨씬 용이할 것이다.'

육로는 흔적을 남기지만 수로는 흔적을 지운다.

특히 바다처럼 너른 파양호 같은 조건에서야 추격 대상의 흔적을 찾기란 거의 불가능하다.

어둠이 깔린 밤엔 특히 더 하고, 안개라도 낀 날이면 추격을 아예 포기해야 한다.

이것은 신기제갈 화운이 아니더라도 쉽게 계산되는 상식이었다.

문제는 배를 구하는 일이다.

이 야심한 시각에 배를 구하는 일이란 쉽지가 않다.

마을의 유일한 선착장엔 이십여 척의 배가 닻을 내린 채 정박해 있었다.

불빛 한 점 보이지 않는 것으로 봐선 이 늦은 시각에 돛을 올릴 배는 없어 보였다.

파도만이 출렁이며 간간이 적막을 깰 뿐, 선착장 주변은 죽은 듯이 고요했다.

이 고요함이 한 사람에 의해 깨졌다.

"여기……!"

한 척의 유람선 위에서 손을 흔들며 장한명과 화운을 부르는 사람은 다름 아닌 황월교였다.

배를 구하는 일쯤이야 황월교에겐 일이라고도 할 수 없었다.

곤히 잠든 나이든 선주(船主)를 깨워 멱살 한번 가볍게 잡는 것으로 간단히 상황은 종료되었다.

배에 오른 화운과 장한명이 자신이 가볍게 멱살을 잡은 선주를 보고 얼굴을 굳힌 점이 좀 켕기긴 했지만 말이다.

갑판에 곱게 누운 선주는 움직임이 없었다.

눈은 부릅뜬 채로 허공을 바라보고 있었지만, 초점이 없고 안색은 백납처럼 창백했으며 입술은 파랗게 질려 있었다.

화운은 급히 선주의 맥을 짚었다.

선주의 맥이 잡히지 않았다.

숨결도 느껴지지 않았다.

화운은 장한명을 바라보며 고개를 가로저었다.

"이미 운명하셨습니다."

"……."

장한명은 황월교에게 시선을 돌렸다.

황월교는 장한명의 차가운 눈빛을 태연히 받으며 간단히 말했다.

"선물이야."

장한명은 갸웃했다.

"선물?"

황월교는 이마 위로 흘러내린 머리카락을 쓸어 올리며 말했다.

"모르고 있진 않을 테지?"

장한명은 이번에도 갸웃했다.

"무엇을?"

황월교는 툴툴 웃었다.

"내가 연극을 하고 있었다는 것."

"연극?"

"설마 내가 널 정말로 좋아하는 것이라 생각했던 건 아니 겠지?"

"아니었나?"

"꿈 깨시지. 천하의 이 황월교가 눈이 멀지 않고서야 너 같 은 인간을 좋아할 수는 없는 거잖아?"

"그럼 좋아하는 척했던 건가?"

"당연하지. 영감이 하도 시집가라고 성화를 부리는 통에 잠시 널 빌렸을 뿐이다."

"빌려?"

"왜, 기분 나빠? 그 주제에 나 같은 여자와 하루라도 함께 보낸 행운을 오히려 고마워해야 하는 거 아냐?"

"그렇군."

"어쨌든 영감을 떨쳐 낸 대가로 이 배를 주는 것이니 고맙 게 받도록 해."

"고맙군."

"당연히 그래야지. 후후."

황월교는 할 말을 다 했다는 듯이 몸을 돌려 선실로 걸어갔 다.

“영감이 몰래 훔쳐보고 있을지도 모르니 이곳에서 한숨 자고 새벽에 쥐도 새도 모르게 떠날 생각이야. 그러니 특별한 일 아니고서는 수면 방해하지 말아줘.”

“…….”

자기 말만 하고는 선실로 성큼성큼 걸어 들어가는 황월교를 보며 장한명은 쓰게 웃었다.

예상하고 있던 일이니만큼 그리 놀라운 일은 아니었지만, 그래도 순식간에 돌변한 황월교의 태도엔 할 말을 잃었다.

다른 때 같았으면 꽉 다문 그 입에서 독한 욕설이라도 튀어나왔을 법했지만, 화운 앞이라서 꾹꾹 눌러 참는 표정이 역력했다.

화운이 빙그레 웃어 보였다.

“후후… 멋지게 당하셨군요.”

장한명은 겸연쩍게 웃으며 머리를 긁적였다.

“좋다 말았군.”

“풋… 천만다행인지도 모르지요.”

“후후… 그럴까?”

“아니면 선실로 따라 들어가시든지.”

“아니아니, 그러느니 차라리 호수에 뛰어드는 게 낫겠어.”

장한명은 기겁을 하고는 급히 양손을 내었다.

호수 깊이 내려진 닻은 황월교의 손에 잘려져 나간 듯 유람선은 바람이 불자 서서히 선착장에서 밀려 나오기 시작했다.

바람을 가득 받은 돛이 찢겨져 나갈 듯 펄럭였고, 유람선은 빠르게 수면 위를 미끄러져 나갔다.

선착장은 순식간에 화운과 장한명의 시야에서 아스라이 멀어져 갔다.

비로소 화운의 얼굴을 가득 채우고 있던 초조함이 사라졌다.

선착장과 유람선의 멀어지는 거리만큼 마교의 추격이 멀어지는 것이 아님을 모를 리가 없는 화운이었지만, 그럼에도 불구하고 잠시라도 평온함을 느끼는 까닭은 교교한 달빛에 젖은 은빛 호수가 주는 적요한 분위기 탓일지도 모른다.

눈을 부릅뜬 채로 죽어 있는 선주가 마음에 걸리긴 했지만, 죽은 사람을 다시 소생시킬 재간은 없으니 선주의 목숨 값은 차후 그 가족에게 섭섭지 않게 지불하는 수밖에 달리 방법이 없었다.

第六章
뇌화섬우(雷花閃雨)

一百八煩惱

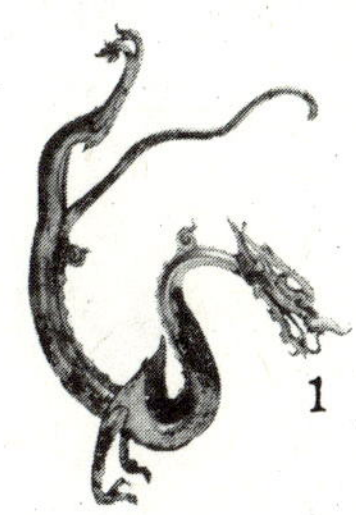

동정어은 황중산은 불길한 예감에 사로잡혔다.

악귀를 쫓아내고 풍어를 기원하는 호구촌의 풍어제는 밤새 진행된다.

지금 이 시각에도 풍어제는 진행되고 있어야 했다.

마을 잔치로 온 동네가 떠나갈 듯 소란스러워야 했다.

객잔에 들어서기 전까지만 해도 마을은 잔치 분위기였다.

그런데 그 소란스러움이 어느 순간 사라졌다.

오색의 불꽃과 함께 터져 오르던 폭죽 소리도, 요란하게 울리던 악기 소리도 더 이상 들리지 않았다.

마을은 무덤 속처럼 적막했다.

횃불을 들고 꽁지에 불붙은 강아지마냥 이리 뛰고 저리 뛰어다니고 있어야 할 동네 꼬마들의 모습도 보이지 않았다.

'느낌이 안 좋다.'

풍어제가 벌어지고 있을 마을 어귀로 향하는 황중산의 걸음이 빨라졌다.

'빌어먹을, 다 늙어서 괜한 사건에 연루되어 골머리를 썩이게 되는 건 아닌지 모르겠군.'

마교오패천이 마음에 걸렸다.

'똥이 무서워서 피하는 건 아닌데 말이지.'

여산오패천이 마교오패천으로 소속 변경을 했다는 사실을 알았을 때 체면 내던지고 객잔을 슬그머니 빠져나왔어야 했다.

그것이 가늘고 길게 사는 길임을 오랜 무림 경험을 통해서 익히 터득한 황중산이었다.

사실 따지고 보면 마교오패천이 보는 앞에서 장한명에게 태을단봉삼검식을 전한 자신의 행동은 만용이며 객기였다.

다음 기회에 다른 자리에서 얼마든지 전할 수 있는 태을단봉삼검식이었다.

신중하지 못했던 자신의 행동을 황중산은 뼈저리게 후회했다.

그런 경솔함이 없었다면 마교오패천의 목이 잘리는 최악
의 상황은 면했을지도 모른다.

순간의 경솔함으로 인해 결국 마교와의 불편한 관계를 피
할 수 없게 되고 만 것이다.

마교의 척명혈부(刺名血簿)에 자신의 이름 석 자와 손녀의
이름 석 자가 오른다면 그건 바로 자신과 손녀의 죽음을 의미
한다.

황중산이 비록 전대의 고인이긴 해도 단신으로 마교를 상
대로 싸울 수는 없는 일이다.

드러난 마교의 힘은 무림사에 그 유래를 찾아볼 수 없으리
만치 극강했다.

정파무림은 십 년 평화를 누리며 극도의 나태함에 빠져 진
화를 포기했지만, 암흑의 세력은 십 년 세월을 숨죽이며 진화
에 진화를 거듭했다.

진화를 거듭한 그 가공할 힘은 마침내 마교의 부활로 그 거
대한 실체를 드러냈다.

'제기랄, 무슨 배짱으로 피에 굶주린 마수(魔獸)의 코털을
건드렸느냔 말이다.'

황중산은 탄식했다.

'그들의 척명살부에 오르면 평생을 숨조차 제대로 못 쉬며
쥐새끼처럼 숨어 지내야 하거늘……'

자신은 살 만큼 살았다.

아니, 넘치도록 살았다.

지금 당장 개죽음을 당한들 여한이 없다.

하늘을 우러러 한 점 부끄러움도 없이 살았다고는 자부할
수 없지만, 하나뿐인 손녀 앞에서만큼은 한 점 부끄러움 없이
살았노라고 자부할 수 있는 황중산이었다.

그 정도로 손녀를 향한 황중산의 사랑은 끔찍했다.

그런 손녀가 자신의 경솔함으로 인해 마교의 척명살부에
오른다면 손녀에겐 참으로 미안하고 부끄러운 일이 될 것이
다.

'저 철부지는 좋은 사람을 짝으로 만나서 새끼들 주렁주렁
낳고 오래 오래 행복하게 살아야 한다.'

황중산은 스스로의 소망을 내심 읊조리며, 손녀의 행복을
위해서 자신의 한목숨 기꺼이 버릴 각오를 했다.

그 첫 번째 작업이 마교오패천의 죽음을 쥐도 새도 모르게
정리하는 일이었다.

마교오패천의 시신을 은밀한 곳에 매장하고, 목격자인 객
잔의 점소이들과 주인의 입을 막았다.

방법은 간단했다.

객잔의 점소이들과 주인을 마교오패천과 함께 매장한 것
이다.

산 사람을 생매장한 것이 마음에 걸리긴 했지만, 손녀의 행복을 위해선 어쩔 수 없는 선택이었노라고 자위하고 또 자위하며 무고한 살인에 대한 죄책감마저 애써 털어버렸다.

두 번째 작업은 마을 어딘가에 박혀 있을지도 모르는 마교의 촉수를 찾아내서 뿌리째 잘라내는 일이었다.

마교오패천의 호구촌 상주가 그들의 독단적인 행동이 아니라면 마교오패천과 마교의 연결고리가 마을 어딘가에 남아 있을 거라는 것이 황중산의 생각이었다.

그 연결고리를 끊어야 한다.

끊진 못하더라도 마교의 마수가 닿지 않는 곳까지 자신의 손녀가 도주할 시간적인 여유는 벌어주어야 한다.

운이 좋아 자신의 계산대로만 된다면 황중산은 기꺼이 웃으면서 죽을 수 있을 것 같았다.

그런데 마을 전체가 죽음에 빠진 듯 적막했다.

이 상태라면 객잔에서 일어난 일은 쥐도 새도 모르게 묻혀버릴 수도 있다는 생각이 들었다.

그러나 그런 생각은 잠깐이었다.

불길했다.

이유가 없는 그저 막연한 불길함이었다.

심장이 빠른 속도로 뛰고 숨이 턱턱 막혀왔다.

두 다리에 힘이 빠지고 몸이 천근만근 무겁게 느껴졌다.

멀리 마을 광장이 시야에 흐릿하게 들어오면서 황중산은 비로소 모골 송연한 불길함의 원인을 파악하고 심하게 몸을 떨기 시작했다.

'맙소사!'

마을 광장으로부터 불어오는 짙은 죽음의 향기에 황중산은 대경실색했다.

황중산의 몸이 뻣뻣하게 굳어졌다.

석상처럼 굳어진 황중산은 한 걸음도 더 이상 옮길 수가 없었다.

아니, 옮길 용기가 없었다.

마을 광장의 여기저기에 흩어져 있는 인영(人影)은 일체의 움직임을 보이지 않았다.

불어오는 야풍에 펄럭이고 있는 옷자락이 마치 움직이는 것과 같은 착시현상을 불러일으켰지만 막상 손가락 하나 까닥이는 인영은 없었다.

석상처럼 굳어져 버린 인영들.

그들이 마을 사람임을 황중산은 한눈에 알아볼 수가 있었다.

마을 잔치로 소란스러워야 할 마을 광장은 죽음과 같은 적요함이 무섭게 내려앉아 있었다.

마치 시간도 공간도 한순간에 멈추어 버린 듯했다.

　그 멈추어 버린 공간에서 그들이 풍기는 것은 비릿한 죽음의 냄새.

　황중산은 석상처럼 굳은 채 움직임이 없는 마을 사람들을 외면하고 싶은 마음이 간절했지만, 그의 시선은 집요하게 마을 사람들을 쫓고 있었으니, 그것은 평생을 무인으로 살아온 자의 본능에서 나오는 이율배반적인 행동으로밖에는 달리 설명될 수가 없었다.

　단지 움직이지 않는다고 해서 죽음을 예감한다는 것은 경솔한 판단일 수도 있다.

　그러나 황중산은 달랐다.

　범인에게는 경솔함일 수 있어도 황중산에게는 무인의 본능에서 나오는 직감과 같은 것이었다.

　'이곳을 떠나야 한다.'

　이것 역시 본능에서 나오는 황중산의 직감이었다.

　그러나 직감대로 움직이기엔 황중산을 뒤덮은 죽음의 냄새가 너무도 강했다.

　황중산을 향해 늘 환하게 웃어주던 동네 꼬마 녀석들의 천진한 웃음소리가 귓전을 어지럽히며 황중산의 발목을 잡아끌었다.

　마음은 천 리 밖으로 가 있었지만, 몸은 이미 마을 광장으로 들어서고 있었다.

마을 광장에 가까워질수록, 마을 사람들의 얼굴이 가까이 부각될수록 황중산의 얼굴은 창백하게 질려갔다.

냉정해야 한다고 다짐하고 또 다짐했지만, 주체할 수 없는 경악과 공포가 한꺼번에 밀려들었다.

백여 명에 가까운 마을 사람들을 모두 살폈을 때, 황중산은 그 자리에 서 있을 기력조차 없었다.

두 다리는 후들거렸고, 정신은 혼미했다.

'다 죽었다.'

마을 사람들은 남녀노소 할 것 없이 한결같이 칠공으로 피를 쏟아내며 죽어 있었다.

광장은 그야말로 피가 내를 이루었고, 시신이 산을 이루었다.

'대체 누가 이런 잔인한 짓을……?'

황중산은 산전수전 다 겪어온 백전노장이었지만 이런 처참한 장면을 일찍이 본 적이 없었다.

황중산의 본능은 이제 이 생지옥(生地獄)의 중심으로 들어가길 강하게 원했다.

그리하여 황중산은 백여 구의 시신을 정신없이 살펴 나갔다.

혹시라도 생존자가 있지는 않을까 하는 기대 때문이 아니라 사인(死因)이 궁금했기 때문이다.

그러나 시신을 살피면 살필수록 황중산은 미궁에 빠져들어 가는 느낌이었다.

시신에 외상은 전혀 없었다.

무릎이 까지고 얼굴이 긁힌 몇몇 동네 꼬마들의 가벼운 타박상 정도는 사인과는 거리가 멀었다.

'외상이 아니라면 내상이라는 건데……'

황중산은 고개를 저었다.

마을 사람 누구에게서도 저항의 흔적을 발견하지 못했다.

차례로 내상을 입어 죽임을 당했다면, 운이 좋아 늦게까지 살아남아 있던 생존자들은 살기 위해 격렬하게 저항을 하거나 사력을 다해 도주하려고 들었을 것이다.

그런데 그런 흔적들이 전혀 보이지 않았다.

마을 사람들의 일부는 마치 죽기를 기다리다 죽음을 맞은 듯 그 마지막 표정은 평온해 보이기까지 했다.

동네 꼬마들은 잠을 자다 죽음을 당한 듯 웅크린 자세가 영락없이 곤히 잠을 자고 있는 모습 그대로였다.

칠공의 피가 아니라면 잠을 자고 있는 것으로 착각했을지도 모른다.

일부는 춤을 추는 자세로, 일부는 잔치 음식을 나르는 자세로, 일부는 악기를 연주하는 자세로 죽어 있었다.

'죽어가는 순간에도 죽음을 느끼지 못했던 것이 분명하다.'

황중산의 뇌리에 차가운 전율이 일었다.

'그렇다면 백여 명에 가까운 마을 사람들이 거의 같은 시간에 죽임을 당했다는 얘기인데……'

황중산을 고개를 저었다.

'불가능하다.'

백이십 년의 무림 경험을 총동원해도 백여 명 마을 사람들을 외상 없이 동시에 죽일 방법을 찾아낼 수는 없었다.

그 세월 동안 들은 풍월을 총동원해도 결과는 마찬가지였다.

살해자가 한 사람이 아닌 다수라고 해도 백여 명을 동시에 죽일 방법은 없다.

인간의 본능은 죽음 앞에선 극도로 예민하다.

죽어가면서도 죽음을 느끼지 못한다는 건 이론일 뿐이지, 현실로는 불가능한 것이다.

그렇다면 이 불가능한 일을 현실로 이루어낸 존재는 무엇인가?

'도대체 왜……?'

황중산은 납득이 되질 않았다.

평생을 이 평화로운 어촌에서 욕심없이 소박하게 살아온 어민들이 이렇듯 개죽음을 당해야 하는 이유를 찾기란 어려웠다.

더욱이나 세상 물정 모르는 천진한 동네 꼬마까지도 떼죽음을 당해야 할 이유란 것이 있을 턱이 없지 않은가.

'인성을 상실한 마물이 아니고서야 이런 짐승만도 못한 짓을……'

황중산의 생각은 여기에서 멈추었다.

한줄기 미풍이 황중산의 콧등을 간질이며 스치고 지났다.

단지 미풍이었을 뿐이다.

순간, 황중산의 전신이 차갑게 얼어붙고 말았다.

'도망쳐야 한다!'

절규처럼 외치는 이 소리는 황중산의 목 안에서만 맴돌 뿐이었다.

정신없이 뒷걸음질치고 있었지만 그것은 마음뿐이었다.

황중산은 생명체라곤 찾아볼 수 없는 이 마을의 광장에서 살아 있는 생명체를 찾아냈다.

황중산의 정면 어둠 속에서 황중산을 훑어 내리며 잔인하게 웃고 있는 아홉 쌍의 눈동자.

빙글빙글 웃고 있는 아홉 쌍의 눈동자를 접한 황중산의 눈빛이 파리하게 굳어졌다.

그 눈빛을 접하는 순간 황중산은 자신의 피가 모조리 빠져나가는 듯한 느낌을 받으며 전율했다.

그러나 그것은 비단 느낌뿐만은 아니었다.

주르르.

황중산의 코에서 문득 검붉은 선혈이 흘러나왔다.

두 눈에 이어 양쪽 귀에서도 끈적끈적한 선혈의 거품이 밀려 나왔다.

"커억!"

마지막으로 황중산은 입을 벌려 한 모금의 선혈을 토해냈다.

이로써 황중산의 칠공은 선혈로 채워졌다.

의식이 흐려졌다.

흐려진 의식 속으로 아홉 쌍의 눈동자가 쇠갈고리처럼 날카롭게 파고들었다.

그리고 황중산의 의식 구석구석을 탐문하듯 이리저리 뒤집고 헤집었다.

황중산은 자신의 머리끝에서부터 발끝까지 낱낱이 해부당하는 느낌을 받으며 몸서리를 쳤다.

황중산은 비로소 알 것 같았다.

백여 명 마을 사람이 거의 동시에 죽임을 당했을 수도 있음을 말이다.

그런 초인적인 능력이 바로 눈앞에 있음을 확신했다.

불가능하리라 여겼던 자신의 믿음이 얼마나 어리석고 순진한 생각이었는지 아홉 쌍의 눈동자를 보며 통탄했다.

칠공으로 피를 흘리면서도 고통은 느낄 수 없었다.

의식은 점점 흐려져 갔지만 마음은 지극히 평온했다.

황중산은 느꼈다.

마음이 평온해지면 질수록 죽음이 점점 더 가깝게 다가옴을 말이다.

'헛허… 천하의 황중산이 이렇게 어이없이 죽게 될 줄이야…….'

소리도 예고도 없이 다가오는 이 죽음을 경건히 받아들이기엔 한쪽 어깨에 애처롭게 매달려 있는 짐 덩어리 하나가 너무나 무겁게 느껴졌다.

어미아비 없이 자란 저 불쌍한 철부지 손녀는 마지막 순간에도 황중산이 떨쳐 낼 수 없는 짐이었다.

'이대로 죽을 순 없다.'

손녀의 천진한 미소를 떠올리며 황중산은 삶에 강한 집착을 보였다.

그 순간 평생 황중산과 운명을 함께한 은린마간이 눈부신 은빛 강기를 뿌려내며 허공으로 튕겨져 올랐다.

은린마간을 손에 잡은 황중산은 이 한 번의 공격이 자신이 살아서 펼치는 마지막 공격이 되리라 예감했다.

두 번 공격할 기회란 주어지지 않을 것이다.

이 마지막 공격으로 저 아홉 쌍의 눈동자를 제거해야 한다.

"뇌화섬우(雷花閃雨)!"

태을단봉삼검식의 최후 일초식을 검 대신 은린마간으로
펼쳤다.

그야말로 사력을 다한 필살의 한 수였다.

암공(暗쏱)은 은린마간이 뿌리는 은빛 강기로 온통 뒤덮였
다.

은빛 강기는 부챗살처럼 퍼지며 아홉 쌍의 눈동자를 향해
폭사되었다.

이 필살의 공격을 받고도 목숨을 온전히 부지할 무림인은
몇 되지 않을 것이다.

그러나 이것은 동정어은 황중산의 순진한 생각이었다.

은빛 강기에 휩싸인 아홉 쌍의 눈동자를 보는 순간 황중산
은 아득한 절망감에 사로잡혔다.

아홉 쌍의 눈동자는 웃고 있었다.

웃고는 있었지만 그 웃음에는 일체의 감정이 담겨 있지 않
았다.

살아 있는 인간의 웃음에 감정이 실리지 않을 수는 없는 일
이다.

아홉 쌍의 눈동자는 죽은 자의 그것에 더 가까웠다.

그 아홉 쌍의 눈동자에서 황중산은 지옥을 느꼈다.

그 지옥은 황중산의 감정을 지배했다.

단장(斷腸)의 고통과 하늘이 무너지는 듯한 절망이 주체할
수 없을 정도로 한꺼번에 밀려들었다.

황중산은 그 고통을 참아낼 수가 없었다.

그 고통으로 인해 은린마간을 잡고 있을 수도 없었다.

결국 황중산은 은린마간을 놓아버렸다.

암공을 부유하는 은린마간은 그 순간 산산이 터져 나갔
다.

황중산과 생사고락을 함께했던 지난 백여 년의 세월을 뒤
로한 채 은린마간은 자신이 평생을 섬기던 주인에 앞서 처참
한 최후를 맞았다.

황중산은 사비팔산(四飛八散)되어 사라지는 은린마간을 보
며 죽음보다 더한 절망에 빠졌다.

죽고 싶었다.

죽어야 할 이유는 없었다.

살아야 하는 이유가 있을 뿐이었다.

그러나 황중산은 자신이 살아야 하는 이유마저 망각했다.

죽는 날까지 철부지 어린 손녀를 곁에서 지켜주어야 한다
는 소박한 소망마저 망각하고 만 것이다.

'그래, 죽자.'

이런 결정을 내리기까지의 시간은 찰나에 지나지 않았다.

황중산은 추호의 망설임도 없이 자신의 손으로 자신의 천

령개를 내려쳐 갔다.

퍼억!

둔탁한 파열음과 함께 황중산의 머리에서 피분수가 솟구쳐 올랐다.

"하아!"

두개골이 반으로 쪼개지는 그 순간에야 황중산은 비로소 자유를 얻은 듯 긴 한숨을 내쉬었다.

쿠웅!

심연으로 가라앉듯 황중산의 몸이 아래로 깊이 꺼져 내렸다.

두개골이 박살나고, 바닥에 닿을 때까지의 시간은 찰나에 불과했지만 황중산에게 그 시간은 억겁처럼 길게 느껴졌으리라.

황중산의 최후를 지켜보면서도 아홉 쌍의 눈동자는 별다른 감정을 보이지 않았다.

그리고 그 아홉 쌍의 눈동자는 황중산의 숨이 완전히 멎자 약속이라도 한 것처럼 동시에 어둠 속으로 꺼져 버렸다.

인간의 영혼을 갉아먹고 사는 기생충처럼 황중산의 영혼이 꺼져 버리자 황중산에게 흥미를 잃어버린 그들은 또 다른 영혼으로 서식처를 옮기듯 그들은 그렇게 사라져 버린 것이다.

죽은 자는 말이 없고 살아 있는 자들도 말없이 사라졌으니, 황중산의 참혹한 시신 위를 떠도는 창백한 달빛만이 인간사 무상함을 비웃을 뿐이었다.

2

장한명은 치명적인 내상을 입은 화운을 안고 산사를 빠져나와 호구촌에 이르게 된 경위를 간략하게 설명했다.

산사를 떠나 식음을 전폐한 채 사흘 밤낮을 가리지 않고 달리면서 느꼈을 육체적 정신적 고통에 비하면 그 설명은 지극히 간단했다.

호구촌이 목적지는 아니었다.

목적지도 없이 그저 달리고 또 달렸다.

그래서 도착한 곳이 우연히도 호구촌이었을 뿐이다.

사흘 밤낮을 정신없이 달렸던 이유도 사실은 혈곤수의 추격을 피하기 위함이었다.

이틀째에도 혈곤수의 추격이 느껴졌다.

화운의 치료가 급했지만 중도에서 멈출 수 없었던 것은 혈곤수의 추격이 계속되고 있었기 때문이다.

사흘째가 되어서야 혈곤수의 추격이 느껴지지 않았다.

그 즈음에 호구촌에 이르게 된 것이고, 요행히 동정어은 황

중산의 도움을 받아 화운의 내상을 치료할 수 있게 되었던 것
이다.

　"공자께서 목숨을 걸고 베푸신 하해와 같은 구명지은(救命
之恩)을 어떻게 보답해야 할지⋯⋯."

　화운은 감동했다.

　자신의 생명을 구하기 위해 장한명이 겪었을 고통이 진하
게 느껴졌다.

　장한명은 고개를 저었다.

　"당연히 해야 할 일을 했을 뿐이야. 전주가 죽어가는 날 구
하기 위해 쏟았던 정성과 노고에 비하면 내가 한 일은 노고라
고 할 수도 없지."

　"겸손의 말씀. 공자의 노고가 없었다면 어찌 소녀가 목숨
을 부지할 수가 있었겠습니까."

　"내가 아닌 다른 누구라도 그런 상황에서라면 그리했을 테
지. 특히 묵상이라면 전주를 위해서 자신의 목숨까지도 기꺼
이 버렸을 거야. 난 전주를 위해 목숨을 내놓을 자신은 없
어."

　"이해합니다. 다른 사람을 위해 자신의 목숨을 내놓는 일이
어찌 쉬운 일이겠습니까. 내 목숨이 위급한 상황에서 다른 사
람 안위부터 먼저 생각하는 일이란 결코 쉬운 일이 아닙니다.
다른 사람의 목숨이야 어찌 되든 나부터 살고 보자는 것이 세

상인심인걸요. 공자의 말씀처럼 묵상이라고 해도 그런 상황이었다면 소녀를 구하기 위해 최선을 다했을 테지만……."

화운은 말끝을 흐렸다.

가벼운 탄식이 그녀의 입에서 흘러나왔다.

"소녀를 위해서 늘 최선을 다하는 사람이었으니까요. 하지만 소녀는 그 사람을 지키지 못했습니다. 마음이 아픕니다. 부디 무탈해야 할 텐데……."

화운을 위해 묵상은 자신의 목숨 이상의 것을 버렸다.

그것이 미친 짓임을 세상 사람들은 경고했지만, 묵상은 사랑을 위해 기꺼이 그 미친 짓을 결행했다.

사랑을 위해서 자신의 보장된 미래까지 포기하면서 그는 그 대가를 바란 적이 없다.

그저 묵묵히 화운의 곁에서 화운으로 종으로 평생 살기를 원했을 뿐이다.

그것만으로도 그는 감지덕지했다.

화운의 마음이 다른 사람을 향해 있다는 것을 잘 알면서도 그는 그 점을 불평하거나 질시하지 않았다.

그런 화운의 마음까지도 사랑했던 묵상이다.

묵상의 그런 지고지순한 사랑을 알면서도 애써 외면해야만 했던 화운의 마음도 편하기만 했던 것은 아니다.

물론 애틋한 연민이 없었던 것도 아니다.

그러나 연민은 연민으로 끝났을 뿐, 연민 이상의 감정을 느껴본 적은 없었다.

그 점이 늘 미안함으로 남아 있었다.

늘 받기만 한 사랑이었다.

받기만 한 사랑에 대한 보답을 다른 무엇으로든 하고 싶었다.

그러나 산사에서의 실종으로 묵상은 그럴 기회를 끝내 주지 않았다.

그 엄청난 파괴와 혼돈 속에서 묵상이 살아남았을 확률은 희박했다.

요행히 목숨을 부지할 수 있었다고 해도 결국 심한 내상을 입은 상태에서 혈곤수의 눈을 벗어날 수가 없었을 테고, 끝내는 비참한 최후를 맞았을 것이다.

그런 묵상의 최후를 생각하면 가슴이 아려왔다.

"강한 사람처럼 보였어. 한 줌 숨결이 붙어 있기만 하다면 제아무리 척박한 환경에서도 기를 쓰고 살아남을 것 같은……."

화운을 위로하는 장한명의 말이었다.

화운은 고개를 끄덕였다.

"그래요. 무림을 위해서라도 반드시 살아남아야 할 사람입니다. 아니, 살아 있을 겁니다. 소녀를 다시 찾는 반가운 순간

에도 그 얼굴에 선심 쓰듯이 작은 미소 한 줄 띠고 나타나겠
지만…….”

장한명의 위로에 마음이 조금은 풀어진 듯 화운의 입가에
희미한 미소가 떠올랐다.

장한명은 그런 화운의 모습이 참 아름답고 매혹적이다 느
끼며 문득 화운을 포근하게 안아주고 싶다는 생각을 했다.

그러다 장한명은 이게 무슨 불경한 생각인가 싶어 도망치
듯 시선을 다른 곳으로 돌렸다.

시선을 급히 돌리긴 했지만 붉어진 얼굴은 돌리질 못했다.

심장이 두방망이질 치는 소리가 밖으로 흘러나오는 것만
같았다.

얼굴이 더욱 붉어졌다.

마치 도둑질하다 들킨 기분이었다.

그러나 화운은 이런 장한명의 마음을 아는지 모르는지 호
수의 잔잔한 수면만을 깊은 사색에 잠긴 눈빛으로 바라보고
있을 뿐이었다.

다소 서늘한 밤바람에 몸을 맡긴 채 잠시 침묵하던 화운은
입을 열어 장한명에게 무슨 말인가를 할 듯했지만 이내 무슨
생각이 들었는지 입을 다물었다.

그런 화운의 얼굴에 보일 듯 말 듯 갈등의 빛이 스치고 지
나갔다.

　장한명은 그런 화운의 표정을 읽고는 물었다.

　"내게 무슨 할 말이라도……?"

　장한명의 물음에도 화운은 쉽게 입을 열어 대답하지 못했다.

　한참을 망설이던 끝에 화운은 겨우 입을 열었다.

　"한 가지 걱정이 있습니다, 장 공자."

　장한명은 갸웃했다.

　"그 걱정이 나와 연루된 것?"

　화운은 가만히 고개를 끄덕였다.

　장한명은 빙그레 웃어 보였다.

　"말해. 어떤 말을 하든 상관없으니까 망설일 필요 없어."

　화운은 이마의 머리카락을 조용히 쓸어 올리며 꽤나 조심스러운 표정으로 입을 열었다.

　"현 천뇌원주 공손우라는 사람이 이런 말을 했습니다."

　"신무학 백팔번뇌엔 치명적인 오류가 있었소. 절대의 선을 추구한 백발번뇌였지만, 절대선이 절대마로 돌변할 수도 있는 그 치명적인 오류를 신무학 백팔번뇌를 창조했던 창조자들조차도 예측하지 못했소. 반천구마신이 탄생하면서 비로소 창조자들은 신무학 백팔번뇌의 치명적인 오류를 인지하게 되었지만, 그때는 시험자 대부분은 이미 살해된 뒤였소. 시험자들뿐만이 아니라 백팔 명의 무학사와 천뇌원주 사마량 등 창조자 모두가 피살되는 참변을 면할 수가 없었소. 그리고 이 모든 비극은 미처 손을 쓸 사이도 없이 불과 두 시진 만에 종결되었소."

화운은 말을 이었다.
"그리고 또 이런 말도 했지요."

"반천구마신, 그들은 인성을 상실한 마물들이오. 그들이 원하는 것은 죽음과 피, 그리고 세상을 향한 저주요. 그들이 원한다면 이 땅이 무림사에 그 유래를 찾아볼 수 없는 잔혹의 난세로 빠져들어 가는 것은 그야말로 시간문제요. 그들은 시간이 흐를수록 점점 더 강해져서 끝내는 천의맹조차도 그들을 제압할 수 없는 지경에 이르게 될 것이오."

장한명은 담담히 물었다.
"내게 하고 싶은 말이 대체 뭐야?"
담담한 장한명과는 달리 화운은 매우 조심스러워했다.
"소녀가 무슨 말을 하든 오해가 없기를 바랍니다."
장한명은 빙긋 웃어 보였다.
"나를 때려죽인다 한들 내가 어찌 감히 전주를 오해할 수 있겠어?"

"방금 하신 말씀, 제 말이 끝나는 순간까지도 부디 잊지 말아 주시길……."

"약속하지."

장한명이 망설임없이 대답하자 화운은 안심하는 얼굴로 말을 이었다.

"신무학 백팔번뇌의 치명적인 오류로 인해 반천구마신이라는 인성을 상실한 아홉 마물이 만들어졌음을 천뇌원주 공손우는 분명히 언급하고 있습니다. 그리고 그렇게 만들어진 반천구마신으로 인해 현 무림이 미증유의 난세로 빠져들 수 있음을 천뇌원주 공손우의 말속에 잘 나타나 있습니다."

"하지만 그것은 말뿐이지 그 말을 명확하게 입증할 만한 자료가 따로 있는 것은 아니잖아."

"천뇌원주라는 자리는 거저 얻어지는 게 아닙니다. 자신이 뱉은 말은 목숨을 걸고서라도 책임을 져야 하는, 신뢰와 믿음이 밑받침 되지 않고서는 결코 오를 수 있는 자리가 아닙니다. 다시 말해, 천뇌원주의 입에서 흘러나오는 말 한마디 한마디는 그 어떤 명확한 증거 자료보다 우선하는 절대적 권한을 상징한다 해도 과언이 아닙니다."

"전주의 말이 사실이라면 이론을 제기할 여지가 없는 셈이로군."

"천뇌원주의 말씀을 믿으셔도 됩니다."

"좋아. 믿지. 하지만 천뇌원주를 믿는다는 뜻은 아냐. 내가 믿는 사람은 오직 전주뿐이니까."

"믿어주신다니 고맙습니다."

화운은 옷매무새를 가다듬고는 가볍게 목례를 하여 고마움을 표시한 후 진지하게 말을 이었다.

"위대한 천뇌원주께서 단언하시길, 공자의 평범한 자질로는 앞으로 백 년의 세월이 더 흐른다 해도 신무학 백팔번뇌를 연성할 가능성이 전무하다 하셨습니다. 타고난 자질이 수반되지 않고서는 제아무리 뼈를 깎는 노력을 한다 해도 그 연성이 불가능하다는 뜻입니다."

"전주도 이 장한명의 자질이 그렇게 형편없이 보여?"

장한명이 궁금한 듯 물었다.

화운은 빙그레 웃으며 답을 피했다.

"장 공자께서 신무학 백팔번뇌의 연성에 실패한 것이라면, 그것은 축복받을 일이지 좌절하거나 절망할 일은 아닙니다."

"어째서?"

"장 공자께서 신무학 백팔번뇌를 연성한 것이 틀림없다면, 반천구마신은 반천십마신이 되어 있을 테지요. 신무학 백팔번뇌의 치명적인 오류로 인해 장 공자께서도 인성을 상실한 마물이 되어 있을 테니까요."

"그렇군."

장한명은 수긍했다.

반천구마신과 같은 조건에서 이 년의 세월 동안 같은 신무학 백팔번뇌의 공유했다면, 그리고 마침내 신무학 백팔번뇌의 연성에 성공했다면 자신 역시 신의 저주에서 벗어나긴 어려웠을 것이다.

화운은 깊은 생각에 잠긴 장한명을 지그시 바라보며 차분하게 말을 이었다.

"지난 한 달여의 시간 동안 공자의 일거수일투족을 세심하게 지켜봤습니다. 공자께선 천뇌집무헌이 선택한 일천 명의 수련자 가운데 한 명이었고, 일천 명 수련자 가운데 반천구마신을 제외한 유일한 생존자이기도 합니다."

"……"

"유일한 생존자이신 공자께선 지난 이 년의 세월을 반천구마신과 완벽하게 같은 조건에서 동고동락하셨습니다. 반천구마신이 뛰어난 자질 덕에 특별한 대우를 받았던 것도 아니고, 공자께서 차별 대우를 받았던 것도 아닙니다. 천뇌집무헌은 일천 수련자들에게 완벽하게 평등한 조건을 제공했습니다."

"인정하지."

“그런 평등한 조건에서 신무학 백팔번뇌를 연성한 것이라면 지난 이 년의 세월 동안 그 지하 연무장에서 빈둥거리며 놀고만 있지 않았을 장 공자의 자질이 비록 반천구마신에 미치지 못한다 해도 단순히 자질이 뒤떨어진다는 이유만으로 신무학 백팔번뇌를 연성했을 가능성마저 완전히 배제한다는 것은 무리라는 생각이 들었습니다.”

“하지만 전주의 그런 생각은 나라는 인간의 평범한 자질로는 앞으로 백 년이 흘러도 신무학 백팔번뇌를 연성할 가능성이 전무하다는 위대한 천뇌원주의 단언에 정면으로 반발하는 어리석은 판단일 수도 있어.”

“반천구마신의 탄생을 누구도 예상하지 못했습니다. 천뇌집무헌을 진두지휘했던 전 천뇌원주 귀곡천뇌 사마량까지도 반천구마신의 탄생을 예상하지 못할 정도로 인간이 하는 일에 ‘절대’나 ‘완전’은 있을 수가 없습니다. 그러므로 반천구마신이 반천십마신이 되지 말라는 법은 어디에도 없습니다.”

장한명은 내심 고개를 끄덕였다.

이제 스물 정도밖에 안 되는 어린 나이의 화운이 흘려내는 한마디 한마디는 도무지 버릴 게 없다.

장한명은 그 깊이를 측량키 어려운 화운의 생각에 자신이 어떤 모습으로 담겨져 있을까 하는 것이 문득 궁금해졌다.

"지난 한 달 동안 나를 지켜봤다고 했는데… 궁금해. 나에 대해 내렸을 전주의 결론이 어떤 건지 말이야. 내가 과연 신무학 백팔번뇌를 연성한 것인지……."

"그럴 가능성이 대단히 높습니다."

화운은 이미 결론을 내린 듯 대답에 추호의 망설임도 없었다.

장한명의 반응은 의외로 담담했다.

그리 길지 않은 무림 생활이지만, 지난 한 달 동안 여러 가지 사건을 겪으면서 자신이 신무학 백팔번뇌를 연성했을 수도 있다는 생각을 내심 품고 있었던 것이다.

생각을 품고는 있었으되 생각을 말할 자신은 없었다.

한 가지 풀리지 않는 의문점이 남아 있었기 때문이다.

"반천구마신은 인성을 상실한 마물들이다. 그 인간들을 그런 마물로 만든 건 다름 아닌 신무학 백팔번뇌이고. 만약 내가 신무학 백팔번뇌를 연성한 것이라면, 나 역시도 그들과 같은 마물이 되어 있어야 하는 게 당연하지 않는가?"

"당연합니다."

"하지만 난 지금까지 살아오면서 단한순간도 마성(魔性)을 느껴본 적이 없어. 살인에 대한 욕구는 더더욱 느껴본 적이 없고, 인간의 피가 그리운 적도 물론 없다. 그러므로 신무학

백팔번뇌가 곧 반천구마신이이며 반천구마신이 신무학 백팔
번뇌라는 등식이 성립된다면 인간 장한명이 신무학 백팔번뇌
라는 등식은 성립될 수 없는 거잖아?"

"천뇌집무헌이 선택한 일천 명의 수련자가 같은 시기에 신
무학 백팔번뇌를 접했습니다. 천뇌집무헌은 그들 일천 명에
게 균등한 기회를 주었지만, 그 성취도에는 분명한 차이가 있
었을 겁니다. 극상승의 경지에 이르도록 연성한 수련자가 있
는가 하면, 반대로 입문의 단계에 머문 수련자도 있을 겁니
다."

"......"

"성취도가 재능에 따라 각기 다르게 나타났을 것입니다.
그 점은 무림을 위해선 참으로 다행스러운 일이구요. 그들 모
두가 신무학 백팔번뇌를 극상승의 경지에 이르도록 연성했다
면, 무림은 아마도 지옥으로 변했을 테지요. 문제는 신무학
백팔번뇌의 치명적 오류가 어느 단계에 있었느냐는 것인데,
일천 명 수련자 가운데 반천구마신의 자질이 가장 최상위의
단계였다는 천뇌원주 공손우의 말이 사실이라면 신무학 백팔
번뇌의 오류 역시 최상위의 단계에 있었음이 미루어 짐작됩
니다."

"신무학 백팔번뇌의 치명적 오류는 신무학 백팔번뇌를 극
성(極成)으로 연성했을 때만이 나타날 수 있는 심각한 부작용

이라는 뜻인가?"

"그렇습니다."

"다행히 나는 아직 그 경지까지는 가지 못한 것이고?"

"현재는 그렇습니다만, 진행 중이라는 것이 마음에 걸립니다."

"결국 시간이 문제일 뿐, 언젠가는 나 역시 반천구마신과 같은 인성을 상실한 마물이 될 수밖에 없는 운명이라는 뜻이로군요. 말해봐. 내가 마물이 되는 그 시기가 언제쯤일지."

장한명의 표정이 어둡게 가라앉았다.

화운은 선뜻 대답하지 못하고 망설였다.

지금부터 그녀가 해야 하는 한마디 한마디가 날카로운 비수가 되어 장한명의 마음에 깊은 상흔(傷痕)을 남길 수도 있었기 때문이다.

그녀는 백번을 생각하고 한마디를 조심스럽게 내뱉는 심정으로 신중히 말했다.

"소녀는 공자께서 이룬 신무학 백팔번뇌의 성취도가 어느 정도인지 알지 못합니다. 성취도를 정확히 알지 못하고서야 공자께서 마물이 되는 시기를 추정하기란 불가능합니다."

"그것을 알아내는 방법은 없는 건가?"

"그 해답이야 공자께서 쥐고 계실 테지만, 자신이 신무학 백팔번뇌를 연성했다는 사실조차도 모르고 있는 공자께서 자신의 성취도가 어느 정도인지 알고 계셨을 리는 만무합니다. 다시 말해, 신무학 백팔번뇌의 치명적인 오류가 불치의 병이라면 그 불치의 병이 언제 발병하게 될지는 공자 자신도 알 수 없는 일이라는 겁니다."

장한명은 쓰게 웃었다.

"구파일방이 거부한 평범 이하의 자질이야. 자식만큼은 일류로 만들고야 말겠다는 아버지의 소망마저도 속절없이 꺾어버린 형편없는 자질이지. 천뇌집무헌이 선택한 일천 명의 수련자 가운데 그 자질이 가장 떨어진다는 십조에 편성될 만큼 둔하기 이를 데 없는 자질인데 이런 형편없는 자질로 내가 무엇을 할 수 있었겠나."

"……."

"운이 좋아 신무학 백팔번뇌를 접할 기회를 얻긴 했지만, 그 성취도는 누구에게도 내보일 수 없는 부끄러운 수준임이 불을 보듯 뻔하거늘, 하늘이 내린 천골 반천구마신의 성취도와 어찌 비교가 되겠어? 아니, 비교한다는 그 자체가 어불성설이지."

"하찮은 인간의 계산이 어찌 하늘의 계산을 따를 수 있겠습니까. 인간의 계산으로 만들어낸 천뇌집무헌이 궁극의 취지와는 어긋난 반천구마신이라는 괴물을 탄생시켰듯이 그 지하 연무장 안에서 인간의 계산을 깬 또 다른 기적이 일어나지 말라는 법은 없습니다.”

“무슨 뜻……?”

“공자의 성취도가 반천구마신에 근접한 것일 수도 있다는 뜻입니다.”

“푸후, 그럴 가능성은 희박해.”

“희박이 아니라 전무해야 합니다.”

장한명은 비로소 화운이 하고 싶어하는 말이 무엇인지 짐작했다.

“전무하자면 한 가지 방법뿐이다. 전주가 그걸 원하는 건 아닌지……?”

“……”

화운은 대답을 하지 못했다.

그런 그녀의 눈빛이 흐려졌다.

선실 외벽에 기대어 앉았던 몸을 일으켜 세우며 그녀는 답답한 가슴을 달래려는 듯 갑판의 난간으로 걸어갔다.

화운이 짙은 새벽안개에 몸을 묻자, 장한명은 더 이상 그녀의 표정을 살필 수가 없었다.

표정은 볼 수 없었지만, 화운의 전신을 타고 흐르는 비애(悲哀)가 진하게 느껴져 왔다.

화운은 그런 자신의 감정을 짙은 새벽안개에 숨기고 싶었는지도 모른다.

자신의 여린 모습을 보이고 싶지 않았을 것이다.

그녀의 다음 말은 잔인한 결단을 예고했기 때문이다.

“그렇습니다. 희박을 전무로 바꾸기 위해선 오직 한 가지 방법뿐입니다. 공자께서 마신으로 변태(變態)되기 전에 공자를 제거하는 수밖에 달리 방법은 없습니다.”

새벽안개 속에 모습을 감추어 자신의 감정은 숨겼지만, 목소리에 실린 감정마저 숨기진 못했다.

그녀의 목소리는 가늘게 떨리고 있었다.

그러나 장한명은 담담했다.

이미 짐작하고 있었던 말이기 때문이었다.

“방법이 그것뿐이라면 할 말이 없군.”

장한명은 안개에 가려져 희미하게 보이는 화운의 형체에 시선을 고정시킨 채 말을 이었다.

“진행 중이라고 했는데, 더 이상 진행을 하지 않으면 어떻게 되는 건가, 전주?”

“불가능합니다.”

“어째서?”

“신무학 백팔번뇌는 반천구마신을 불과 이 년이란 짧은 시간에 완성시킬 만큼 경이로운 속성의 무공입니다. 그에 따르는 부작용 가운데 하나는 신무학 백팔번뇌의 연공이 일정한 경지에 오르게 되면 신무학 백팔번뇌가 수련자의 육체와 정

신을 지배하게 되고, 수련자가 원치 않아도 상상할 수 없을
정도로 빠른 진행을 보인다는 것입니다. 그 진행을 멈추게 할
수도, 막을 수도 없습니다.”

“자질과는 상관없다는 말……?”

“물론 상관이 있습니다. 인체의 경락(經絡)이란 전신의 기
혈(氣血)을 운행하고 각 부분을 조절하는 통로입니다. 경락의
운행 능력과 타고난 자질은 밀접하게 연계되어 있어서 둘은
하나의 기능과도 같습니다. 자질이 떨어지면 그만큼 경락의
기능은 떨어집니다. 반대로 자질이 뛰어나면 경락 또한 그 기
능이 뛰어납니다.”

“쯧, 어렵군.”

“경락의 기능이 우수하면 임독양맥(任督兩脈), 생사현관(生
死玄關)의 타통까지 이루어져 결국엔 반천구마신과 같은 마
신의 경지에 이르겠지만, 경락의 기능이 떨어지면 신무학 백
팔번뇌를 소화하기 어렵고, 결국은 경락이 터져 버리게 되겠
지요.”

“경락이 터진다면?”

“목숨이 위태롭게 되겠지만, 요행히 목숨을 건진다 해도
무공이 전폐된 채로 평생을 불구로 살아야 할 것입니다.”

“그렇다면 반천구마신을 제외한 나머지 수련자들의 운명
은 정해져 있었던 셈이로군.”

"그런 셈입니다."

"목숨을 잃거나 불구로… 불구로 사느니 차라리 죽기를 잘한 것인지도 모르겠군."

장한명은 툴툴 웃었다.

생각해 보니 개 같은 운명이다.

지난 이 년의 세월 동안 일류가 될 수 있다는 실 같은 희망 하나를 품고 모진 고통을 견디어냈는데, 따지고 보면 언제 터질지도 모르는 화약을 품고 살아온 셈이 아닌가?

결국 천뢰집무헌은 일천 명 수련자에게 무덤 이상의 의미는 아니었다는 생각이 들자 치가 떨릴 만큼 가슴 저 밑바닥에서부터 분노가 치솟아올랐지만, 한편으론 자신의 운명도 이미 앞서 간 수련자들과 다를 바가 없을 거라는 생각에 오히려 마음은 편안해졌다.

"그렇다면 그리 크게 걱정할 문제는 아니로군. 정해진 운명에 순응하면 그만이니까."

장한명의 담담한 말에 화운은 장한명을 향해 몸을 돌려세웠다.

화운은 짙은 안개 속에서 천천히 걸어나오며 물었다.

"어떤 운명을 말씀하시는지요?"

화운의 입가에 자조가 떠올랐다.

"개 같은 운명을 말하는 거지. 발악을 해봐야 결국 목숨을 잃거나 불구로 살게 될 테니 말이야."

"마신이 될 가능성도 배제할 수가 없습니다."

"그건 더 개 같은 운명이로군."

장한명은 옆구리에 아무렇게나 차고 있는 천인혈검을 검갑째 던져 주며 말했다.

"간단해, 전주."

"……?"

"전주가 그걸로 내 목을 치면 되는 거지."

마치 남의 일처럼 너무도 태연하게 말하는 장한명의 태도에 화운의 표정이 굳어졌다.

화운은 엉겁결에 천인혈검을 받긴 했으나, 장한명의 목을 베려는 어떤 동작도 취하지 않았다.

그녀는 잠시 숙였던 고개를 들어 올리며 말했다.

"간단하군요. 간단히 목을 치면 되는 일을 괜한 고민으로 시간낭비를 했군요."

화운은 입술을 깨물며 결심한 듯 천천히 천인혈검을 뽑아 들었다.

"이미 마교의 세상이라고 합니다. 무림 십 년 평화의 반석(盤石)이었던 천의맹은 이제 종이호랑이에 지나지 않는다 합니다. 공유선생이 흘린 이 정보가 사실이라면 마교만으로도 무림은 이미 충분히 난세라고 말할 수 있습니다."

“…….”

“여기에 반천구마신이 가세하면, 최악의 경우 마교와 반천구마신이 손을 잡게 되는 날에는 무림 정의를 위해 초개와 같이 자신의 한목숨을 버리며 이 땅에 평화를 심고자 했던 수많은 열혈영웅(熱血英雄)들의 혼백이 지하에서 땅을 치며 통분하는 무림사에 일찍이 볼 수 없었던 초유의 사태가 벌어지겠지요.”

“…….”

“정의는 설 자리를 잃게 될 것입니다. 반천구마신과 마교에 복종하는 자들만이 숨을 쉬게 될 것입니다. 반천구마신과 마교에 저항하는 자들의 시신이 산을 이루고 피는 강을 이루게 될 것입니다. 우리는 무림 십 년 평화를 얻었지만, 그 대가로 이후 십 년의 세월 동안 빛이 없는 암흑 속에서 고통받으며 살아가게 될지도 모릅니다.”

“…….”

화운은 검끝을 장한명에게 겨누었다.

“여기에 또 한 명의 마신이 가세하게 된다면 십 년이 이십 년이 되지 말라는 법은 없습니다. 이것이 공자를 제거해야 하는 이유입니다.”

장한명은 고개를 끄덕였다.

“굳이 그런 이유가 아니더라도 살아갈 이유는 별로 없어.

반천구마신과 같은 마물로 살아갈 자신도 없고 불구로 살아 갈 자신도 없기 때문이지.”

“마지막으로 할 말은?”

화운이 피가 나도록 입술을 깨물자, 장한명을 겨냥한 검끝 에서 섬뜩한 살기가 피어올랐다.

장한명의 대답은 참으로 간단했다.

“없어.”

장한명은 이미 삶을 포기했고, 포기한 이상 할 말은 없었 다.

장한명의 이런 단호한 태도가 화운을 주춤하게 했다.

“이대로 죽기엔 공자께서 지닌 능력이 아깝다는 생각은 들 지 않나요?”

장한명은 피식 웃었다.

“능력이 아깝다는 생각이 들었으면 반천구마신처럼이라도 살고자 했을 테지. 하지만 아버지의 소망은 일류 아들이었지 만, 반천구마신과 같은 일류는 결코 아니었을 거야.”

“반천구마신에게 무참하게 죽임을 당한 일천 명에 가까운 공자의 친구들은? 반천구마신을 제거하여 친구들의 원혼만 이라도 편히 잠들게 하겠다던 공자의 맹세는……?”

“친구들도 이해하겠지. 반천구마신의 발끝에도 미치지 못 하는 미천한 능력으로 복수 운운했던 이 철부지의 철없는 맹세를 말이야.”

“생각이 그렇다면 소녀가 미안해하지 않아도 되겠군요.”

장한명은 대답 대신 고개를 끄덕였다.

“그럼…….”

결심한 듯 마침내 화운이 움직였다.

아름다운 몸매에서 나오는 아름다운 동작.

물이 흐르듯 자연스럽고 미풍처럼 부드러운 그 동작이 검기(劍氣)를 일으키고, 그렇게 생성된 검기가 장한명의 목을 향해 날아간 것은 찰나였다.

파앗!

천인혈검 특유의 붉은 검 빛이 장한명의 목을 스치며 지났다.

‘젠장, 이렇게 죽는 것을…….’

장한명은 죽음을 예감하며 조용히 눈을 감았다.

아버지의 손을 잡고 천하를 주유하던 어린 시절이 주마등처럼 빠르게 스쳐 지나갔다.

천뇌집무헌의 지하 연무장에서 또래의 수련자들과 웃고 떠들며 즐거운 시간을 보내던 장면도 떠올랐고, 반천구마신에게 처참하게 죽어가던 수련자들의 모습도 떠올랐다.

천뇌집무헌의 지하 연무장은 작은 지옥이었다.

일천 명이 생활하기엔 비좁은 공간이었다.

생리적인 현상을 풀 마땅한 장소도 없었다.

결국 은밀한 장소에 집단으로 생리적인 현상을 풀어놓곤 했는데, 그 악취가 지하 연무장을 진동했다.

먹을 것이 부족해서 징그러운 벌레로 허기를 채우기도 했다.

무료함으로 인해 대부분의 수련자들이 심한 우울증에 시달리기도 했다.

차라리 죽고 싶다는 생각을 할 때면 편했다.

죽고 싶어도 죽을 용기가 없었다.

죽을 용기가 없어서 죽지 못해 살아가는 일이 더한 고통이었다.

그 죽음보다 더한 고통을 무려 이 년이나 참아냈다.

이유는 단 하나였다.

아버지의 소망대로 일류가 되기 위함이었다.

세상 사람 모두의 눈이 멀었다는 아버지의 분노한 절규를 어떻게든 입증해 보이고 싶었기 때문이다.

그런데 죽어야 한다.

일류를 입증해 보이기도 전에 죽어야 하는 것이다.

억울함이야 왜 없겠는가?

생각하면 할수록 개 같은 운명이었다.

"어째서지요?"

화운의 떨리는 음성이 장한명의 절망 속으로 파고든 것은 그때였다.

눈을 감고 있던 장한명은 흠칫했다.

아니, 의아한 생각이 들었다.

이미 목이 잘렸어야 함에도 불구하고 자신의 목이 멀쩡했다.

생각이 살아 있고 심장이 뛰고 있다.

반면 날카로운 검기는 사라지고 없었다.

살기도 느껴지지 않았다.

장한명은 비로소 뭔가 잘못되었음을 느끼고는 눈을 떴다.

천인혈검을 들고 서 있는 화운의 모습이 시야에 들어왔다.

앞으로 뻗은 팔과 천인혈검의 길이만큼 화운은 장한명에 게서 떨어져 있었다.

화운이 들고 선 천인혈검은 장한명의 목에 여전히 겨냥된 상태였다.

천인혈검 특유의 붉은빛은 보이지 않았다.

생명체로 치자면 천인혈검은 그 수명을 다한 듯 생기를 잃은 모습이었다.

이 영물은 주인과 교감한다.

그래서 화운이 살의(殺意)를 접자, 자신 역시도 살의를 조용히 접고 있는 것이다.

가끔은 주인의 의사와는 상관없이 미쳐 날뛰기도 하지만, 그건 미쳐 날뛸 만한 조건이 충족되었을 때의 일이다.

화운은 지쳐 보였다.

지옥의 화마(火魔) 속에 몸을 담고 있는 듯 고통스러운 모습이었다.

천인혈검을 들고 있을 만한 기운도 없어 보였다.

그녀는 안쓰러우리만치 지치고 고통스러운 표정으로 힘없이 입을 열었다.

"하나뿐인 목숨입니다. 그래서 귀한 목숨입니다. 죽음보다 더한 고통 속에서도 살아남고자 하는 것이 인간의 솔직한 본능입니다."

"……."

"생과 사는 하늘이 정한 것이라 하지만, 하늘이 정한 수명대로 살고자 하는 사람은 없습니다. 불로초를 얻을 수만 있다면 평생을 불구로 살라고 한들 마다할 사람은 없습니다."

"……."

"인간이 그렇습니다. 그래서 인간인지도 모르겠습니다. 공자라고 예외가 될 수는 없습니다. 죽고자 간절히 원했다면 소녀의 손을 빌릴 생각조차 하지 않았을 겁니다. 스스로 목숨을 끊을 수 없다는 건 살고자 하는 욕망을 버릴 수 없기 때문입니다."

장한명은 고개를 끄덕였다.

"솔직히 살고 싶다, 전주."

"그런데 어째서……?"

"방법이 없잖아."

장한명은 허허롭게 웃었다.

"인성을 상실한 마물이 되면 전주인들 알아보겠나?"

장한명은 처연한 눈빛으로 자신의 양손을 내려다보며 말을 이었다.

"이 손으로 전주를 죽이게 되겠지. 이 손은 전주의 순결한 피로 물들게 될 것이며, 이 손으로 전주의 숨통을 끊게 되겠지."

장한명의 눈빛이 크게 흔들렸다.

화운의 눈빛도 흔들렸다.

"그랬군요. 그래서 생사여탈권을 소녀에게 넘긴 것이로군요."

장한명은 쓰게 웃었다.

"어떻게 내 손으로 전주를 죽일 수 있겠어."

장한명은 고개를 저었다.

"전주를 죽일 수는 없어."

"왜지요?"

"왜냐하면……."

장한명은 말끝을 흐렸다.

몇 번이나 입술을 달싹였으나 끝내 입을 열지는 못했다.

대답할 마땅한 말이 생각나지 않았기 때문이다.

화운은 탄식했다.

"소녀 또한 공자를 죽일 수 없습니다."

"어째서?"

"그 이유를 공자께서 대답을 못했듯이 소녀 또한 그렇습니다."

화운의 눈빛이 흐려졌다.

흐려진 눈에 물기가 어렸다.

"모르겠습니다. 어째서 내가 이러는 것인지……."

평소 그녀가 보이던 평정심은 무너졌다.

냉정한 사리분별력 또한 안개에 싸인 듯 흐려졌다.

연민과 동정 때문은 아니었다.

연민과 동정 때문이었다면 그녀는 천인혈검을 거두지 않았을 것이다.

다른 이유가 있었다.

그러나 그녀는 그 이유를 설명할 수 없었다.

그 이유 또한 안개에 싸인 듯 보이지도 잡히지도 않았기 때문이었다.

굳이 설명하라면 그건 그저 느낌이었을 뿐이다.

장한명을 죽여서는 안 된다는 느낌이 있었을 뿐이다.

눈에 보이거나 손에 잡히는 느낌이 아니었음에도 불구하고 그녀는 무림의 대의(大義)마저 외면해 버렸다.

평소의 그녀로서는 상상조차 할 수 없는 일이었다.

장한명은 조용히 천인혈검을 잡고 있는 화운의 손가락을 풀어 그녀 대신 천인혈검을 쥐었다.

장한명은 천인혈검을 자신의 가슴 앞에 세우며 말했다.

"약속할게, 전주."

화운은 물기에 젖은 눈을 들어 의아한 눈빛으로 장한명을 올려다보았다.

장한명은 비장한 얼굴로 말했다.

"만에 하나 한순간이라도 마성이 느껴지면 내 스스로 목숨을 끊겠어. 이 약속은 하늘이 무너져 내려도 지켜질 것이야. 그러므로 이 순간 이후엔 전주의 손을 빌리는 일은 결코 없을 거야."

화운은 홀린 듯이 말없이 고개를 끄덕였다.

이 순간 그녀는 무림 대의를 망각했을 뿐 아니라, 대천의맹의 천심전주 신기제갈 화운이라는 지엄(至嚴)하기 이를 데 없는 자신의 신분까지도 망각했다.

그녀는 장한명의 맹세 따윈 믿어서는 안 되는 신분이었다.

마성이 느껴지면 장한명 스스로 목숨을 끊는다는 맹세가

반드시 지켜진다는 보장은 없다.

마성이 느껴질 사이도 없이 장한명은 반천구마신과 같은 마신으로 돌변하게 될지도 모르는 일이다.

천하제일지인 신기제갈 화운이 그 사실을 모를 리는 없었다.

알면서도 그녀는 묵인했다.

무림 대의보다는 사사로운 감정이 우선했다.

그녀는 그저 장한명을 믿고 싶었던 것이다.

그 절대적 믿음이 어디서 생겨났는지는 그녀 자신도 모르는 일이었다.

장한명은 천인혈검을 검갑에 넣으며 말했다.

"내게 주어진 시간이 너무 짧지 않기만을 바랄 뿐이야. 반천구마신의 발끝에도 미치지 못하는 이 보잘것없는 능력으로 반천구마신을 제거하는 기적이 이루어질 그 시간 동안만이라도 마성에 젖지 않고 이대로 머물러 주기를… 그래야 아버지와 친구들의 무덤에 편안한 마음으로 꽃 한 송이라도 놓을 수 있을 것 같기 때문이지. 그리고 그땐 나 역시도 편안하게 미련없이 눈을 감을 수 있을 것 같아."

화운은 장한명의 이 말 역시 믿어주고 싶었다.

"뜻이 있는 곳에 길이 있다 했습니다. 하늘인들 어찌 공자의 간절한 염원을 외면하겠습니까. 부디 공자의 뜻이 이루어

지길 기원합니다.”

잠시 동안 두 사람 사이엔 고뇌도, 갈등도, 절망도 함께 공존했다.

그러나 이제 두 사람의 마음은 평온을 되찾았다.

아직 갈 길은 멀었지만, 적어도 서로에 대한 신뢰와 믿음은 얻은 셈이었다.

그리고 신뢰와 믿음 외에 두 사람 사이에 싹트고 있는 감정 하나는 두 사람조차 느끼지 못하고 있었다.

그것이 불행일지 행운일지는 하늘만이 아는 일이었다.

호수 수면에 낮게 깔린 새벽안개는 무엇이든 잔인하게 삼켜 버렸다.

안개는 끝내 유람선마저 삼켰다.

장한명은 문득 침묵을 깨고 물었다.

“이곳을 떠나 이제 어디로 갈 생각이지……?”

화운은 장한명의 뒤를 따르며 역시 조용히 대답했다.

“당장에라도 천의맹으로 돌아가고 싶은 마음이지만, 아직은 돌아갈 때가 아니라는 생각이 들었습니다. 이 땅이 분명한 난세임을 소녀의 눈으로 직접 확인한 후 천의맹으로 돌아가도 돌아가야 한다는 생각입니다.”

“위험할 텐데……?”

장한명이 걱정스럽게 묻자 화운은 빙그레 웃어 보였다.

“공자와의 동행보다 더 위험한 일이 과연 있을까요?”

장한명은 움찔하며 걸음을 멈추었다.

“무, 무슨……?”

“언제 터질지도 모르는 화약을 곁에 두고 있는 일만큼 위험한 일은 없을 거라는 뜻입니다.”

화운의 이 말에 장한명은 비로소 화운이 무엇을 말하고 있는지 감을 잡았다.

장한명의 얼굴이 붉어졌다.

“맹세했잖아. 어떤 경우에도 내 손으로 전주를 죽이는 일 따윈 저지르지 않겠노라고 말이야.”

화운은 곱게 눈을 흘겼다.

“정색하시긴, 농담이었어요.”

장한명은 갸웃했다.

“전주가 농담을……?”

“왜요, 소녀는 농담을 하면 안 되나요?”

“솔직히 말해볼까?”

“말해봐요.”

“난 전주가 하루 종일 이슬 세 방울만 마시고 사는 인간인 줄 알았어.”

“어머!”

“그 순결한 입에서 나오는 말이 그래서 그처럼 영롱하며 지혜로우신 거라 여겼지."

　"그런데 지금은 아니라는 건가요?"

　"이슬 세 방울은 아닌 것 같아."

　"칫, 농담 한번 했다고……."

　"그래도 지금 모습이 더 보기 좋아."

　"어떻게……?"

　"인간적으로 느껴지고… 여자처럼 보이고……."

　"어멋, 그럼 그동안 소녀를 사내로 봤다는 건가요?"

　"가끔은 그런 착각도……."

　"마, 맙소사!"

　"어쨌든 이슬 세 방울보다는 지금의 모습이 좋아."

　"어라, 병 주고 약 주고."

　"푸웃."

　모처럼 장한명의 입에서도 웃음이 터져 나왔다.

　화운은 넋을 잃었다.

　평범한 장한명의 얼굴에 웃음이 피어나자 그 평범한 얼굴
에 세상에서 가장 아름다운 꽃이 피어나는 것과 같은 느낌을
받았기 때문이다.

　그 모습은 참으로 매혹적이었다.

3

우우웅.

갑판에서 살짝 선잠에 빠졌던 장한명은 번쩍 눈을 떴다.

천인혈검이 울고 있었다.

단순히 울고 있는 정도가 아니었다.

붉은 광채를 줄기줄기 뿜어내며 요동치고 있었던 것이다.

그 요동이 얼마나 심한지 장한명의 몸까지 뒤흔들렸다.

"무슨 일일까요?"

장한명의 곁에서 새벽 호수를 바라보며 상념에 빠져 있던 화운이 장한명을 돌아보며 걱정스럽게 물었다.

장한명은 천천히 몸을 일으켰다.

"산사에서 혈곤수가 나타나기 전에 보였던 반응과 같아."

화운의 얼굴이 굳어졌다.

"그렇다면 혈곤수가……?"

화운의 시선이 빠르게 유람선 주변을 훑어나갔다.

그러나 새벽안개에 묻힌 호수는 적요했다.

어디에서도 인기척은 느껴지지 않았다.

장한명은 잠시 동안 눈을 감았다 뜨며 말했다.

"그들이 오고 있어."

화운은 긴장했다.

"혈곤수인가요? 이번에는 몇 명이나 되지요?"

화운은 볼 수도, 느낄 수도 없었다.

그럼에도 불구하고 이렇게 묻는 것은 자신은 보지 못해도 장한명에겐 그들을 볼 수 있는 능력이 있다고 믿기 때문이었다.

장한명은 그들의 수를 헤아리듯 눈을 감았다 뜨며 말했다.

"아홉."

"아홉?"

"그리고 그들은 혈곤수가 아니다."

"아!"

화운은 신음과 같은 탄성을 흘렸다.

우우우웅!

천인혈검이 광란했다.

'전보다 더욱 심한 경우이다.'

천인혈검이 이렇듯 광란하는 장면을 화운은 산사에 이어 두 번째로 보는 셈이었다.

처음의 느낌보다 지금의 느낌이 더욱 강렬했다.

토해지는 울부짖음은 호수 전체를 울릴 정도였다.

뿌려지는 붉은 광채는 새벽안개를 온통 핏빛으로 물들였다.

뿜어지는 살기는 소름이 돋을 정도였다.

"대체 누가 이처럼 걷잡을 수 없을 정도로 강하게 천인혈검을 흥분시키는 것인지……."

천인혈검은 좀처럼 흥분하지 않는다.

상대가 강한 마성을 보이거나 가공할 살기를 보이는 경우에만 이런 광란의 몸짓으로 주인에게 경고한다.

그 광란의 도가 넘칠 경우, 경고 수준을 뛰어넘어 주인의 의사와는 상관없이 스스로 미쳐 날뛰는 천인혈검이긴 했지만, 좀처럼 흥분하지 않는 천인혈검이 이처럼 흥분한다는 것은 주변으로부터 강한 마성이나 가공할 살기를 감지했음을 의미한다.

산사에서보다 더욱 광분하여 날뛰는 까닭은 상대가 열 명의 혈곤수 이상으로 강하기 때문일 것이다.

혈곤수 한 명의 능력이 일파 종사 급 이상이라면, 열 명이 보이는 파괴력은 산사에서 경험했듯이 인간의 한계를 벗어난 가공함 그 자체였다.

그런데 그 이상의 강함이라면……?

생각을 이어가던 화운은 문득 전신을 무섭게 경련했다.

'설마……?'

第七章
반천구마신(反天九魔神)

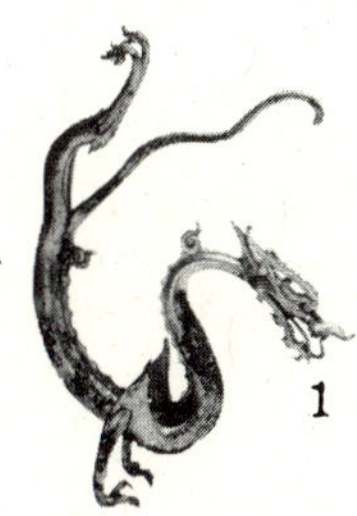

화운은 급히 얼굴을 돌려 장한명을 응시했다.

그리고 눈빛으로 물었다.

자신의 불길한 예감에 대한 답을 장한명은 알고 있을 것 같아서였다.

"……"

장한명은 아무런 반응도 보이지 않았다.

화운은 실망했다.

장한명의 표정에선 아무런 답도 읽어낼 수가 없었기 때문이다.

우우웅!

천인혈검의 울부짖음은 이제 극에 달했다.

그 울부짖음에 놀란 호수의 물새들이 날이 채 밝지 않았음에도 불구하고 무리를 지어 급하게 날아올랐다.

다소 소란스러운 틈을 타서 장한명이 화운의 오른손을 슬그머니 잡았다.

새벽의 찬 공기 탓인지 화운의 손은 얼음장처럼 차가웠다.

"……?"

화운은 장한명의 갑작스러운 행동에 움찔했다.

화운은 살짝 얼굴을 붉혔지만, 그러나 손을 빼진 않았다.

장한명의 손은 따뜻했다.

온몸으로 온기가 퍼져 나가는 느낌이었다.

새벽 찬바람이 더 이상 차갑게 느껴지지 않았다.

장한명은 화운의 손을 잡은 상태로 물었다.

"어때, 이젠 보이지?"

장한명의 뜬금없는 물음에 화운은 갸웃했다.

"무슨……?"

장한명은 말없이 잡고 있는 화운의 손을 들어 올려 한곳을 가리켰다.

사방이 짙은 안개라서 장한명이 가리킨 곳 역시 짙은 안개뿐이었다.

그리고 그 방향은 화운이 처음부터 바라보고 있던 방향이
다.

그 방향에서 화운은 아무것도 발견하지 못했다.

짙은 안개가 방해가 되진 않았다.

물론 짙은 안개로 인해 평소보다 시야가 흐려지긴 했지만,
상승의 무공을 지닌 화운의 시력이라면 안개를 뚫고 반경 수
십 장 이내의 주변을 살피는 정도는 크게 문제가 되지 않았
다.

그러나 화운은 볼 수 없었다.

그녀가 볼 수 있는 시계(視界)엔 잔잔한 호수의 수면과 그
수면을 덮고 있는 안개뿐이었다.

특별한 뭔가는 없었다.

그런데 장한명은 이제 보이지 않느냐고 묻는다.

'도대체 무엇이 보인다는 건가?

화운은 답답했다.

바로 그때였다. 화운은 갑자기 자신의 눈이 환하게 밝아짐
을 느꼈다.

'이건 뭐지?

화운은 좀 전까지만 해도 보이지 않던 호수 건너편의 관목
숲까지도 훤하게 시계에 잡히자 휘청했다.

자신의 몸이 갑자기 허공으로 붕 떠오르는 느낌과 함께 뒤

이어 아득한 현기증이 밀려왔다.

시야가 넓어지면서 모든 사물이 가깝게 느껴지자 신경 중추의 기능이 미처 적응을 하지 못한 탓이었다.

그제야 화운은 장한명이 자신의 손을 잡고 있는 이유를 알게 되었다.

장한명의 손이 불처럼 뜨겁다.

그 열기는 화운의 손을 통해 온몸으로 번졌다.

그러면서 화운의 시력은 놀랍도록 향상되었다.

결론은 간단했다.

장한명은 화운의 손을 통해 자신의 내가진기(內家眞氣)를 주입하고 있었다. 덕분에 화운의 시력은 장한명이 주입한 내가진기의 도움을 받아 일시적으로 몰라보게 좋아졌던 것이다.

시야가 넓어지자 전에는 보이지 않던 것들이 보였다.

아마도 유람선에서 서북쪽 방향으로 족히 백여 장가량 떨어진 호수의 수면이었으리라.

서서히 밝아지고 있는 호수의 수면을 스치듯 날고 있는 아홉 줄기의 흐릿한 형체.

어찌 보면 그 형체는 아홉 마리의 비연(飛燕)과도 같았다.

"바로 그들이다."

장한명의 나직한 말이 아홉 줄기의 형체를 살피는 화운의 귓전으로 조용히 파고들었다.

화운은 물었다.

"그들이라면?"

장한명은 힘주어 대답했다.

"반.천.구.마.신!"

"아아……!"

화운의 심장이 갑자기 무섭게 뛰기 시작했다.

자신의 불길한 예감이 적중했음을 마침내 확인한 셈이다.

피가 거꾸로 솟는 듯한 느낌이었다.

"반천구마신!"

화운은 실성한 듯 멍한 얼굴로 중얼거렸다.

그 순간, 장한명의 손이 더욱 뜨겁게 달아올랐다.

화운은 흠칫했다.

'이것은……?'

손이 타 들어가는 듯한 통증이 느껴졌던 것이다.

뜨거운 용암이 혈관을 뚫고 밀려들어 와 온몸을 통째로 태우는 기분이었다.

참을 수 없는 고통이었다.

당장에라도 장한명의 손을 놓고 싶었다.

그러나 놓고 싶어도 놓을 수 없는 이유가 생겼다.

“아아……!”

화운은 자신의 시야가 더욱 밝아짐을 느꼈다.

열기의 강도가 커질수록, 통증이 심하게 느껴질수록 시야는 더욱 밝아졌다.

순간 보이기 시작했다.

흐릿한 아홉 형체가 서서히 초점이 잡히듯 선명해지기 시작했던 것이다.

칠남이녀였다.

일정한 거리를 둔 채로 호수의 수면을 미끄러지고 있는 그들 아홉은 화운이 그토록 간절히 보고 싶어했던 반천구마신이었다.

그들 아홉을 움직이는 어떤 이동 수단도 눈에 띄지 않았다.

그들을 실은 작은 편주(扁舟)조차 보이지 않았다.

그들은 호수의 수면을 평지(平地) 걷듯 걷고 있었다.

“등평도수(登萍渡水)……!”

화운의 눈이 놀라움으로 커졌다.

한 사람도 아닌 아홉 사람이 동시에 펼치는 전설의 등평도수라니……!

그 모습은 실로 장관이었다.

그런데 화운이 ‘등평도수’ 라는 신음과 같은 중얼거림을 흘렸을 때, 장한명의 입에선 다른 중얼거림이 흘러나왔다.

“유령비(幽靈飛)……!”

같은 장면을 보면서 두 사람은 각기 다른 단어를 사용한 것이다.

장한명은 화운이 묻기 전에 미리 대답했다.

“우린 저 놀이를 유령비라 불렀지. 유령이 허공을 날고 있는 듯한 사이한 느낌이 들었기 때문이야.”

화운은 갸웃했다.

“허공을……?”

뭔가 이상하다는 생각에 화운은 좀 더 세심하게 반천구마신의 움직임을 살폈다.

“아……!”

화운은 비로소 반천구마신이 수면을 밟고 이동하는 것이 아니라 허공을 밟고 이동하고 있음을 발견하고는 눈에 이어 입까지 크게 벌어졌다.

“능공허도(凌空虛道)……!”

또 하나의 전설적인 절학이 화운의 크게 벌려진 입을 통해서 세상에 공개되는 순간이었다.

등평도수나 능공허도는 그녀의 뇌 속에 저장된 수많은 무학 중 최상승 단계로 구분되는 절학이었다.

화운은 그 최상승의 절학을 이처럼 빠르게 구경하게 되리라곤 상상조차 못했다.

반천구마신은 화운을 차원이 다른 세계로 인도하는 전령
사(傳靈士)로서의 역할을 충실히 했다.

천뇌집무헌이 탄생시킨 마물(魔物).

마성의 전염으로 인성을 상실한 완벽한 살인 무기.

무림 난세가 마교의 몫이라면 무림 종말은 그들 아홉 마물
의 몫이 될 것이다.

그러나 화운의 눈에 비친 반천구마신은 평범했다.

그저 보통의 사람이었다.

눈, 코, 입이 제대로 달린 보통의 남자, 보통의 여자였다.

무림인보다는 일반인에 가까운 분위기였다.

그들 아홉 중 한 명이 시선이 문득 화운에게로 향했다.

치렁한 흑발의 청년이었다.

화운의 시선과 청년의 시선이 마주쳤다.

"헉!"

놀란 화운은 황급히 자세를 낮추어 청년의 시선을 피하려
했다.

순간 장한명이 잡고 있는 화운의 손에 힘을 주며 말했다.

"걱정하지 않아도 돼. 저 인간들은 우릴 볼 수 없으니까."

화운은 흠칫했다.

"어떻게……?"

장한명은 간단히 대답했다.

“초혼봉안(招混封眼).”

“초혼봉안……?”

화운이 갸웃하며 다시 물었다.

“사람 눈을 가리는 놀이였나요?”

장한명은 고개를 끄덕였다.

“그래.”

화운은 미간을 살짝 찌푸렸다.

장한명이 말한 놀이라는 것들이 신무학 백팔번뇌라면, 반천구마신이 초혼봉안을 모르고 있을 리가 없다.

군이 신무학 백팔번뇌가 아니라고 해도 지난 이 년의 세월 동안 같은 공간에서 함께 즐겼을 놀이이니 반천구마신도 당연히 알고 있을 터이다.

같이 즐긴 놀이라고 해도 그 수위는 분명히 달랐을 것이다.

그 놀이가 신무학 백팔번뇌라면 연공의 깊이는 천양지차였을지도 모른다.

장한명의 초혼봉안이 땅이라면, 반천구마신의 초혼봉안은 하늘일 수밖에 없다는 뜻이다.

‘그렇다면 초혼봉안만으로는 저들의 시야를 완벽하게 차단할 수는 없는 것…….’

손바닥을 펴서 하늘을 가린다고 해서 가려질 하늘이 결코 아니었다.

화운은 바짝 긴장했다.

오싹한 한기마저 느껴졌다.

화운을 바라보는 청년의 눈.

화운이 장한명의 말을 듣고 잠시 주춤하는 사이, 청년의 눈은 화운의 동공에 화살처럼 꽂혔다.

이어 청년의 눈은 화운의 뇌마저 관통했다.

"아아……!"

화운은 이마를 짚으며 휘청했다.

마치 자신의 영혼이 한순간 청년의 눈으로 모조리 빨려 들어가는 듯한 착각이 들었다.

청년의 검은 동공이 꿈틀꿈틀 움직였다.

청년의 동공은 독립적인 개체처럼 스스로 생각하고 움직이며, 빨아들이는 영혼의 양을 스스로 조절하는 듯 보였다.

화운은 그 꿈틀대는 청년의 동공에서 끔찍한 지옥을 봤다.

비로소 청년이 평범할 수 없는 이유, 아니, 반천구마신이 평범할 수 없는 이유를 그곳에서 찾은 것이다.

화운은 그 시선을 피해야 한다고 생각했다.

아니면 자신의 영혼이 모조리 저 꿈틀거리는 검은 동공 속으로 모조리 빨려 들어가게 될지도 모른다는 위기감에 사로잡혔다.

그러나 그것은 화운의 생각일 뿐, 화운의 시선은 청년의 동공에 흡착된 채 요지부동이었다.

"아아……!"

비로소 화운은 황산의 적송림에서 장한명이 흘렸던 말을 떠올렸다.

살기만으로 살인이 가능하다는…….

정말 청년의 눈을 계속 보고 있으면 자신이 죽게 될지도 모른다는 생각이 들었다.

다행히 청년의 동공에 살기는 없었다.

살기뿐만이 아니라 그 어떤 감정도 그 동공엔 실려 있지 않았다.

감정이 없는 그 동공은 살아 있는 자의 그것이 아니었다.

"종리매(鍾離梅)……."

장한명의 나직한 중얼거림이었다.

나직한 중얼거림이었지만, 그 소리는 화운의 뇌리에서 뇌성(雷聲)으로 폭발했다.

화운은 화들짝 놀라며 억겁처럼 길게 느껴졌던 미혹(迷惑)에서 깨어났다.

순간 사라졌다.

애초에 그 자리에 없었던 것처럼 청년의 눈이 느릿하게 깜박인다고 느끼는 순간 화운의 시야에서 꺼져 버렸다.

화운은 부르르 몸을 떨었다.

찰나의 순간이었을 뿐이다.

그 짧은 순간, 화운은 청년의 눈에서 지옥을 봤다.

그리고 그 끔찍한 기억은 아직도 살아서 벌레처럼 꿈틀대며 그녀의 뇌리를 헤집고 있었다.

"종… 리… 매……."

화운은 청년의 이름이 종리매임을 짐작했다.

장한명이 그 낯선 이름 석 자로 화운을 그 끔찍한 지옥에서 꺼내지 않았던들, 화운은 아직 그 지옥에서 영혼이 가닥가닥 쪼개져 어디론가 빨려 들어가는 듯한 고통을 당하고 있었을지도 모른다.

생각만 해도 온몸에 소름이 돋았다.

"휴우!"

화운은 청년에 대한 기억을 억지로 토해내듯 숨을 길게 내쉬었다.

반천구마신은 느릿하게 움직였다.

유람선과 평행의 방향이었으므로 유람선과 그들이 마주칠 염려는 하지 않아도 될 듯싶었다.

청년 종리매의 시선이 잠깐 화운에게로 향하긴 했지만, 다행히 화운과 장한명을 발견하진 못한 모양이었다.

종리매와 화운 두 사람은 서로 일면식도 없는 사이다.

그러므로 설령 종리매가 화운을 봤다고 해도 별 관심 없이 시선을 돌려 버렸을 가능성을 배제할 수는 없다.

그러나 장한명은 다르다.

종리매가 화운을 봤다면, 당연히 그 곁에 바짝 붙어 있는 장한명도 봤을 것이다.

그가 장한명을 발견했다면 순순히 시선을 거둘 리가 없다.

그들은 본능적인 천적(天敵)이다.

아니, 천뇌집무헌이 만들어낸 숙명적인 천적인지도 모른다.

일천여 명에 가까운 천뇌집무헌의 수련자들을 죽인 반천구마신이 장한명을 살려두었던 까닭은 장한명을 제거할 가치도 없다는 그들의 오만한 판단이 첫 번째 이유일 테지만, 지금의 상황이 그때와 같을 수는 없다.

일천 명 가운데 가장 하급의 자질을 지닌 장한명에게서 그들 반천구마신은 전과는 다른 느낌을 분명하게 받았을 것이다.

하급이 아닌 그 이상의 뭔가를 느꼈을지도 모른다.

그 뭔가를 느꼈다면 그들은 만사를 제쳐 두고 방향을 틀어 유람선으로 향했을 것이다.

그리고 그들은 본능이 시키는 대로 장한명을 제거했을 것이다.

그러나 상대를 제거하고자 하는 본능은 그들만의 전유물

은 아니었다.

제거 본능은 장한명이 더 강했다.

일천여 명에 가까운 수련자들을 잔인하게 살해한 반천구마신.

그들에 대한 분노로 장한명은 한때 식음을 전폐했었다.

통한의 울분에 심장이 터져 나갈 것 같았지만, 복수를 꿈조차 꿀 수 없는 자신의 무능에 혀를 깨물까도 생각해 봤다.

해맑게 웃던 친구들의 모습과 일류 아들을 소망했던 아버지의 모습이 절망에 빠진 장한명을 일으켜 세우지 않았던들 장한명은 이미 이 세상 사람이 아니었으리라.

장한명은 천인혈검을 힘주어 잡았다.

우우웅!

천인혈검은 기다렸다는 듯이 더욱 광란했다.

'난세 따윈 나와는 상관없다.'

장한명은 입술을 지그시 깨물었다.

처음부터 무림인이 아니었던 장한명이다.

무림이 반천구마신에 의해 난세에 빠져 허덕이든 말든 무림인이 아닌 장한명이 나서야 할 일은 아니다.

무림의 일은 무림인들이 풀어야 한다.

자신이 반천구마신을 죽여야 하는 이유는 한 가지였다.

반천구마신과 자신을 제외한 천뇌집무헌의 수련자들.

이 년의 세월 동안 고통과 슬픔을 함께 나누었던 친구들.

그들의 복수를 해야 하는 것이다.

그들의 한을 풀어주어야 하는 것이다.

구천을 떠돌 그들의 외로운 넋을 위로해 주어야 하는 것이다.

복수의 대상이 불과 백여 장 거리에 있다.

'기회는 한 번뿐이다.'

정면 대결로는 승산이 없다.

암습만이 유일한 희망이다.

장한명은 화운의 손을 놓았다.

우우웅!

살의를 느낀 천인혈검은 울부짖으며 공격을 재촉했다.

장한명의 백삼이 서서히 부풀어 오르기 시작했다.

붉은빛이 감도는 시선은 반천구마신의 허점을 찾아 빠르게 움직였다.

이제 결단의 순간만이 남았을 뿐이다.

'젠장, 안녕.'

실패하면 죽음이다.

장한명은 어쩌면 마지막이 될 수도 있는 세상과의 작별 인사를 끝으로 내가진기를 양손에 끌어 모았다.

그리고 갑판을 차고 막 신형을 날리려고 하는 바로 그 순간이었다.

"아직은 때가 아닙니다."

이번엔 화운이 장한명의 손을 잡았다.

손이 잡힌 장한명은 화운을 돌아봤고, 그런 장한명을 향해 화운은 고개를 저어 보였다.

"저들 아홉을 동시에 상대할 수는 없습니다."

장한명의 눈빛은 어둡게 가라앉았다.

"알아."

화운은 미간을 살짝 찌푸렸다.

"알면서도 공격할 생각이셨나요? 공자의 행동이 무모함을 뛰어넘어 '섶을 지고 불속으로 뛰어드는' 위험천만한 짓임을 모르셨나요?"

"내겐 주어진 시간이 별로 없어. 그러니 도리가 없잖아?"

"그래도 지금은 때가 아닙니다."

"그럼 언제가 때라는 건가?"

"저들 반천구마신이 뿔뿔이 흩어져 개인행동을 할 때를 기다려야 합니다."

"솔직히 일대일로도 자신은 없다."

"지금보다는 승산이 있습니다."

"내겐 시간이 곧 승산이다."

"하지만 후일을 도모……."

"언제 마물이 될지 모르는 신세야. 아니면 죽거나 불구가 되든지……. 후일이 없을 수도 있어, 전주."

장한명은 손을 비틀어 교묘한 방법으로 화운의 손에서 자신의 손을 뺐다.

화운은 당황했다.

"제발 그러지 말아요, 공자."

화운은 애원하듯 말했다.

장한명은 처연하게 웃었다.

"그동안 고마웠어, 전주."

순간 장한명의 신형이 허공으로 치솟아올랐다.

"안 돼!"

화운은 소리치며 장한명을 따라 신형을 날렸지만, 장한명의 신형은 이미 갑판을 떠나 호수의 수면 위를 날고 있었다.

그 쾌속함은 화운의 상상을 초월했다.

"아아!"

화운은 절망했다.

수단과 방법을 가리지 말고 어떻게든 막았어야 했다.

자책감이 절망 속으로 밀려들어 왔다.

"무슨 일이지?"

황월교가 방금 잠에서 깬 듯 눈을 비비며 선실 밖으로 걸어 나왔다.

화운의 외침에 놀라 잠에서 깬 모양이다.

그녀의 시선이 화운에게 잠시 머물다가 장한명의 신형을 따라 빠르게 옮겨졌다.

"어머!"

황월교는 눈을 크게 떴다.

무공을 모른다고 생각했던 장한명이 호수의 수면 위를 날듯이 걷는 장면을 보고는 그만 눈알이 밖으로 튀어나올 정도로 놀라고 말았다.

그런 황월교를 향해 화운이 급히 말했다.

"배를 돌려 장 공자를 따라갈 수 있을까요?"

"그건 가능하지만……."

"그럼 그렇게 해주세요. 공자께서 위험합니다. 서둘러야 합니다."

"……?"

황월교는 꿈을 꾸고 있는 듯 몽롱한 기분이었다.

'대체 뭐가 위험하다는 건지?

짙은 안개에 감싸인 호수의 새벽 어디에서도 위험한 기운을 느낄 수는 없었다.

도대체 이 새벽의 평화로움 어디에 위험이 도사리고 있다는 것인지…….

황월교는 이 의혹을 풀고자 했지만, 그녀가 반천구마신을 볼 수 없는 이상 쉽게 풀릴 의혹은 아니었다.

그녀의 시력으론 반천구마신을 볼 수가 없었다.

반천구마신을 볼 수 없으므로 사태의 심각성을 모를 수밖에 없었다.

그녀는 생각하면서 움직였다.

빠르게 돛대의 방향을 틀어 선수(船首)를 돌렸다.

이제 본능이 그녀를 움직이기 시작했다.

화운의 절박한 표정에서 황월교는 본능적으로 불길함을 읽어냈던 것이다.

"더 빨리."

화운의 재촉이 이어졌다.

2

한 사람은 덩치가 산만 했고, 한 사람은 반대로 왜소했다.

산만 한 덩치가 물었다.

"보여, 형?"

왜소한 덩치가 말했다.

"가만있어 봐, 새끼야."

산만 한 덩치는 순박하게 웃었다.

"형, 안개 때문에 잘 안 보이지? 그치?"

왜소한 덩치가 짜증을 냈다.

"이 새끼 정말 말 많네. 정신 사납게 하지 말고 좀 찌그러져 있어."

산만 한 덩치는 자세를 낮추었다.

"형, 찌그러져도 형보다 더 크다. 헤헤……."

"이, 이런 등신."

"형, 배고프다."

"아까 처먹고 또 배고파? 배고프면 갈대나 빨고 있어, 새꺄!"

"형, 갈대도 먹는 거야?"

"끙!"

"형."

"뭘 또, 새꺄?"

"물이 샌다, 형."

"무슨 물?"

무심코 아래를 내려다보던 왜소한 덩치는 사색이 되었다.

두 사람이 겨우 탈 수 있는 낡은 편주(扁舟)가 두 사람의 무게를 견디지 못하고 차츰 가라앉고 있었던 것이다.

"이 새끼야, 그러니까 살 좀 빼라고 그랬잖아! 이젠 어쩔 거야, 새꺄!"

"형, 헤엄치자."

"새꺄, 난 헤엄 못 쳐!"

"괜찮아, 형! 형은 가벼워서 가라앉지 않을 거야."

"이런 씨발! 썅!"

편주는 순식간에 왜소한 덩치를 삼키며 가라앉았다.

산만 한 덩치는 물속으로 사라진 왜소한 덩치를 보며 갸웃했다.

"형, 깊지도 않네, 뭐."

물은 산만 한 덩치의 허리밖에 차지 않았다.

순간 왜소한 덩치가 수면 밖으로 입술만을 내놓은 채 허우적거렸다.

"어푸푸! 이 새끼야, 너한테나 깊지 않지… 꼬르르… 사, 사람 살려! 엽개(葉丐) 살려!"

산만 한 덩치는 다시 갸웃했다.

"형, 기럭지가 그렇게 짧았어?"

"어푸!"

"형, 정말 배고프다."

"어푸푸! 씨발! 이 상황에 배고프다는 말이… 어푸……!"

"형은 좋겠다. 물이라도 많이 마실 수 있어서."

"어푸! 살려줘… 새꺄!"

"뭐라고? 잘 안 들려, 형."

"어푸! 살려달라고! 씨바!"

"형, 나도 형 소리 듣고 싶다."

"뭐, 뭐야? 어푸푸!"

"나한테 형이라고 한 번 불러주면 안 될까, 형?"

"어푸! 이런 씨발!"

"싫음 말고. 난 간다, 형. 잘 있어."

"캑!"

정말 가려는 듯 산만 한 덩치는 왜소한 덩치가 물에 빠져 허우적대든 말든 휘적휘적 갈대 늪지 사이의 수로(水路)에서 걸어나가기 시작했다.

다급해진 쪽은 왜소한 덩치였다.

물을 많이 마셔 정신마저 아득해져 왔다.

평지에선 날다람쥐와 같던 왜소한 덩치였지만, 물속에선 속수무책이었다.

경공, 신법, 보법 등이 왜 물속에서는 아무런 힘도 발휘할 수 없게 만든 것인지 원망스럽기까지 했다.

어쨌든 누군가의 도움을 받지 못한다면 왜소한 덩치는 죽은 목숨이나 마찬가지였다.

지푸라기라도 잡아야 한다.

까짓, 체면이 뭐 그리 대수랴.

일단은 살고 봐야 하는 것이다.

"형! 살려줘! 어푸푸!"

왜소한 덩치는 목젖이 터져 나가라 소리쳤다.

산만 한 덩치는 걸음을 멈추고 헤벌쭉 웃었다.

"헤헤, 기분 째진다. 그래, 아우야. 이 형이 살려줄게. 이히히."

산만 한 덩치는 솥뚜껑만 한 손을 내밀어 왜소한 덩치의 머리채를 휘어잡았다.

신력(神力)을 타고난 듯 산만 한 덩치는 왜소한 덩치를 힘 하나 들이지 않고 가볍게 물속에서 끌어올렸다.

"꾸에엑!"

왜소한 덩치는 산만 한 덩치의 손에 대롱대롱 매달린 채 정신없이 마셔댄 물을 꾸역꾸역 토해냈다.

산만 한 덩치는 왜소한 덩치를 좌우로 흔들어 물을 털어냈다.

"힛히, 물에 빠진 생쥐새끼 같다, 형."

"생쥐새끼? 이 새끼가 정말 보자 보자 하니까 이 형을 아주 개엿으로……."

왜소한 덩치는 눈을 까뒤집으며 입에 거품을 물었다.

그러다 돌연 입을 다물었다.

그리고 유난히 큰 눈을 더욱 크게 부릅떴다.

산만 한 덩치가 왜소한 덩치의 시선을 따라가며 물었다.

"왜 그래, 형?"

“쉬잇!”

왜소한 덩치는 조용히 하라는 시늉을 하며 계속하여 눈동자를 움직였다.

“으으… 보, 보인다.”

왜소한 덩치는 신음하듯 앓는 소리를 흘렸다.

산만 한 덩치는 급히 물었다.

“보여? 뭐가 보여, 형?”

왜소한 덩치는 집요하게 짙은 안개를 더듬으며 나직이 속삭였다.

“아홉 등신.”

“허억! 정말 그 새끼들이야, 형?”

“서서 오줌 싸는 인간이 일곱, 앉아서 오줌 싸는 인간이 둘, 모두 아홉 등신이다.”

왜소한 덩치는 선천적으로 뛰어난 시력을 타고난 듯 짙은 새벽안개를 뚫고 상당히 먼 거리까지 내다보고 있었다.

산만 한 덩치는 왜소한 덩치를 자신의 어깨에 앉히며 물었다.

“형, 그 새끼들이 맞아? 틀림없어?”

“그 새끼들이 아니라면 어떻게 허공을 걸어서 파양호를 건너겠나, 등신아.”

“허, 허공을 걸어?”

“그래, 새끼야. 너무 놀래서 눈깔 튀어나올 지경이다.”

“물 위가 아니고?”

“허공이라니까.”

“꼴깍! 형이 잘못 본 거 아냐? 허공을 걷는다는 게 말이나 되냐구.”

“이런 머저리 같으니라구. 새꺄, 저 등신들이 말이 안 되는 짓거리들만 골라서 하고 다니니까 세상 사람들이 경기를 일으키는 거 아니냐구. 그래서 우리도 저 등신들이 어떤 등신들인지 살피러 이 고생하는 거고 말이야.”

“아, 맞다. 그랬었지, 참.”

“이런, 저 등신들, 우리 쪽으로 오고 있잖아.”

“어헉! 어떡해, 형?”

“어떡하긴 등신아, 뒤도 돌아보지 말고 토껴야지.”

“토끼는 건 비겁하잖아, 형!”

“그럼 너나 용감히 싸워, 새꺄! 난 처자식 때문에……”

“형이 무슨 처자식이 있어? 총각 주제에.”

“씨발, 있다면 있는 거지 뭘 따지고 지랄……”

입에 거품을 물던 왜소한 덩치의 표정이 다시 굳어졌다.

눈동자는 전보다 더욱 빠르게 움직였다.

“한 새끼가 더 나타났다.”

산만 한 덩치가 갸웃했다.

“아홉 등신이라고 했잖아, 형.”

“저 새끼가 아홉을 공격하려는 거 같은데?”

“아홉을?”

“저 새끼, 돌은 거 아냐? 저 아홉 등신이 얼마나 무서운 인간들인데 겁도 없이… 어라? 그런데 저 새끼도 허공을 걷고 있네?”

“또 허공을?”

“맙소사, 저 새끼가 아홉 주변을 빠르게 돌기 시작하네? 뭐가 저렇게 빨라? 보이지도 않을 정도야.”

“그 새끼, 몇 살이나 처먹어 보여?”

“이제 겨우 열대여섯 정도?”

“엥? 우리보다 어리네?”

“세상에! 저 새끼, 아홉 등신 주변을 빙빙 돌고 있는데… 얼마나 빠른지 혼자서 아홉 등신을 포위 공격하는 것처럼 보이네? 우와, 인간도 아니다.”

3

“천라지망……..”

화운은 침음했다.

그녀는 장한명이 얼마 전에 적송림에서 세 명의 혈곤수가 펼친 그 천라지망을 펼쳐 반천구마신의 퇴로를 차단하고 있음을 직감했다.

당시 그녀는 울창한 적송과 적송을 휘감고 있던 붉은 운무에 시야가 가려 혈곤수의 움직임을 볼 수가 없었다.

그런데 지금 장한명을 통해 천라지망의 실체를 정확하게 볼 수 있게 된 것이다.

'하나의 주망을 만들어 삼백육십 방위를 차단하기 위해선 삼천육백 번의 변환(變幻) 동작이 필요하다는… 한 호흡 동안에 삼천육백 번의 변환식을 펼쳐야 한다는 천라지망…….'

천라지망이 머릿속에 떠오를 때면, 인간의 능력으로 천라지망을 완벽하게 펼치는 일이 과연 가능할까 하는 의문이 슬그머니 고개를 들었고, 그때마다 고개를 저었던 화운이다.

천라지망의 전개를 일찍이 본 적이 없는 화운으로선 당연한 불신이었다.

그런데 지금 그녀는 자신의 불신이 어리석음의 소치였음을 절실하게 깨달았다.

반천구마신을 중심에 두고 그 주변에 거대한 원을 그리며 빙글빙글 돌고 있는 장한명의 움직임은 화운으로 하여금 새롭게 개안(開眼)을 하는 듯한 기분이 들게 했다.

그 움직임은 빨랐다.

단지 빠르다는 느낌만을 받았을 뿐이다.

너무 빨라서 그 움직임의 미세한 변화를 꿰뚫어 보기란 불
가능했다.

"와아!"

황월교는 입을 쩌억 벌린 채 감탄사를 연발했다.

장한명의 움직임은 속도의 한계를 초월한 느낌이었다.

장한명은 호수의 수면에 선을 긋고 있는 것 같았다.

장한명이 스치고 지난 호수의 수면이 칼로 벤 듯 좌우 양쪽
으로 갈라졌다.

동시에 마치 폭발하듯 희뿌연 물보라가 갈라진 틈 사이로
뿜어져 올랐다.

"아아, 아름답다!"

황월교는 장한명이 연출하는 아름다운 전경을 홀린 듯이
바라보며 감탄했다.

아니, 그것은 가슴 벅찬 감동이었다.

그러나 화운은 달랐다.

반천구마신 앞에서 보이는 장한명의 저 행동이 얼마나 위
험하고 무모한 짓인가를 잘 알고 있는 그녀에겐 감탄이나 감
동을 하고 있을 여유라곤 손톱만큼도 없었다.

그녀는 극도의 불안감과 불길함에 사로잡혀 있었다.

'제발 무사하기를……'

그녀가 지금 할 수 있는 일은 간절한 기도뿐이었다.

장한명에게 뭔가 도움을 주고 싶었지만 도움을 줄 만한 능력이 그녀에겐 없었다.

장한명 홀로 반천구마신을 상대하도록 내버려 둘 수는 없었다.

하지만 저 싸움에 끼어들면 자신이 장한명에게 짐이 될 뿐이라는 사실을 누구보다도 잘 알고 있는 그녀였다.

그저 지켜보는 수밖에 없었다.

살아오면서 이처럼 무력감을 느껴본 적이 없다.

천의맹에서 치열하게 살아온 지난 칠 년의 세월이 참으로 덧없이 느껴졌다.

4

"사라혈망(死羅血網)!"

왜소한 덩치는 눈 꼬리가 찢겨져 나갈 만큼 눈을 크게 부릅떴다.

산만 한 덩치도 덩달아 놀란 표정을 지었다.

"사… 라… 혈… 망……?"

산만 한 덩치가 급히 물었다.

"형, 사라혈망이 틀림없는 거야?"

왜소한 덩치는 멍청히 고개를 끄덕였다.

"응… 응……."

"그럼 그 새끼가 혈곤수라는 거야?"

"이 새끼야, 가만있어 봐. 정신 헷갈려!"

"씨이, 할 말 없으면 정신 헷갈린대."

"이 새끼가 정말……."

"아, 알았어. 조용하면 되잖아."

"이상하네?"

왜소한 덩치는 고개를 갸웃했다.

산만 한 덩치는 그새를 참지 못하고 또 입을 열고 말았다.

"형, 뭐가 이상해?"

왜소한 덩치는 연신 고개를 갸웃했다.

"사라혈망하고 비슷한 거 같으면서도 뭔가 좀 다른 거 같
단 말씀이야?"

"얼마나 다른데?"

"보면 볼수록 많이 다르다는 느낌이야."

"에이, 그럼 사라혈망이 아닌가 보네, 뭐."

"엇, 저 새끼 공격한다!"

"아홉 등신을 공격한다고?"

"정말 또라이네, 저 새끼."

"형, 누가 이길 거 같아?"

"이 새끼야, 그걸 말이라고 해? 저 아홉 등신은 인간이 아

니야. 지옥에서 뛰쳐나온 악마들이라구."

"그럼 저 새끼는 죽은 목숨이네, 형?"

"어, 어……?"

왜소한 덩치는 입을 쩌억 벌렸다.

넋 빠진 인간처럼 침까지 질질 흘렸다.

산만 한 덩치는 왜소한 덩치가 부들부들 떨자 답답해서 기
절할 지경이었다.

"형, 왜 그래? 응? 응?"

왜소한 덩치는 침을 꼴깍 삼켰다.

"아홉 등신이 당했어."

"에이, 그럴 리가. 형 지금 뻥까는 거지?"

"아홉 등신 옷이 찢겨져 나갔어."

"저, 정말이야?"

좀처럼 놀란 표정을 짓지 않던 산만 한 덩치도 놀란 듯 얼
굴이 경직되었다.

5

성공할 가능성은 희박했다.

아니, 희박이 아니라 전무했다.

미래가 없는 불가능에 대한 도전이었지만, 요행을 바라고

반천구마신(反天九魔神) 355

도전했던 것은 아니었다.

그저 이렇게라도 몸부림이라도 쳐야 할 것 같은 절박한 뭔가가 있어서였다.

그런데 믿을 수 없는 일이 벌어졌다.

천라지망에 그들 아홉이 타격을 받은 듯 보인 것이다.

천인혈검에 그들 아홉의 옷자락이 베어져 나갔다.

상처도 입힌 듯 베어진 옷자락에 핏물이 번졌다.

혼신을 다한 공격이었지만, 이만큼이라도 성공을 거두리라는 건 상상조차 못한 일이었다.

본래 천라지망은 '기다림의 미학'을 추구하는 지극히 수동적인 무공이라고 할 수 있었다.

물론 천라지망이 놀이가 아니라 무공이라는 것을 근자에 들어 알게 된 사실이지만 말이다.

그러나 장한명은 이 수동적인 무공을 대단히 적극적이며 능동적인 무공으로 변화시켜 사용했다.

말하자면 변칙 공격이었다.

암습은 속전속결로 끝내야 한다.

암습을 도모하면서 마냥 기다리는 건 자살 행위나 다름없다.

위험을 무릅쓰고 변칙 공격을 감행한 것은 고심 끝에 내린 최선의 선택이었다.

"변칙이 통한 것일까?"

장한명은 자신의 눈을 의심했다.

반천구마신의 팔, 다리, 어깨 등에서 흘러나오는 붉은 선혈을 보면서 이 믿을 수 없는 현실에 할 말을 잃었다.

피를 보면서 심장이 마구 뛰는 흥분을 느꼈다.

할 수 있다는 자신감도 생겼다.

암울한 어둠에서 한줄기 빛을 본 듯한 느낌이었다.

반천구마신은 느릿하게 고개를 숙였다.

감정이라곤 티끌만큼도 찾아볼 수 없는 그 무심한 동공에 천인혈검에 베어져 나간 상처가 비쳐졌다.

깊은 상처임에도 불구하고 고통의 빛은 없었다.

오히려 쾌감을 느끼는 듯 동공에 짧은 전율이 스쳤다.

상처의 피를 손가락으로 찍어 혀로 핥으며 그들은 행복해하는 듯 보이기도 했다.

그들은 다시 느릿하게 고개를 들었다.

이어 그들의 동공은 약속이라도 한 듯 장한명을 향해 모아졌다.

죽은 자의 눈빛과도 같은 그들의 눈빛에 언뜻 조소가 떠올랐다.

"크크, 병신 육갑 떠네."

"킬킬, 감히 우릴 공격해? 뒈지려면 무슨 짓인들 못할까."

"흐흐, 용기는 가상하네. 제 발로 우릴 찾아온 것을 보면 말이야."

장한명으로 인해 상처를 입었음에도 불구하고 그들은 장한명의 능력을 인정하지 않았다.

아니, 오히려 경멸했다.

반천구마신에게 장한명은 영원한 하수였다.

천뇌집무헌의 일천 수련자 가운데 가장 둔한 것으로 알려진 저 쓰레기와 같은 자질로 도대체 무엇을 하겠다는 건지 반천구마신으로선 가소롭기만 할 뿐이었다.

죽일 가치도 없어서 죽이지 않았던 쓰레기다.

그 쓰레기는 자신들의 그림자만 보여도 오금을 저리며 천리 밖으로 줄행랑을 쳐야 마땅했다.

"후후, 그런데 감히 도전을? 저 쓰레기가?"

"죽여야 하나? 내 손이 더럽혀질 텐데 말이지."

"귀찮아. 저대로 살다가 죽게 내버려 두는 건 어때?"

"죽여. 내 피가 그걸 원한다."

"쿠우, 찬성!"

"죽이는 것에 나도 한 표!"

"좋아, 그럼 결정되었군. 크크크."

순간 아홉은 동시에 움직였다.

아홉은 부챗살처럼 갈라졌다.

부챗살처럼 갈라진 아홉은 장한명이 물보라를 일으켜 만든 수막(水膜)를 쳐갔다.

한 호흡에 삼천육백 번의 변식을 일으켜 완성한 천라지망을 파괴하기 위한 아홉의 공격이 마침내 시작된 것이다.

아홉의 움직임은 섬전(閃電)과도 같았다.

『백팔번뇌』 3권에 계속…

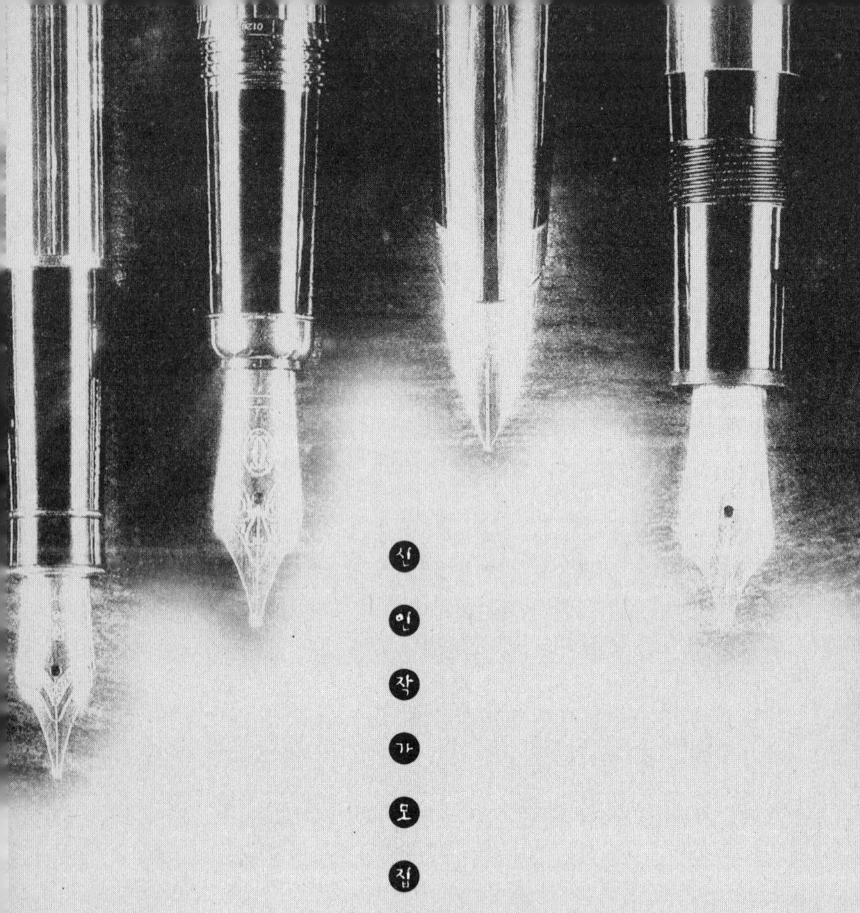

潛行武士
잠행무사

김문형 新무협 판타지 소설

"흑랑성에 들어간 사람 중에 다시 강호에 나온 이는 없다."

서장 구륜사와의 결전을 승리로 이끌며 중원무림에
홀연히 나타난 문파 흑랑성(黑狼城).
그러나 흉흉한 소문이 사실로 드러나 무림맹으로부터
사파로 지목받고 멸문당한다.

그로부터 일 년 뒤.
강호의 은원을 정리하고 금분세수를 하려는 청위표국의 국주 송현은
마지막으로 무림맹의 의뢰를 받아들인다.
그것은 바로 금지 구역 흑랑성에 잠행하는 일.

송현은 무림에서 외면받는 무사 네 명을 선출하여
소림승 진광과 함께 흑랑성에 들어간다.
흑랑성의 비밀이 하나씩 드러나면서 밝혀지는 진실은
그들을 목숨을 건 사투로 끌어들여 가는데……

액션스릴러로 만나는 무협
잠행무사!

무영무쌍

김수겸
新무협 판타지 소설

그림자도 찾기 힘들고[無影]
가히 대적할 자도 없다[無雙]!
강호의 절대고수 무영무쌍!

청설위국의 위사 진세인
그를 찾아오는 수많은 사람들
그를 원하는 수많은 세력들

거대한 음모의 소용돌이 속에서
그는 그를 버렸던 용부를 지켰고,
그에게 검을 겨눴던 무림맹과 십만마교를 구해냈다.

모든 것을 가졌던 황제가 끝까지
갖지 못했던 단 한 사람!
위사 진세인과 동료들의
강호행이 시작된다!

**검이라는 지휘봉을 바람에 흩날리며, 피의 악보와
비명의 화음으로 죽음을 지휘하는 자… 마에스트로.**

최초의 가상현실 게임의 뒤를 잇는 뉴 월드의 출현.
마법과 기사, 신관, 몬스터의 서대륙. 주술과 검사, 무녀, 요괴의 동대륙.
현실과 또 다른 현실, 그 경계선에서 숨 쉬는 유저들.
그런 뉴 월드에 한 유저가 나타났다!

레벨 업을 위해서라면 잠도 포기한다!
아이템을 위해서라면 한자리에서 보름 내내 움직이지 않는다!
자신을 위해서라면 아부는 필수! 꼼수는 센스!

그가 뉴 월드에서 얻게 된 직업은 죽음의 지휘자…
마에스트로.

유행이 아닌 자유추구 –
WWW.chungeoram.com
Book Publishing CHUNGEORAM